WIDERWILLIGES GELÜBDE

MAFIA EHEN BUCH VIER

WILLOW FOX

SLOWBURN
PUBLISHING

KAPITEL EINS

OLIVIA

Sobald man den Tiefpunkt erreicht hat, ist nichts mehr wichtig. Es kann nur noch aufwärts gehen, aber das ist eine Lüge.

Man kann immer noch tiefer, schneller, weiter fallen, direkt in die Hölle.

„Sag mir, warum du das tust?"

Seine Frage erwischt mich unvorbereitet. Das sollte sie nicht, aber ich habe keine Antwort, die er hören will. Die Wahrheit ist nicht schön, sie ist rau und zerrissen, so wie ich es bin.

Zerbrochen.

Abgenutzt.

Verlassen.

„Ich brauche das Geld", sage ich.

Wahrscheinlich wird er mich von seiner kleinen Liste streichen.

Er kritzelt etwas auf seinen Notizblock, der quer über seinem Schoß liegt. Ein Bein hat er über das andere geschlagen.

Er ist wirkt entspannt, und sitzt bequem. Verdammt, der Mann könnte ein Model sein.

Ich versuche, mein Mittagessen nicht zu erwähnen.

Seine Augen verengen sich. Ein Gedanke schießt ihm durch den Kopf. Ich weiß nicht, was es ist und ob es mit diesem Interview zu tun hat oder ob er überlegt, welches Essen er als nächstes bestellen soll.

Jace Barone.

Milliardär, Eigentümer und Direktor von Barone Industries.

Ihm gehören eine Reihe von Tochterunternehmen, aber Barone Industries ist bekannt für seine enorme Reichweite in der Technologie für medizinische, professionelle, wissenschaftliche und innovative Zwecke. Zumindest habe ich das in der Broschüre gelesen, als ich in sein Büro kam.

Sein Lächeln ist schmallippig. Er ist

unbeeindruckt und hat kaum einen Blick auf meinen Lebenslauf geworfen.

„Haben Sie Kinder zu Hause?"

Wie bitte? Was ist das für eine Frage bei einem Vorstellungsgespräch?

Ich presse meine Lippen zusammen. Das geht ihn doch nichts an. „Nein."

„Aber Sie haben das schon mal gemacht?", fragt Jace.

Er klappt seine Ledermappe mit dem Notizblock zu und fummelt an seinem Stift herum, wobei er ihn gegen die schwarze Ledermaserung klopft. „Normalerweise erklärt der Befragte, warum er ausgewählt werden sollte, was er zu bieten hat, abgesehen vom Aussehen."

Wie kann er es wagen!

Ich würde ihm am liebsten sein selbstgefälliges Lächeln aus dem Gesicht wischen.

„Hören Sie, es tut mir leid. Es war ein Fehler, hierherzukommen", sage ich und stehe auf. Es ist nicht meine Entscheidung, aber ich bin hier, und benötige einen Job, aber ich kann nicht die Assistentin eines Arschloch-Milliardärs sein. Ich habe keine Erfahrung, und er ist höchst unprofessionell. Schockierenderweise wurde er noch nicht verklagt.

Seine Fähigkeiten bei Vorstellungsgesprächen lassen deutlich zu wünschen übrig, und ich fühle mich ein wenig unwohl.

„Setz dich wieder hin", knurrt Jace mich an.

Ich lasse mich auf den Stuhl zurückfallen, aber ich kann mir nicht vorstellen, dass er mich einstellen wird.

Will er mich quälen? Man kann sich verzweifelt, und erbärmlich fühlen.

Ich fühle mich wie Letzteres.

Er legt seine Ledermappe vor sich auf den Schreibtisch und faltet die Hände. „Ich möchte mich entschuldigen, dass ich ein wenig gereizt bin. Mein Privatleben war in den letzten Wochen ein harter Kampf", sagt Jace.

Ich zwinge mich zu einem Lächeln. „Ist schon gut."

„Ist es nicht, aber ich weiß Ihre Rücksichtnahme zu schätzen", sagt er. „Jetzt möchte ich wissen, warum du mein Kind austragen möchtest."

Die Farbe verschwindet aus meinem Gesicht. Der Raum dreht sich, und was ich als nächstes seh, ist Dunkelheit.

KAPITEL ZWEI

Jace

Ist sie wirklich während des Leihmutterschaftsgesprächs in Ohnmacht gefallen?

Das Vorstellungsgespräch in meinem Büro war eine schlechte Idee. Ich kann es nicht glauben, dass war die Idee meines Stellvertreters Matteo.

Ich sollte diesen Arsch feuern.

In einer Sekunde rede ich, und sie scheint mir keine Aufmerksamkeit zu schenken. Ihr weit entfernter Blick ließ meinen Magen verkrampfen.

Ich habe diesen Blick schon einmal gesehen.

Meine jüngere Schwester fällt oft in Ohnmacht. Anders als die meisten Menschen habe ich gelernt, die Zeichen zu erkennen.

Ich springe von meinem Stuhl auf und fange

Olivia auf ihrem Weg zu Boden auf, bevor sie sich an den Kopf stoßen kann.

Sie blinzelt einige Male und starrt zu mir hoch.

Als sie auf dem Boden liegt, ziehe ich mein Handy heraus und rufe die Notrufnummern an.

„Das ist peinlich", murmelt sie leise vor sich hin. Olivia versucht, sich von mir loszureißen und aufzustehen.

„Bleib ruhig liegen", sage ich. „Ich rufe einen Krankenwagen. Du bist gerade ohnmächtig geworden."

„Mir geht es gut", sagt sie und setzt sich auf. „Bitte ruf keinen Krankenwagen."

Es ist schwer, sich keine Sorgen zu machen, und ich kann es mir nicht leisten, verklagt zu werden. Ich lasse sie nicht aufstehen.

„Bleib einfach da", sage ich. Ich hocke mich auf ihre Höhe und behalte sie genau im Auge. Langsam kommt die Farbe auf ihren Wangen zurück. Ich nehme eine Flasche Wasser von meinem Schreibtisch, sie ist von heute Morgen noch versiegelt. Ich habe sie für mich noch nicht geöffnet.

Ich drehe den Verschluss ab und reiche sie ihr. „Trink", befehle ich. Sie muss hydriert bleiben.

Ihre Hände zittern, als sie die Flasche an ihre Lippen führt.

„Wirst du oft ohnmächtig?" Ich versuche, Small Talk zuführen. Sie kann auf keinen Fall die Leihmutter für mein Kind sein, wenn sie gesundheitliche Probleme hat, die dazu führen, dass sie an fremden Orten ohnmächtig wird.

Sie schüttelt den Kopf und zuckt zusammen. „Nein, ich habe nicht gefrühstückt."

Ich werfe einen Blick auf die Uhr an der Wand. Es ist fast vier Uhr nachmittags. „Was ist mit Mittagessen?"

Sie lächelt mit zusammengekniffenen Lippen. „Habe ich ausgelassen."

Warum zum Teufel hat sie den ganzen Tag noch nichts gegessen? „Ich glaube, wir haben den Übeltäter gefunden", sage ich.

Wie kann sie zwei Mahlzeiten auslassen? Macht sie sich Sorgen um ihr Gewicht? Ich versuche, sie nicht anzuschauen, aber sie hat üppige Kurven. Sie sieht nicht aus, als würde sie hungern, aber was weiß ich schon? Ich habe kaum zwanzig Minuten mit dieser Frau verbracht.

Ich greife nach meinem Handy, und sie legt eine Hand auf mein Handgelenk. „Bitte, ich kann mir die Arztrechnungen nicht leisten."

Aus ihrem Tonfall spricht Verzweiflung. „Ich beauftrage einen meiner Mitarbeiter, dass er dir etwas zu essen bringen soll", sage ich. „Das geht auf mich. Okay?"

Sie nickt zögernd.

Gut, dass ich mich nicht mit ihr streiten und sie überzeugen muss, sitzen zu bleiben, während ich ihr eine Mahlzeit aufdrängen muss. Das wäre weitaus unangenehmer.

Ich sage den ursprünglichen Anruf ab und schreibe Matteo eine SMS.

Hol mir einen Orangensaft und ein Sandwich. Der 15:30 Uhr-Termin ist gerade in meinem Büro in Ohnmacht gefallen.

Matteo tippt zurück. Drei Punkte blinken auf dem Bildschirm, bevor mein Magen umkippt.

Dein Termin um 15:30 Uhr für die Leihmutterschaft wurde vor ein paar Stunden abgesagt.

Wer zum Teufel ist dann das Mädchen in meinem Büro?

KAPITEL DREI

GESTERN MORGEN

Olivia

Ein heftiges Klopfen an meinem Autofenster schreckt mich aus dem Schlaf.

Ich habe in meinem Auto auf dem Walmart-Parkplatz geschlafen.

Es ist morgen und die Sonne scheint. Es dauert ein paar Augenblicke, bis sich meine Augen an die Helligkeit gewöhnt haben.

Scheiße, das ist die Mafia.

Luka Caruso, er ist der Don der Caruso-Familie. Der Big Boss. Warum zum Teufel belästigt mich nicht einer seiner Jungs?

Luka zeigt gerne, dass er in dieser Stadt das Sagen hat.

Mein Mann, John, hat mit Caruso Geschäfte gemacht. Zu meinem Glück ist John tot, aber er hat seine Schulden nie bezahlt und an mich weitergegeben.

Selbst nach seinem Tod hat mein Mann mich noch beschissen. Er war ein beschissener Ehemann, aber er hatte es nicht verdient zu sterben. Spät nachts frage ich mich manchmal, ob Luka Caruso an Johns Tod schuld ist.

Ich kurble mein Fenster herunter. Es ist nicht so, als hätte ich in dieser Sache eine Wahl. Selbst wenn ich weglaufe, wird Luka mich finden.

Mein Mund ist trocken und ich mache mir Sorgen, was er mit mir machen könnte. Wird er mir die Finger abschneiden? Mein Auto in Brand stecken?

„Ich habe es nicht. Sobald ich einen Job habe, werde ich es dir zurückzahlen", sage ich verzweifelt.

Sieht er nicht, dass ich in meinem Auto wohne? Es ist ja nicht so, dass ich einen neuen Sportwagen fahre und in einer Villa schlafe.

Er holt eine Visitenkarte hervor. „Du hast morgen ein Vorstellungsgespräch. Wenn er fragt, sag ihm, dass deine Freundin Avery Seymore dich geschickt hat."

„Du kennst Avery?", frage ich. Mein Magen verkrampft sich. Steht sie auch in deiner Schuld? Ich habe sie seit der Beerdigung von Austin nicht mehr gesehen.

Er antwortet nicht auf meine Frage.

Warum sollte ich erwarten, dass er mir etwas erzählt? Ich kann froh sein, dass er mir noch keine Kugel in den Kopf gejagt hat. Das wird er, wenn ich ihm die Schulden meines verstorbenen Mannes nicht zurückzahle.

Wie viel von der Stadt gehört der Familie Caruso?

Ich sollte weglaufen, die Stadt verlassen, solange ich noch kann, und noch am Leben bin. Diese Männer spielen keine Spielchen. Sie ermorden unschuldige Menschen.

Ich werfe einen Blick auf die Visitenkarte von Barone Industries. Jeder hat schon von diesem Unternehmen gehört. Es ist eines der fünf größten Unternehmen der Welt.

„Was für ein Job ist das?" Ich habe zwar einen Lebenslauf, aber es ist nicht so, dass ich eine Menge Berufserfahrung habe.

„Ist das wichtig? Du schuldest den Caruso's

etwas und wir sind hier, um es einzutreiben. Überzeuge Jace Barone, dich einzustellen, und wir lassen dich am Leben."

„Der Milliardär?" Ich quieke. Es ist kein Geheimnis, dass er einer der vermögendsten Männer der Welt ist. Wie soll ich ihn davon überzeugen, mich einzustellen?

Was kann ich ihm bieten, was kein anderer Bewerber kann?

KAPITEL VIER

OLIVIA

Das Verhalten von Jace Barone ändert sich. Seine Augen flackern, als er die Textnachricht auf seinem Bildschirm liest.

„Es ist wirklich kein Problem. Ich kann gehen", sage ich. Ich hätte nicht zugeben sollen, dass ich den ganzen Tag noch nichts gegessen habe. Es ist nicht so, dass ich keine Zeit hatte oder nichts essen wollte.

Mir fehlte das Geld.

Mein Portemonnaie ist leer. Ich habe die letzten zwei Wochen in meinem Auto gelebt, seit ich hinausgeworfen worden bin. Nicht, dass er das wissen müsste. Ich bin nicht hier, um Almosen zu bekommen.

Ich bin hier, um einen Job zu finden und um

meine bereits schlechte Situation zu verbessern, nicht um sie noch schlimmer zu machen.

Ich drücke meine Hände flach auf den Boden und habe vor, aufzustehen.

„Setz dich wieder hin", befiehlt er.

„Der Job kommt also nicht infrage?" Ich lache nervös und rolle meine Lippen zusammen.

Er fährt sich mit einer Hand durch sein dichtes, dunkles Haar. Seine dunkelgrünen Augen bohren sich in meine. Ich gebe es nur ungern zu, aber er sieht teuflisch gut aus. Viel heißer als meine letzte Affäre, mit der ich ein Baby bekommen habe. Er verließ mich sofort, als ich schwanger wurde, und kam zurück, um mich zu heiraten, als das Kind geboren war und er seinen Job verloren hatte.

So sieht echte Liebe aus.

Es ist zum Kotzen.

„Job", sagt er und starrt mich an. Seine Augen ziehen sich zusammen, und da ist wieder dieses seltsame Flackern. In seine dunkelgrüne Iris mischen sich Sprenkel aus Bernstein und Gold. Sein Blick ist hypnotisierend. „Was glaubst du, weswegen du hier bist?", fragt er.

„Also, wer hat sich an den Kopf gestoßen?", frage ich.

Will er mich testen und sich vergewissern, dass

ich nach dem Ohnmachtsanfall noch bei Verstand bin?

„Eine Assistentenstelle bei Ihrer Organisation, Barone Industries", sage ich. „Meine Freundin Avery Seymore hat mir von der Stelle erzählt." Ich wiederhole genau das, was Don Caruso mir aufgetragen hat, zu sagen.

Jace darf nicht wissen, dass ich mit der Mafia zusammenarbeite.

Keiner darf die Wahrheit wissen.

„Assistent", sagt er nachdenklich und streicht sich über den Kiefer. „Ich brauche einen Assistenten, aber ich wusste nicht, dass wir jemanden von außen einstellen." Er schüttelt den Kopf. „Ich kenne keine Avery und ich muss mich dafür entschuldigen, dass es sich vorhin wahrscheinlich wie ein Verhör angefühlt hat."

„Ein ziemlich unangemessenes, möchte ich hinzufügen".

Ist ihm klar, dass die Art von Fragen, die er gestellt hat, ihn in Teufels Küche bringen könnte? Bei jedem anderen wäre er wegen seiner Fragen angezeigt worden.

Es klopft fest an die Tür.

„Komm rein", sagt Jace.

Ein anderer auffälliger Herr im Geschäftsanzug,

vielleicht ein paar Jahre jünger als Jace, bringt ein eingepacktes Deli-Sandwich, eine Flasche Orangensaft und eine Tüte Kartoffelchips herein. Es sieht so aus, als wäre er in die Cafeteria gegangen und hätte ein fertiges Sandwich geholt.

Es sieht köstlich aus.

Bei seinem Anblick läuft mir das Wasser im Mund zusammen.

Vielleicht kann ich das Sandwich nehmen und abhauen. Ich möchte nicht weiter unter seiner Beobachtung stehen, und noch mehr seiner unangemessenen Fragen beantworten.

„Wie wäre es, wenn du dich an meinen Schreibtisch setzt?", fragt Jace.

Der Herr, der das Essen gebracht hat, wirft Jace einen merkwürdigen Blick zu. Er sieht älter aus, als ich es von einem Assistenten erwarten würde. Vielleicht ist das der Grund, warum sie die Stelle besetzen?

„Das ist nicht nötig", sage ich. Ich will so schnell wie möglich gehen, aber ich habe das Gefühl, dass er mich nicht gehen lässt.

„Ich habe nicht gefragt", sagt Jace.

Er hilft mir auf die Beine, einen Arm um meine Taille, der andere befindet sich auf meinem Arm, während er mich praktisch hochhebt.

Mir ist schwindelig, auch wenn ich es ihm gegenüber nicht zugebe. Das letzte Mal, war mir nach der Beerdigung schwindlig.

Jace hält mich fest, um wahrscheinlich sicherzugehen, dass ich nicht falle. Ich wäre eine große Belastung, wenn ich mich verletzen würde, obwohl er Milliardär ist, will er mich sicher nicht dafür bezahlen, dass ich weggehe und nicht darüber spreche.

Er bleibt nicht Milliardär, wenn er mit seinem Geld um sich wirft.

Jace begleitet mich zu seinem riesigen Ledersessel und lässt mich an seinem Schreibtisch Platz nehmen.

Das Material ist weich und kühl. Es ist viel bequemer, als ich es mir hätte vorstellen können. Der Stuhl kostet wahrscheinlich mehr als der aktuelle Wert meines Autos, das draußen parkt.

Nachdem er sich vergewissert hat, dass ich nicht hinfalle, schiebt er den Stuhl näher an den Schreibtisch heran und wühlt in den Papieren, legt alles Vertrauliche in die Schublade und schließt sie ab.

Den Schlüsselbund steckt er wieder in seine Tasche.

Der andere Herr stellt das Essen auf Jace's

Schreibtisch.

Es ist ein wenig übertrieben, aber ich greife zuerst nach dem Orangensaft. Meine Hände zittern und ich fummele am Deckel herum.

Jace nimmt die Flasche, öffnet sie und gibt sie mir zurück.

Ich lächle verlegen. „Danke."

„Boss", sagt der andere Herr und nickt in Richtung Tür.

„Ich muss mich um einige Dinge kümmern, kannst du hier sitzen bleiben, dein Mittagessen essen und keinen Ärger bereiten?", fragt Jace.

Ich habe das Gefühl, dass er mit mir spricht, als wäre ich ein kleines Kind. Aber er setzt sich für mich ein, also nicke ich und nehme einen Schluck von meinem Orangensaft. Ich werde nicht zu lange bleiben. Ich möchte gehen, aber er hat wahrscheinlich recht. Wenn ich im Aufzug ohnmächtig werde, wer wird mir dann zum Auto helfen?

Eine Fahrt mit dem Krankenwagen kann ich mir nicht leisten, geschweige denn eine hohe Rechnung des Krankenhauses, die ich ohne Versicherung bekommen würde.

Jace zieht sich aus dem Büro zurück und schließt die Tür.

Er steht auf der gegenüberliegenden Seite. Ich habe keine Ahnung, was er sagt, aber er unterhält sich ziemlich angeregt mit seinem Kollegen.

Jace sieht wütend aus.

Ist es meinetwegen?

Ist er verärgert, dass der Herr sich ein paar Minuten Zeit genommen hat, um mir etwas zu essen zu holen? Ich möchte ihm nicht zur Last fallen.

Ich packe das Sandwich aus. Obwohl ich jeden Bissen genießen möchte, kann ich das nicht, ich verhungere.

Ein Truthahn-Sandwich hat noch nie so gut geschmeckt. Es ist mir egal, dass das Brot kalt, leicht schal und trocken ist.

Zwischen den Bissen trinke ich den Orangensaft. Der Geschmack ist kräftig und dickflüssig, süß wie Melasse. Das Beste ist, dass es kein Fruchtfleisch gibt, aber ich bin nicht besonders wählerisch.

Mein Kopf fühlt sich schon wieder gut an und das Schwindelgefühl verschwindet mit jeder Minute, in der ich meine kostenlose Mahlzeit verschlinge.

Sobald ich mit dem Essen fertig bin, mache ich mich auf den Weg. Hoffentlich steht er nicht vor der Tür und ich kann mich hinausschleichen, um ihn nie wiederzusehen.

KAPITEL FÜNF

Jace

„Wer ist das Mädchen?", fragt Matteo.

Ich stehe ihm direkt vor meinem Büro gegenüber. Ich kann Olivia durch die offenen Jalousien sehen. Die Jalousien wurden auf mein Drängen hin angebracht, um ein wenig Privatsphäre zu schaffen, aber jetzt merke ich, dass es kaum Privatsphäre gibt.

„Olivia Summers. Sie dachte, sie hätte ein Vorstellungsgespräch für eine Assistentenstelle", sage ich und fahre mir mit den Fingern durch die Haare.

Wie zur Hölle konnte das nur schiefgehen?

Matteos Wangen glühen. „Ich habe es vermasselt, Chef. Ich hätte dir direkt sagen müssen, dass das Vorstellungsgespräch abgesagt wurde."

„Wer zum Teufel hat Ms. Summers in mein Büro geschickt?" Ich bin kurz davor, sie zu köpfen.

„Ich werde es für Sie herausfinden, Sir", sagt Matteo.

Ich atme schwer aus und starre das Mädchen an, das an meinem Schreibtisch sitzt.

Niemand setzt sich jemals auf Don Baron's Stuhl. Niemals.

Aber je länger ich sie durch die Jalousien anstarre, desto mehr wird mir klar, dass ich sie will.

Nicht als Assistentin. Und schon gar nicht intim.

Versteh mich nicht falsch, sie ist heiß und hat einen tollen, kurvigen Körper, aber ich vermische nicht Geschäft und Vergnügen. Das Letzte, was ich brauche, ist ein Mädchen, das meine tiefen, dunklen Geheimnisse erfährt.

Es gibt einen Grund dafür, dass es Geheimnisse sind.

Ich verabrede mich ohnehin kaum. Es gibt zu viele Frauen da draußen, die hinter meinem Geld her sind. Es ist einfacher, das Feld zu spielen.

Sicherer.

Billiger.

Ich brauche keine Freundin, die bei

Veranstaltungen an meinem Arm hängt. Ich bin der Chef von Barone Industries. Wen zum Teufel muss ich beeindrucken? Niemanden.

„Ich will sie", sage ich und starre sie durch das Fenster an.

„Wie bitte?", sagt Matteo und räuspert sich. Er erwartet, dass ich etwas anderes sage und tut so, als hätte er nicht gehört, was ich gesagt habe.

Nein, er hat mich richtig verstanden.

„Ich will sie als Leihmutter."

„Sir, Sie können da nicht einfach hineingehen und..."

„Und ob ich das kann. Ich bin Jace Barone." Ich tue, was mir verdammt noch mal gefällt. Es hilft, dass ich mehr Geld habe, als ich benötige, und ich habe das Gefühl, dass der kleine Tiger da drinnen verzweifelt einen Job sucht.

Nur dass es nicht der Job ist, auf den sie gehofft hat, eingestellt zu werden.

„Denken Sie darüber nach, was Sie vorschlagen, Sir", sagt Matteo.

Er ist immer ruhig und besonnen.

Ich bin impulsiv.

Er ist das Yin zu meinem Yang. Das macht ihn zu einem großartigen Stellvertreter.

Aber ich bin der Chef, nicht Matteo. Das

bedeutet, dass ich selbst meine schlechtesten Ideen durchschauen kann, keiner kann mich feuern. Sicher, ich habe einen Vorstand, mit dem ich zurechtkommen muss, aber ich schlage nicht vor, dass dieser kleine Tiger beruflich für mich arbeiten soll,

obwohl es nicht die schlechteste Idee wäre.

Mit ihr zu schlafen, meinen Schwanz in ihrer Enge zu vergraben, ist die absolut schlechteste Idee.

Und scheiß darauf, wenn ich keinen klaren Kopf behalten kann.

Die meisten Frauen sind hinter mir her. Die Tatsache, dass sie immun dagegen zu sein scheint, wer ich bin, ist verdammt sexy.

Verdammt, sie ist sexy. Allein die Art, wie sie sich gibt und keine Angst hat, freizusprechen. Das ist heiß wie die Sünde.

Ich richte meine Aufmerksamkeit wieder auf Matteo. Er kann widersprechen, so viel er will, ich bekomme immer meinen Willen.

„Ich habe Vertragsanwälte, die dafür sorgen, dass alles reibungslos abläuft."

„Aber selbst wenn du solch einen Vorschlag machst, könnte das ein Grund für eine Klage sein. Die Frau kam wegen einer Assistentenstelle in dein Büro und dann hast du ihr vorgeschlagen,

Leihmutter zu werden. Wir haben eine Agentur genommen. Meinst du nicht, dass es das Beste ist, wenn wir so weitermachen wie bisher?"

Er kann der Agentur sagen, dass sie mich mal kann. Niemand hat mich darüber informiert, dass die Leihmutter unseren Termin abgesagt hat. Sie hätten sich direkt an mich wenden müssen, nicht an meinen Stellvertreter Matteo. Es war wahrscheinlich ein Versehen, aber es ist ein Problem.

„Ich denke, ich sollte sie fragen, bevor ich die Idee ganz verwerfe", sage ich und sehe Matteo an.

Ich höre nicht, das die Bürotür geöffnet wird.

Olivia tritt heraus, ihre blassblauen Augen sind groß und leuchtend. Sie streicht sich eine Strähne ihres rotblonden Haares hinters Ohr. Sie ist wunderschön.

Umwerfend.

Ich kann mir die perfekte Mischung unserer Kinder vorstellen. Ich hoffe zwar, dass es ein Junge wird, um mein Erbe fortzuführen, aber ich wäre auch mit einem kleinen Mädchen glücklich, das ihr ähneln würde.

Sie ist das, wonach ich gesucht habe.

Auch wenn es sehr unkonventionell ist, lasse ich ihr die Wahl.

Die Entscheidung liegt ganz bei ihr.

Aber ich bekomme immer, was ich will.

„Danke für das Mittagessen. Ich sollte jetzt gehen", sagt Olivia und blickt zwischen mir und Matteo hin und her. Ihre Schultern sind eingefallen. Sie versucht, sich unsichtbar zu machen, aber das ist nicht möglich.

Ich könnte eine Frau wie sie nie vergessen, und wir haben uns gerade erst kennengelernt.

„Bevor du gehst", sage ich und lege meine Hand auf ihren Arm. Ich führe sie zurück in mein Büro und schließe die Tür, bevor Matteo mich unterbrechen kann.

Ich bin mir sicher, dass er sich auf die Zunge beißt und schreien will, wie schlecht diese Idee ist. Ich bin kein Idiot. Ich hätte nie gedacht, dass es ideal ist, aber manchmal passieren Dinge, Gelegenheiten fallen dir vor die Füße, und du musst sie ergreifen.

Ich gebe ihr diese Chance.

Die Chance deines Lebens.

„Ich möchte nicht noch mehr von deiner Zeit in Anspruch nehmen. Ich bin sicher, dass du viel zu tun hast und du warst schon zu nett", sagt Olivia. Sie sucht nach den richtigen Worten.

Ihr Äußeres hat etwas Nervöses an sich, das süß und liebenswert ist. In einem anderen Leben hätten wir vielleicht eine Chance gehabt.

Aber ich bin nicht dieser süße, gute Ehemann.

Ich kann dieser Mann nicht sein.

Ich werde nie dieser Mann sein. Ich habe meine Rolle und mein Schicksal, akzeptiert. Ich habe mein Leben damit verbracht, mich auf mein Unternehmen zu konzentrieren, sowohl auf Barone Industries als auch auf die Familie und die Männer, die ich unterstütze.

Da ist kein Platz für eine Ehefrau oder Königin auf dem Thron.

„Ich habe ein Angebot, das ich dir gerne machen würde", sage ich und räuspere mich.

Olivias Augen weiten sich. Sie sind das hellste Blau, das ich je gesehen habe. Sie glitzern in der Reflexion der bodentiefen Fenster mit Blick auf den Pazifik. Draußen ist es sonnig und heute ist ein wunderschöner Tag.

„Bietest du mir den Assistentenjob an?", fragt sie.

„Nein", sage ich. Meine Stimme ist ruhig und gefasst. Ich will sie auf keinen Fall verführen. „Setz dich." Ich mache eine Geste zu dem Stuhl, auf dem sie vorhin beim Vorstellungsgespräch saß.

Ich setze mich an den Rand meines Schreibtisches, während sie sich hinsetzt. So bin ich nah genug dran, um sie aufzufangen, falls sie wieder einen Ohnmachtsanfall bekommt.

„Wirst du oft ohnmächtig?", frage ich.

Sie runzelt die Stirn. „Nein, das ist das erste Mal, dass ich ohnmächtig geworden bin", sagt Olivia. „Tut mir leid. Was hat das mit dem Angebot zu tun, das du mir machst?"

Es ist kein Wunder, das sie verwirrt ist. Ich habe ihr die Dinge nicht klargemacht. „Ich möchte eine Leihmutter einstellen", sage ich.

„Lass mich raten. Du stellst keine Assistentin ein?" fragt Olivia mit enttäuschter Miene.

„Im Moment nicht", sage ich. Ich falte meine Hände zusammen. „Ich suche eine Frau, die bereit wäre, mein Kind auszutragen. Hast du schon Kinder?"

„Du bittest mich, die Leihmutter zu sein?" Olivia hustet, und ich greife nach der Wasserflasche von vorhin und biete sie ihr an. „Es tut mir leid. Ich bin nur ein wenig aufgeregt. Mit so einem Angebot habe ich nicht gerechnet."

„Ich wäre bereit, der Leihmutter fünfzigtausend Dollar pro Monat zu zahlen, zusammen mit einem ordentlichen Zuschuss für Umstandskleidung und alle anderen notwendigen Dinge. Die medizinische Versorgung würde von dem Arzt meiner Wahl bezahlt und übernommen werden. Ich möchte das Beste für mein Kind."

Sie presst ihre Unterlippe zwischen die Zähne.

Ich habe sie in Verlegenheit gebracht. Das hätte ich kommen sehen müssen. Ich bin kein Idiot, aber sie zu fragen, war geradezu dumm.

„Hast du schon Kinder?", frage ich.

Die Leihmutteragentur verlangt, dass eine Frau mindestens eine gesunde Schwangerschaft und Geburt hinter sich hat.

„Ja, einen Sohn", flüstert sie. „Er ist, äh, bei seinem Vater."

Ich schaue auf ihre Hand. „Du bist geschieden?" Ich sehe keinen Ring an ihrem Finger.

Ihre Augen verdichten sich, aber sie antwortet nicht.

Es ist ungewöhnlich, dass ein Vater das volle Sorgerecht hat.

Kann sie sich keinen guten Anwalt leisten? Ich möchte ihr helfen.

Matteo würde mich anschreien, dass ich mich zurückhalten und sie in Ruhe lassen soll, aber das kann ich nicht.

„Wie wäre es, wenn du darüber nachdenkst"? sage ich. Ich hole eine Visitenkarte aus meiner Brieftasche, drehe sie um und kritzle meine Handynummer auf die Rückseite.

Ich reiche ihr die Karte, und sie atmet zittrig aus.

„Lass mich wissen, wie du dich entscheidest."

Wortlos nimmt sie die Karte von mir entgegen.

Ich begleite sie aus meinem Büro zum Aufzug und sorge dafür, dass sie den Weg nach unten findet. Ich drücke den Abwärtsknopf, und sie steht da und starrt auf die Karte.

Der Aufzug klingelt, und sie steigt ein.

„Überleg es dir einfach."

KAPITEL SECHS

OLIVIA

Ich muss verrückt sein, wenn ich seine Bitte in Betracht ziehe.

Er will, dass ich die Leihmutter für sein Kind bin.

Das ist Wahnsinn.

Ich hätte einfach Nein sagen, und einfach auf der Stelle ablehnen sollen. Ich bin keine Babyfabrik für einen Milliardär, der ein Kind haben will.

Aber die Bezahlung ist mehr, als ich in einem Jahr verdienen könnte, und das für nur einen Monat. Neun Monate schwanger sind eine Menge Geld für einen befristeten Job. Wenn ich anfange, den Job als Aushilfsjob zu betrachten, fällt es mir vielleicht leichter, ihn zu entschlüsseln.

Sowie ich aus dem Gebäude trete, krame ich mein Handy hervor und rufe Harper an.

Ich habe schon seit ein paar Wochen nicht mehr mit ihr gesprochen. Als Kinder waren wir die besten Freunde. Sie ist nach Breckenridge gezogen, um mit einem heißen Bodyguard zusammen zu sein, den sie bei den Dreharbeiten zu einem Spielfilm kennengelernt hat. Sie wurden sesshaft und gründeten eine Familie.

Ich habe es versäumt, mit ihr in Kontakt zu bleiben. Außerdem war sie mit ihrem berühmten Hollywood-Lifestyle beschäftigt. Aber wir rufen uns immer an unseren Geburtstagen und zu Weihnachten an.

Wenn sie wüsste, in welchen Schwierigkeiten ich mit der Mafia steckte und in meinem Auto lebe, würde sie nach Los Angeles fliegen und mir den Arsch retten.

Aber ich muss nicht gerettet werden und ich bin auch nicht auf der Suche nach Almosen.

Jace Barone hat nicht gesagt, dass ich sein Angebot geheim halten muss. Ich meine, selbst wenn ich das täte, würde jemand unweigerlich herausfinden, dass er ein Kind hat.

Es wird auf den Titelseiten stehen.

Er ist immer in den Nachrichten und wird ständig von den Medien bombardiert.

Mein Magen dreht sich um.

Ist es das, worauf ich mich freuen muss, wenn ich Ja sage? Jace ist berühmt, und das Rampenlicht scheint ihm zu folgen. Sowohl im Guten als auch im Schlechten.

Ich rufe Harper an, aber sie geht nicht ran. Ich hinterlasse ihr eine kurze Nachricht und bitte sie, mich so schnell wie möglich zurückzurufen. Ich gebe nicht an, warum. Ich glaube nicht, dass die Telefone abgehört werden, aber wie soll ich ihr sagen, dass einer der reichsten Männer der Welt mich gebeten hat, sein Kind als Leihmutter auszutragen? Das ist ein ziemlicher Brocken und würde ihr wahrscheinlich einen Herzinfarkt bescheren.

Als ich zu meinem Auto gehe, drehe ich die Visitenkarte um und starre auf seinen Namen in goldenen Buchstaben, die in der Nachmittagssonne glitzern.

„Willst du wirklich, dass ich dein Kind bekomme?", murmle ich vor mich hin.

Bin ich verrückt, weil ich glaube, dass ich es durchziehen könnte?

Es geht um viel Geld, und ich lebe in meinem

Auto. Ich wäre verrückt, wenn ich nein sagen würde. Natürlich wäre es noch verrückter, wenn ich zustimmen würde.

Ich schließe mein Auto auf und setze mich auf den Fahrersitz. Ich drehe die Visitenkarte um und wähle seine Nummer. Ich bin noch nicht einmal zehn Minuten weg, aber ich kann nicht riskieren, dass er es sich anders überlegt.

Ich brauche das Geld, und das ist die beste Gelegenheit für einen Neuanfang. Wenn ich fertig bin, kann ich das Geld nehmen und die Stadt hinter mir lassen. Dann werde ich nach Breckenridge fahren und meinen alten Highschool-Freund besuchen. Wir waren praktisch unzertrennlich. Mitten im Nirgendwo, in Montana, müssen die Häuser billiger sein.

Das Leben muss auch einfacher sein.

Es wird perfekt sein.

Ich wähle seine Telefonnummer und erwarte, dass die Mailbox abgehört wird. Er ist der CEO eines milliardenschweren Unternehmens. Ich bezweifle, dass er Zeit hat, meinen Anruf entgegenzunehmen.

Er nimmt nach dem ersten Klingeln ab. „Hier ist Jace."

Ich darf nicht die Nerven verlieren. Ich bin

bereit, aufzulegen. Mein Magen sinkt und mein Herz springt mir aus der Brust. Ich könnte kotzen.

„Hallo?", sagt er, als ich schweige.

Es kostet mich all meine Kraft, den Mut aufzubringen, um zu sprechen. „Ich werde es tun", flüstere ich.

„Olivia?"

Natürlich kennt er weder meine Nummer noch meine Stimme. „Ja, hier ist Olivia Summers. Ich werde es tun", sage ich.

Ich schwöre, er lächelt. Vielleicht bilde ich es mir auch nur ein.

„Gut. Ich möchte, dass du vorbeikommst und ein paar Papiere ausfüllst.

„In deinem Büro?", frage ich mit brüchiger Stimme.

Ich bin noch nicht weg. Ich könnte jetzt wieder hineinmarschieren und den ganzen lästigen Kram erledigen. Je früher, desto besser. Ich will ein Dach über dem Kopf haben.

„Nein, in meinem Haus", sagt er. „Ich schicke dir die Adresse. Wie wäre es mit Montagnachmittag oder -abend?"

Das sind noch vier Tage.

Es fühlt sich wie eine Ewigkeit an. Ich habe kein Geld im Portemonnaie und mein Benzintank wird langsam leer - vier Tage ohne eine anständige Mahlzeit. Ich hätte die Hälfte des Sandwichs, das er mir gegeben hat, aufheben sollen.

„Können wir es vielleicht früher machen?" Vielleicht kann ich ihn überreden, mir einen Vorschuss auf meinen Lohn zu geben. Ich brauche das Geld dringend, und ich werde nicht über Nacht schwanger. So funktioniert das nicht.

„Passt Montag in deinen Zeitplan? Ich werde mich mit meinem Anwalt in Verbindung setzen und ihn bitten, den Papierkram zu erledigen", sagt Jace. Er ist ein Geschäftsmann. Ich kann mir nicht vorstellen, dass er ein guter Vater ist. Er scheint mit Barone Industries zu beschäftigt zu sein, um ein Kind großzuziehen, aber beschäftigte Männer haben auch Kinder.

„Vielleicht können wir uns heute Abend treffen, um die Einzelheiten zu besprechen. Ich war noch nie Leihmutter und abgesehen von dem Austragen einer Schwangerschaft weiß ich nicht, was du von mir erwartest."

„Na gut. Komm heute Abend gegen acht vorbei. Ich schicke dir die Adresse. Dann können wir die Einzelheiten besprechen und alle Fragen klären, die du hast."

Ich atme erleichtert auf. „Super."

Vielleicht kann ich etwas Essen aus seinem Kühlschrank schmuggeln, während ich bei ihm zu Hause bin.

KAPITEL SIEBEN

Jace

„Du hättest sie nicht bitten sollen, Leihmutter zu werden", sagt Matteo. Er verschränkt die Arme vor der Brust. „Das ist eine Klage, die nur darauf wartet, zu passieren."

Ich schließe meine Bürotür, damit niemand das Gespräch zwischen uns belauschen kann.

„Ich bin mir der Risiken bewusst. Aber das Mädchen ist offensichtlich in Schwierigkeiten." Außerdem ist es seine Schuld, dass das passiert ist. Wenn er nicht vorgeschlagen hätte, dass die Agentur einen Termin in meinem Büro vereinbart, wäre es nie zu dem Missverständnis gekommen.

Ich gebe Matteo die Schuld.

„Und du glaubst, wenn du ihr eine Leihmutterschaft anbietest und ihr Tausende von Dollar in den Rachen wirfst, ist das die Antwort auf ihre Probleme?"

„Geld löst eine Menge Probleme", sage ich. „Es gibt Männer, die mich für meine Position umbringen würden."

Matteo rollt mit den Augen. „Nicht, weil du hier der Geschäftsführer bist."

Ich schaue ihn an, um seinen Tonfall zu beobachten. Nicht, dass es eine Überwachung gibt oder der Laden verwanzt ist, aber man kann nie vorsichtig genug sein.

Ich leite nicht nur ein Unternehmen, ich leite auch die Mafia. Ich bin das Oberhaupt der Familie. Meine Männer nennen mich Don Barone.

„Jedenfalls rief sie an und sagte zu. Ich werde, mich heute Abend mit ihr treffen, um mit ihr meine Erwartungen zu besprechen und sicherzugehen, dass sie hundertprozentig einverstanden ist, bevor sie den Papierkram unterschreibt."

Ich gehe zu meinem Schreibtisch, schließe die Schublade auf und hole die Manila-Mappe und den Lederordner heraus, auf dem ich während des Gesprächs herumgekritzelt hatte.

„Du machst dir nicht die geringsten Sorgen, dass das eine Falle ist?", fragt Matteo.

Er ist immer ein wenig paranoid. Er ist ein guter Mann, vertrauenswürdig, aber seine Instinkte treffen nur etwa die Hälfte der Zeit zu. Er ist wie ein Bruder für mich, aber ich habe keine leiblichen Brüder.

Ich habe eine sechs Jahre jüngere Schwester. Wir reden nicht miteinander. Sie hasst, was ich beruflich mache und verachtet mich. Ich bin auch nicht gerade verrückt nach ihr.

Ein Stirnrunzeln zeichnet sich auf meinem Gesicht ab. „Ist es eine Falle? Sie hat sich für eine Assistentenstelle beworben."

„Eine Assistentenstelle, die es gar nicht gibt."

„Du hast sie nicht hereingeholt? Du redest doch immer davon, dass ich eine Assistentin einstellen soll, dass ich jemanden brauche, der dafür sorgt, dass ich keine Vorstandssitzung verpasse und der für mich E-Mails verschickt und beantwortet."

„Vielleicht habe ich es der Personalabteilung gegenüber erwähnt, aber ich bin mir sicher, dass ich erklärt habe, dass es sich um eine interne Stelle handelt. Nicht für jemand, der direkt von der Straße kommt", sagt Matteo.

Ich klappe den Lederordner auf und werfe einen Blick auf den Namen, den ich während des Gesprächs mit Olivia notiert habe. „Kennst du eine Avery Seymore?"

„Ja, sie arbeitet in der Buchhaltung", sagt Matteo. „Sie ist ein Level 1 und arbeitet seit etwa drei Jahren hier. Sie ist jung, aufgeweckt, ein wenig zu enthusiastisch, aber sie arbeitet hart."

„Olivia hat ihren Namen während des Vorstellungsgesprächs erwähnt. Sie muss ihr von der Assistentenstelle erzählt haben." Ich bin immer noch verblüfft, wie sich unsere Drähte überschneiden konnten.

„Das ist meine Schuld und ich versichere dir, dass es nicht wieder vorkommen wird."

Ich schließe den Lederordner. „Gut."

———

Auf dem Weg nach Hause hole ich das Abendessen ab. Es ist fast acht Uhr und ich habe keine Zeit mehr, eine gesunde Mahlzeit zu kochen, schon gar nicht, bevor Besuch kommt.

Dieser Besuch ist Olivia Summers.

Meine Hände sind schwitzig und mein Magen knurrt.

Warum bin ich so nervös?

Sie könnte mich ablehnen, mich verklagen oder mich demütigen und versuchen, den Ruf zu zerstören, den ich mir aufgebaut habe.

Aber das ist es nicht, was mich beunruhigt.

Es ist die 1,50 m große Perfektion einer Frau, mit der ich kaum Zeit verbracht habe. Sie weckt ein Verlangen in mir, das ich nicht erklären kann. Es gibt eine Grenze, die ich bei ihr nicht überschreiten kann.

Sex ist vom Tisch.

Bei den anderen Leihmüttern, mit denen ich gesprochen habe, wäre es mir nie in den Sinn gekommen, diese Grenze zu überschreiten.

Aber ich habe mich auch gegen jede von ihnen entschieden. Eine war verheiratet, die zweite war eine Journalistin, die versuchte, eine Story zu bekommen.

Sie passten nicht in das Bild, das sich in meinem Kopf festgesetzt hatte, was ich will.

„Glaubst du wirklich, dass eine traditionelle Leihmutter der richtige Weg ist?", fragt Matteo. „Sie könnte ein Recht auf das Kind einfordern und die Dinge könnten chaotisch werden. Nichts für ungut, Boss, aber du bist verdammt reich, und jede Frau könnte leicht einen Vorteil aus deiner Großzügigkeit ziehen."

Hält er mich für einen Idioten?

„Warum glaubst du, dass ich das über eine Leihmutterschaft mache, anstatt das nächste Mädchen zu schwängern, mit dem ich ins Bett gehe? Ich bin vorsichtig." Ich schiebe die Papiere der Bewerber auf die Seite meines Schreibtisches.

Matteo steht auf der gegenüberliegenden Seite meines Schreibtisch's ,während ich dahinter in meinem Ledersessel sitze.

Bequem, obwohl ich nicht im Geringsten entspannt bin.

Der Gedanke, dass ich keinen Erben habe, hat mich gestresst. Es gibt kein Kind, das meinen Namen erbt oder die Familie Barone führt, wenn ich nicht mehr bin. Auch wenn ich nicht vorhabe, dass dieser Tag bald kommt, wäre ich beruhigt zu wissen, dass ich einen Sohn habe, der in meine Fußstapfen treten wird.

„Diese Kandidaten sind Schrott", sage ich und sehe Matteo an. „Jeder kann auf dem Papier lügen."

„Sir—", sagt Matteo und ich unterbreche ihn. Ich will seine Ausreden nicht hören.

Es gibt nur eine Möglichkeit, wie ich sicher sein kann, dass die Leihmutter die richtige Frau ist.

Die Hälfte der DNA meines Kindes wird von der Mutter stammen. Ich kann mich nicht auf die Statistiken und Leistungen einer Eizellspenderin verlassen.

Ich muss die Mutter selbst sehen, um festzustellen, ob sie gut zu mir passt und ob mein Kind von ihren Genen profitieren könnte.

Es geht nicht um die Haarfarbe oder den Farbton ihrer Augen. Diese Dinge spielen für mich keine Rolle.

Was ich bei einer Frau suche, sind Sturheit und Hartnäckigkeit - ein Feuer und ein Funke, der nicht erlöschen will. Ich brauche einen Erben, der vor dem Feind nicht kuschen wird.

Diese Art von Persönlichkeit offenbart sich nicht auf einem Stück Papier.

„Ich möchte die Leihmutter kennenlernen, Zeit mit ihr verbringen und zweifelsfrei wissen, dass sie die richtige Person ist, um mir ein Kind zu schenken."

„Chef, habe ich schon erwähnt, dass ich dagegen bin?"

„Wiederholt."

Ein dunkelblaues Auto mit Schrägheck parkt draußen an der Straße.

Ich fahre vorbei, aber ich sehe niemanden auf dem Fahrersitz. Ich drücke den Pieper, öffne das schmiedeeiserne Tor und fahre in die Einfahrt.

Ich werfe einen Blick in den Rückspiegel und vergewissere mich, dass die Metalltore geschlossen sind, bevor ich in die Garage fahre und die Türen schließe.

Ich steige aus dem Auto, schnappe mir das Essen zum Mitnehmen und gehe ins Haus.

Das Licht schaltet sich automatisch ein.

Ich schalte den Alarm aus und gehe in die Küche, um Geschirr, Besteck und etwas zu trinken zu holen.

Es ist noch nicht ganz acht Uhr, aber es muss Olivias Auto sein, das vor dem Haus parkt. Ich kenne das Fahrzeug nicht, es ist alt und verbeult. Sie könnte das Geld von ihrer Leihmutterschaft gut gebrauchen, um sich einen neuen Satz Räder zu kaufen.

Vielleicht kann ich ihr das Geschäft versüßen, wenn sie noch unentschlossen ist. Ich könnte anbieten, ihr ein neues Auto zu kaufen.

Würde das die Grenze überschreiten?

Als ob ich nicht schon unangemessen gewesen wäre, als ich ihr vorschlug, eine Leihmutter zu werden.

Ich kneife mir in den Nasenrücken.

Manchmal spreche ich, bevor ich denke. Das ist ein schlechter Charakterzug, der mich zerstören könnte. In meinem Fall hat sie mir das meiste von dem gebracht, was ich vom Leben wollte. Bei den wenigen Dingen, die ich nicht erreichen konnte, hat mir meine Familie geholfen.

Meine Mafia-Familie.

Meine biologische Familie ist für mich gestorben, meine Schwester ist alles, was von den Barone's übrig ist, und sie hat mich verraten.

Ich stelle die Tüte mit dem Essen auf dem Tisch ab und gehe nach draußen. Hat Olivia einen Spaziergang gemacht?

Nachdem ich das Tor aufgeschlossen habe, trete ich hinaus und bemerke, wie ihr Kopf auf dem Rücksitz auftaucht.

Hat sie in ihrem Auto geschlafen?

Ich nähere mich ihrem Auto, als sie die Hintertür öffnet und aussteigt. Auf dem Rücksitz hat sie eine ganze Menge Kleidung, ein Kissen und eine Decke.

„Wohnst du in deinem Auto?", frage ich sie.

Ihre Wangen glühen, als sie an mir vorbeischaut und den Blickkontakt vermeidet. „Nein, ich habe nur ein Nickerchen gemacht, bis es Zeit für unser Treffen ist", sagt Olivia.

„Komm mit rein", sage ich und führe sie durch das offene Tor ins Haus. „Ich habe Abendessen mitgebracht. Es ist reichlich da und ich bereite dir einen Teller."

„Das ist nicht nötig", sagt Olivia.

„Hast du schon zu Abend gegessen?" Ich schließe das Haus ab und schalte die Alarmanlage ein, bevor ich einen zweiten Teller für sie hole.

„Äh, nein. Noch nicht. Es ist alles in Ordnung. Ich hatte ein großes Mittagessen." Ihre Augen weiten sich, als sie merkt, was sie gesagt hat. „Ich meine, das Sandwich, das ich gegessen habe, ist erst ein paar Stunden her."

„Du wirst mit mir essen." Ich ziehe die Essensbehälter aus der Tüte heraus, öffne die Plastikdeckel und lege sie auf den Tresen. Ich nehme mir von jedem Gericht einen Löffel voll, auf meinen Teller.

Olivia steht da und starrt das Essen an.

Will sie sich nicht selbst bedienen?

„Hier", sage ich und reiche ihr den Teller, den

ich für mich vorgesehen habe, und schütte das Essen für mich auf einen zweiten Teller.

Sie muss nicht schüchtern sein.

„Komm, setz dich an den Tisch." Ich begleite sie in den Speisesaal und bringe zwei Flaschen Wasser mit.

Der Gedanke an Alkohol schießt mir durch den Kopf, aber ich will, dass sie für unser Gespräch nüchtern ist.

„Danke für das Essen", sagt sie, als sie sich setzt. „Das wäre doch nicht nötig gewesen."

Ich habe das Gefühl, dass sie nicht essen wird, wenn ich es nicht tue. „Das ist kein Problem", betone ich. „Sag mir, Olivia, warum willst du eine Leihmutter sein?" Ich muss wissen, dass es ihr nicht nur um das Geld geht, wenn sie mein Kind austragen will. Das ist keine leichte Aufgabe.

Ihr Blick ist auf ihr Essen gerichtet, während sie hungrig das Essen auf ihrem Teller verschlingt. „Ich sollte dir wahrscheinlich sagen, was du hören willst, dass ich dir etwas geben kann, was du allein nicht schaffst. Die Freude, ein Leben in diese Welt zu setzen. Das ich dir etwas schenken kann, was mit Geld nicht zu vergleichen ist, aber die Wahrheit ist, dass meine Gründe eher egoistisch sind."

„Es geht also um das Geld."

Ich brauche ihre Ehrlichkeit, und mein Blick trifft ihren.

„Ja. Nein", sagt sie und fummelt an ihren Worten herum.

„Was ist es?", frage ich und mustere sie.

Ich möchte die Wahrheit wissen.

Sie streicht sich eine Haarsträhne hinters Ohr und blickt kurz auf, bevor sie einen weiteren Bissen vom Abendessen nimmt und sich diesmal mit dem Gemüse beschäftigt.

Das Gemüse war für meinen Geschmack etwas fade, zerkocht und nicht besonders gut.

Sie isst es, als wüsste sie nicht, wann sie ihre nächste Mahlzeit bekommt.

Ist sie obdachlos? Oder hat sie nur einen gesunden Appetit? Vorhin hatte sie nur ein Sandwich und eine Tüte Chips. Das sind nicht viele Kalorien für einen ganzen Tag.

Oder ist sie bereits schwanger? Das wäre ein Problem. Der Arzt wird sie gründlich untersuchen, bevor er mit dem Eingriff beginnt.

„Ich vermisse meinen Sohn. Ich tue das nicht ganz selbstlos. Die Schwangerschaft war eine meiner schönsten Zeiten mit meinem Jungen."

„Er ist bei seinem Vater."

Das hat sie vorhin im Büro erwähnt. Ich kann

mir nicht vorstellen, welcher Mann sein Kind von seiner Mutter fernhält. Olivia scheint nicht instabil zu sein, außer vielleicht in finanzieller Hinsicht.

Ist das der Grund, warum sie nicht das Sorgerecht für ihren Sohn hat?

Sie greift nach ihrem Wasser und nimmt einen Schluck. Ich kann nicht sagen, ob sie meiner Bemerkung ausweicht oder durstig ist. Es ist wahrscheinlich ein heikles Thema. Für mich wäre es das, wenn jemand anderes das Sorgerecht für mein Kind hätte, was aber nie passieren wird.

Ein weiterer Grund, keine Beziehung im traditionellen Stil zu führen.

„Was muss ich wissen?", fragt Olivia.

Ich sitze ihr gegenüber und esse das letzte Stück meines Abendessens auf. „Du musst dich medizinischen Tests unterziehen, um sicherzustellen, dass du nicht schon schwanger bist und dass du gesund bist."

„Und du wirst dafür bezahlen?" Ihre Stimme ist sanft und zaghaft. Sie klingt nervös.

Liegt es daran, dass ich sie einschüchtere, oder hat sie etwas zu verbergen?

Ich nehme einen Schluck Wasser und nicke. „Ja, alle deine Ausgaben werden übernommen. Wo wohnst du?", frage ich sie.

Ihre Augen weiten sich, und sie greift nach ihrem Wasser. „Mit einem Freund."

Sie erwidert meinen Blick nicht.

Ich glaube ihr nicht. Das Kissen und die Decke in ihrem Auto sind offensichtliche Zeichen der Not. „Ich werde dir eine Wohnung besorgen."

„Das kann ich mir nicht leisten—"

Ich unterbreche sie, bevor sie zu Ende sprechen kann. „Ich übernehme die Kosten."

„Das ist sehr großzügig von Ihnen, Sir."

„Jace", sage ich. „Nenn mich Jace. Du wirst in der Wohnung bleiben, bis du mit meinem Kind schwanger bist. Dann, nach dem ersten Trimester, erwarte ich, dass du hier unter meinem Dach wohnst. Du bekommst natürlich ein eigenes Schlafzimmer und ein eigenes Bad."

„Du erwartest, dass ich bei dir einziehe?" Ihre Zunge fährt heraus und streicht über ihre kirschroten Lippen. Ihre Wangen röten sich, während sie spricht.

„Das ist Teil der Abmachung", erkläre ich. „Ich versichere dir, dass du deine Privatsphäre haben wirst, aber ich möchte an der Erfahrung teilhaben, ein Kind zu bekommen."

Sie strafft ihre Schultern und atmet leise aus. Die Nervosität scheint sich von ihrem Körper zu lösen.

„So funktioniert eine Leihmutterschaft normalerweise nicht." Ihr Ton ist kräftiger, und viel mutiger.

Sie hat nicht unrecht, aber ich bin auch nicht der übliche Typ. Braucht sie eine Erinnerung daran, was ich ihr biete? Wird sie das dazu verleiten, ja zu sagen?

„Du hast recht. Aber die meisten Leihmütter verdienen auch insgesamt fünfundzwanzigtausend Dollar. Ich biete den doppelten Betrag pro Monat."

Dachte sie, das Geld sei an keine Bedingungen geknüpft und ich würde ihr eine exorbitante Summe zahlen, nur weil ich wohlhabend bin?

Olivia holt scharf Luft. Ihre Wangen sind so rot wie ihre Lippen, und sie sieht allgemein ziemlich errötet aus. Der Raum ist nicht übermäßig warm oder ungemütlich. „Wegen des Geldes, erwartest du, dass etwas Intimes zwischen uns passiert?"

Ich lächle. Vielleicht kommt das Erröten von ihrer Frage.

Möchte sie, dass etwas Intimes zwischen uns passiert?

Ich kann nicht leugnen, dass sie attraktiv ist, aber ich kann mich weigern, diesem Verlangen nachzugeben.

„Nein, wie ich schon sagte, wirst du dein eigenes

Schlafzimmer haben. Ich möchte dich und mein Kind nur unter meinem Dach haben. Ich möchte, dass mein Sohn meine Stimme erkennt."

„Oder Tochter", flüstert Olivia.

„Ja, oder Tochter." Obwohl ich mir einen Jungen wünsche, bin ich mit beidem zufrieden. Ein Mädchen würde nur bedeuten, dass ich wieder eine Leihmutter einstellen muss.

„Ich werde von dir verlangen, dass du deine elterlichen Rechte überschreibst. Ich habe einen Anwalt, der die Papiere aufsetzen wird." Ich kann nicht riskieren, dass sie ihre Meinung ändert und das Sorgerecht für das Kind will. „Gibt es sonst noch etwas, was du vor der Vereinbarung möchtest?", frage ich.

Bei einer Frau, die schon einmal das Sorgerecht für ihr Kind verloren hat, würde ich annehmen, dass sie einen Anwalt aufsuchen und mich um Hilfe bitten würde. Ich kenne die besten Anwälte in Los Angeles.

„Du bist schon sehr großzügig", sagt sie. „Ich frage nur ungern, aber ist es möglich, dass ich einen Vorschuss bekomme, zumindest einen Teil davon? Der Tank meines Autos ist fast leer und..."

Ich halte eine Hand hoch, um sie daran zu hindern, ihren Satz zu beenden. „Heute Nacht bleibst du im Gästezimmer. Morgen werde ich dafür sorgen, dass du in eine der Wohnungen ziehst, die uns gehören. Ich werde dir einen kleinen Vorschuss geben, um kleinere Ausgaben zu decken, bis alles unter Dach und Fach ist."

Ich bin kein Monster, aber ich werde mich auch nicht ausnutzen lassen.

KAPITEL ACHT

OLIVIA

Nicht lange nach dem Abendessen und unserem Gespräch über Leihmutterschaft ziehe ich mich für die Nacht zurück.

Er zeigt mir das Badezimmer und ich bin erleichtert über eine heiße Dusche. Ich habe die Einrichtungen des Campingplatzes benutzt, um zu baden. Er ist ziemlich weit von der Stadt entfernt, was mir nicht gerade dabei geholfen hat, Benzin zu sparen.

Die Dusche ist himmlisch, heißes Wasser strömt über meinen Körper. Ich benötige länger, als ich sollte, und wasche mir schließlich den ganzen Schmutz von der Haut. Körperlich bin ich nicht so schmutzig, aber ich fühle mich eklig, bis alles den Abfluss hinuntergespült ist.

Ich klettere unter die Decke. Das Bett ist hart, und die Laken sind kühl.

Eine Stille erfüllt den Raum, ohne dass ständig Verkehr auf der Straße vorbeifährt.

Es gibt überhaupt keine Geräusche. Am Anfang ist es schwer, in einem fremden Schlafzimmer einzuschlafen, aber es ist schön, ein Bett zu haben und nicht im Auto schlafen zu müssen.

Ich hatte zu viel Angst zu fragen, wie viel ich Jace schulde, wenn ich nicht schwanger werden kann. Ich bin mit vierundzwanzig noch ziemlich jung und sollte in der Lage sein, ein weiteres Kind zu bekommen.

Aber was ist, wenn ich es nicht kann?

Was, wenn ich nicht schwanger werde?

———

Am nächsten Tag wache ich auf. Im Haus riecht es nach Speck und Eiern. Ich klettere aus dem Bett und husche die Treppe hinunter in die Küche.

Für einen Milliardär ist sein Haus relativ normal. Es ist größer als meine Wohnung, in der ich früher gewohnt habe, aber sein Haus ist wahrscheinlich nicht größer als zweitausend Quadratmeter. Bescheiden für einen Mann, der in einem Monat mehr Geld verdient als ich in meinem ganzen Leben.

„Guten Morgen", sagt Jace und steht vor dem Ofen. Er trägt eine dunkelblaue Jogginghose und ein weißes T-Shirt.

Er sieht sexy aus.

Aber ich kann meine Gedanken nicht dorthin lenken. Das ist eine schlechte Idee. Hier geht es nur ums Geschäft und um die Chance auf einen Neuanfang.

„Guten Morgen", sage ich. „Ich dachte, du wärst schon bei der Arbeit."

„Ich werde heute Morgen etwas später kommen. Ich möchte sichergehen, dass du dich heute Morgen in deiner Wohnung einrichtest. Matteo wird hier vorbeikommen und dir die Schlüssel für deine Wohnung bringen.

„Oh, das ist nett von ihm."

Ich habe keine Ahnung, wer Matteo ist, aber ich bin froh, dass ich ein Dach über dem Kopf haben werde.

„Außerdem hat mir mein Anwalt heute Morgen eine SMS geschickt und er kann die Papiere bis zum Ende des Arbeitstages fertigstellen. Wenn du dich heute Abend mit mir treffen willst, können wir sie gemeinsam durchgehen und die Dokumente unterschreiben."

„Ja, klar", sage ich.

Ich muss nirgendwo anders sein. Je früher, desto besser.

„Hast du etwas dagegen, wenn ich mir etwas zu trinken hole?", frage ich.

„Im Kühlschrank ist Orangensaft, Milch und Wasser. Kaffee ist in derKanne."

„Wo sind die Tassen für den Kaffee?", frage ich. Ich weiß nicht, wie seine Küche aufgebaut ist und wo er alles aufbewahrt.

Er schreitet schnell zur Kaffeekanne, öffnet den Schrank darüber und holt einen Becher heraus. „Hier." Er eilt zurück zum Herd und wendet den Speck.

„Danke", sage ich.

Ich gieße mir eine Tasse Kaffee ein, öffne den Kühlschrank und nehme eine Flasche Kaffeesahne mit Geschmack heraus. Meine Lieblingssorte. Es ist, als wüsste der Mann den Weg direkt zu meinem Herzen.

„Ich habe ein Problem mit dem Vertrag." Ich habe ihn zwar noch nicht gesehen, aber ich muss wissen, dass ich ihm nicht Tausende von Dollar schulde, wenn ich nicht schwanger werden kann.

„Ja?", fragt er und blickt mich an.

Er wartet darauf, dass ich es ihm erkläre.

Mir wird schlecht. Die Galle steigt mir in den Hals.

Ich schlucke sie hinunter und trinke einen Schluck der glühend heißen Flüssigkeit. Die Bitterkeit ist ein willkommener Genuss. „Wenn ich nicht schwanger werden kann, schulde ich dir dann die Wohnung, die Arztkosten und alles, was du für mich tust?"

Ich kann ihn nicht ansehen.

Ich starre in meine Tasse, den Blick auf den Boden gerichtet, und schäme mich dafür, dass ich mich nicht um mich selbst kümmern kann.

Jace seufzt und legt den Spachtel weg. Er kommt auf mich zu und stellt sich vor mich hin.

Jace ist groß. Er stellt jeden NBA-Spieler in den Schatten. Ich spüre seine Anwesenheit, auch wenn ich nicht aufschaue und ihn ansehe.

„Sieh mich an, Olivia."

Es kostet mich all meine Kraft, nur ein wenig den Blick zu heben.

„Ich hoffe zwar, dass du schwanger werden kannst, aber ich bin kein unvernünftiger Mann. Ich verstehe, dass es Zeit braucht, und ich möchte dir keinen Vorwurf machen. Die Wohnung ist, weil ich sicherstellen will, dass du ein Dach über dem Kopf hast. Du bist mir nichts schuldig. Okay?"

„Okay."

Er scheint zu gut, um wahr zu sein.

Zu nett.

Zu unrealistisch.

Ich starre in seine grünen Augen. Ich möchte ihn küssen. Aber soll ich das?

KAPITEL NEUN

OLIVIA

Ich schaue ihm in die Augen und beuge mich vor. Ich fühle mich in seinem Bann, wie hypnotisiert. Ich möchte ihn küssen. Seine Lippen schmecken. Er sieht gut aus, besser als jeder andere Mann, mit dem ich zusammen war, und ist viel reicher.

Stattdessen trete ich einen Schritt zurück und versuche, mich zu entfernen, weil ich Abstand brauche. Ich kann meinen Kopf nicht in den Wolken schweben lassen und so tun, als wäre das hier etwas, das es nicht ist.

Es ist ein Geschäftsabschluss. Das war's.

Ich stolpere über meine eigenen Füße und

verschütte meinen Kaffee über seinen Holzboden und mich.

Ein Schrei kommt über meine Lippen, zusammen mit einem Fluch.

Ich lasse meine Tasse nicht fallen, ich halte sie noch in meinen Händen, aber der Inhalt spritzt überallhin.

Einschließlich meines weißen T-Shirts.

„Geht es dir gut?" Jace's Stimme ist warm und voller Sorge.

Ich ziehe das nasse T-Shirt von meinem Körper weg, die Flüssigkeit ist schmerzhaft heiß auf meiner Haut. Es kostet mich alles, was in meiner Macht steht, um mir nicht die Kleider vom Leib zu reißen.

Er zieht sein T-Shirt aus und reicht es mir. „Zieh das an."

„Vor dir?" Ich quieke.

„Oder geh ins Bad. Es ist ja nicht so, dass ich noch nie Brüste gesehen hätte."

Nun, er hat meine Brüste nicht gesehen. Ich möchte, dass das so bleibt.

Er schaltet den Herd aus und nimmt sich einen Lappen, um den Boden zu wischen, bevor er in sein Zimmer eilt.

Während er außer Sichtweite ist, ziehe ich mein Hemd aus und ziehe sein T-Shirt an. Es ist warm und riecht unverwechselbar nach Jace. Es ist ein Moschusduft, erdig und sauber. Ich versuche, nicht zu viel zu schnuppern, aber der Geruch umgibt mich und es macht mir offen gestanden nichts aus.

Ich mag seine Pheromone oder ist es schon zu lange her, dass ich Sex hatte.

Wahrscheinlich beides.

———

Nach dem Frühstück ziehe ich mich an, und Jace gibt mir die Schlüssel.

Matteo hat sie vorbeigebracht, während ich mich im Bad fertig gemacht habe.

Jace kritzelt die Adresse der Wohnung auf. „Brauchst du eine Wegbeschreibung?"

„Ich kann auf meinem Handy nachsehen, wo die Wohnung ist", sage ich. Ich will ihm nicht noch mehr Unannehmlichkeiten bereiten, als ich es ohnehin schon getan habe. Muss er nicht bei der Arbeit sein? Er hat ein großes Unternehmen zu leiten und ich stehe ihm im Weg und halte ihn von seiner Arbeit ab.

„Okay. Ich melde mich wegen des Papierkrams, der Arzttermine und allem anderen, was du benötigst. Matteo arbeitet für mich und wenn du mich nicht erreichen kannst und es sich um einen Notfall handelt, kannst du dich jederzeit an ihn wenden."

Er notiert mir Matteos Telefonnummer.

Ich bin mir nicht sicher, was für einen Notfall ich haben könnte, aber ich lächle und nicke, um meine Wertschätzung zu zeigen.

„Danke", sage ich.

Jace führt mich hinaus und öffnet die schmiedeeisernen Tore, damit ich gehen kann. „Dieser Ort ist wie eine Festung", sage ich.

„Das ist es ja gerade."

Ich ziehe meine Autoschlüssel heraus, schließe die Autotür auf und öffne sie. Ich nehme an, dass die Sicherheit deshalb so hoch ist, weil er ein Milliardär ist, aber ich erwähne es nicht. Es hat keinen Sinn, den Mann daran zu erinnern, dass er in einer Wanne voller Geld baden könnte.

Macht er sich Sorgen, dass man Lösegeld für ihn fordert oder in sein Haus einbricht, weil er genug Geld hat, um den ganzen Staat Kalifornien zu kaufen, wenn er zum Verkauf stünde?

Es wundert mich, dass er nicht eine Insel besitzt. An einem Ort, wo es ruhig und abgelegen ist.

Vielleicht hat er eine, und ich weiß nur nichts davon? Es ist ja nicht so, dass er mir seine

Geheimnisse verrät oder sich mir offenbart. Das muss er auch nicht, ich arbeite für ihn, nicht andersherum.

Jace steht nur ein paar Meter entfernt und beobachtet, wie ich in mein Auto steige. Er verschränkt die Arme vor der Brust. Mit zusammengekniffenen Augen schüttelt er den Kopf und kommt auf die Fahrerseite.

Habe ich etwas vergessen?

Er beugt sich zu mir herunter, als ich den Motor starte.

Ich kurble mein Fenster herunter und greife nach meinem Handy, um die Adresse ins GPS einzugeben.

Jace wirft einen Blick auf das Armaturenbrett. „Hast du genügend Benzin, um zur Wohnung zu kommen?"

Ich weiß nicht, wie weit es bis dorthin ist. „Mal sehen", sage ich und gebe die Adresse ein, die er mir gegeben hat.

Es sind ein paar Kilometer, mit Verkehr fünfundzwanzig Minuten, schätzt das GPS auf dem Bildschirm. Ich habe weniger als ein Achtel des Tanks. Die Tankanzeige leuchtet noch nicht auf.

Ich sollte es bis zur Wohnung schaffen, aber bis

zum Zahltag wird es schwer werden, wo anders hinzukommen.

Jace greift durch das offene Fenster und reicht mir einen Hundertdollarschein.

Ich habe nicht einmal gesehen, wie er in seine Brieftasche gegriffen hat. Ich war zu sehr damit beschäftigt, die Adresse der Wohnung einzugeben, zu der ich fahren soll

„Nimm es", sagt Jace und bietet mir das Geld an, um das ich gestern Abend gebeten habe, um Benzin für das Auto zu bezahlen.

„Nur wenn es von meinem Lohn abgezogen wird." Ich willige ein, nehme den Schein aus seinen Fingern und stecke ihn in meine Brieftasche. Ich bin nicht auf ein Almosen aus, aber ich bin erleichtert, dass er mir einen Vorschuss geben will.

Er schenkt mir ein schiefes Grinsen. „Mach dir keine Sorgen. Im Vertrag wird alles festgehalten, einschließlich eines Zahlungsplans, der Erwartungen und der vertraglichen Anforderungen. Ich komme heute Abend mit dem Papierkram zu dir nach Hause", sagt Jace.

Das klingt, als wäre es ziemlich überwältigend. „Brauche ich einen Anwalt?", frage ich. Es ist nicht so, dass ich das Geld für einen hätte, aber ich will mich nicht wieder überfordern. Ich zahle immer noch den Preis für den letzten Fehler, den ich gemacht habe, als ich John geheiratet habe.

Ich dachte, ich bräuchte ihn in meinem Leben, damit er mir bei der Erziehung meines Sohnes hilft, aber er hat alles nur noch schlimmer gemacht.

Viel schlimmer.

„Ich werde alles gründlich mit dir durchgehen, aber wenn du einen Anwalt mitbringen willst, werde ich dich nicht daran hindern. Ich werde heute Abend vorbeikommen, wenn ich Feierabend habe. Ich rufe dich an, wenn ich auf dem Weg bin."

„In Ordnung", sage ich. Einen Anwalt kann ich mir auf keinen Fall leisten.

Er tritt von meinem Auto zurück und ich kurble das Fenster mit der Hand hoch. An meinem Auto ist nichts Besonderes. Es war das billigste Modell, was ich mir leisten konnte.

———

Nachdem ich getankt und den Rest des Geldes in meine Handtasche gesteckt habe, mache ich mich auf den Weg zur Wohnung.

Ich bin mir nicht sicher, was mich erwartet. Ich folge der Wegbeschreibung und parke auf der

Straße. Es gibt ein Parkhaus, aber ich habe keinen Parkschein, um hineinzukommen.

Ich nehme meinen Kleidersack und werfe mir meine Handtasche über die Schulter, während ich aus dem Auto steige. Ich schließe die Autotüren ab und benutze den Schlüssel, den Jace mir gegeben hat, um durch den Haupteingang zu gehen.

Ich gehe nach oben zum Aufzug. Ich werfe einen Blick auf die Wohnungsnummer, die Jace auf die Karte gekritzelt hat. Ich fahre mit dem Aufzug in den vierten Stock, steige aus und schaue mich nach der Wohnungsnummer 4B um.

Der Korridor ist gut beleuchtet. Das Gebäude riecht nach Neubau, und nach frischer Farbe. Im Inneren des Flurs sieht es sehr gepflegt aus.

Ich finde meine Wohnung schnell, stecke den Schlüssel ins Schloss und öffne die Tür. Ich schalte das Licht an und bin von der Größe der Wohnung überrascht.

Sie wirkt riesig, größer als meine Wohnung. Die Wände riechen nach frischer Farbe und sehen gut aus. Das Morgenlicht strömt durch die offenen Vorhänge herein und macht die Wohnung hell und sonnig. Die Wände sind in einem warmen Gelbton gehalten, der nicht blendet, sondern weich und lebendig wirkt.

Hat er zufällig eine weitere Wohnung frei.

Ich sollte keine Fragen stellen, aber die Miete für diese Wohnung muss ein Vermögen kosten. Warum hat er so eine Wohnung einfach frei?

War sie für seine Geliebte?

Nein, es ist nicht so, dass er verheiratet ist.

Es ist zu schön, um wahr zu sein.

Mein Handy summt und schreckt mich auf. Ich ziehe es aus meiner Handtasche und werfe einen Blick auf das Display. Da ist eine Nachricht von Jace und ein verpasster Anruf von Harper.

Warum ist mein Magen bei Jace's Nachricht so aufgewühlt und verknotet? Es ist, als wäre ich wieder in der Highschool.

Also, was denkst du?

Ich nehme an, er fragt mich nach der Wohnung. Aber ich kann ihn genauso gut dazu bringen, es zu buchstabieren.

Über...

Er antwortet mir sofort.

Die Wohnung. Ist sie in Ordnung?

Ich bin gerade zur Tür hereingekommen. Ich hatte noch nicht einmal Zeit, sie zu erkunden, aber die Wohnung ist komplett eingerichtet und wunderschön. Ich bin verliebt.

In die Wohnung.

Es wird reichen.

Er antwortet mir nicht. Es gibt nicht einmal drei Punkte, die anzeigen, dass er mir zurückschreibt.

Habe ich ihn gerade beleidigt?

Ich stelle meine Tasche hinter der Wohnungstür ab, schlüpfe aus den Schuhen und schaue mir die Wohnung genau an. Da niemand da ist, der mich herumführt, mache ich es selbst.

Die Wohnung ist eine Zweizimmerwohnung mit mehr als genug Platz. Sie ist doppelt so groß wie meine letzte Wohnung und ich bin mir sicher, dass die Miete vier- oder fünfmal so hoch ist wie die, die ich bisher bezahlt habe.

Ich gehe in die Küche, um mir ein Glas Wasser zu holen. Ich öffne den Schrank und sehe, dass die Küche mit Geschirr vollgestopft ist. Das wundert mich nicht. Auch der Rest der Wohnung ist möbliert.

Aus reiner Neugierde öffne ich den Kühlschrank. Ich erwarte nicht, dass ich etwas finde. In der Tür stehen ein paar Flaschen Wasser und ein paar Gewürze, aber nichts Verderbliches.

Ich lasse den Wasserhahn laufen und gieße mir ein Glas Wasser ein. Ich weiß, dass es kein Hotel ist und dass ich keine zehn Dollar pro Flasche für

Wasser bezahlen muss, aber ich will nichts nehmen, was mir nicht gehört.

Das hier ist nicht mein Zuhause.

Es ist eine vorübergehende Unterkunft, bis ich mich eingelebt habe oder schwanger bin.

Ich setze mich an den Küchentisch und höre mir Harpers Nachricht an, in der sie mir erzählt, wie gut es ihr geht, dass sie schwanger ist und dass sie mich vermisst und ich sie anrufen soll.

Ich möchte sie anrufen, aber was soll ich sagen? Wie erkläre ich diese Vereinbarung, ohne verrückt zu klingen? Ich wähle ihre Nummer, drücke aber nicht auf Senden. Sie ist meine beste Freundin, aber würde sie das verstehen? Ich hatte ihr nicht gesagt, dass ich obdachlos bin. Sie weiß zwar von John und Austin, aber sie weiß nichts von Luka und der Mafia.

Es ist besser, wenn ich nichts sage. Sie zu beunruhigen, wird uns beiden nicht guttun.

Vielleicht ist es besser, es geheim zu halten.

Ich möchte die Situation nicht ausnutzen, auch nicht die von Jace. Er ist zwar nett und will, dass ich die Leihmutter für sein Baby bin, aber ich muss vorsichtig sein.

Ich schreibe Jace ein einfaches Wort.

Danke.

Er fängt an zu tippen und ich halte den Atem an,

während ich darauf warte, dass seine Antwort kommt.

Was auch immer er getippt hat, er muss die Nachricht gelöscht haben, denn die drei blinkenden Punkte sind verschwunden.

KAPITEL ZEHN

Jace

„Du bist eine Nummer zu groß für sie", sagt Matteo, als er mich in die Enge treibt. Kaum bin ich im Büro, ist er schon hinter mir her.

Ich schiebe das Handy in meine Tasche. Ich habe Olivia eine SMS geschrieben, aber ich muss damit aufhören. Sie ist eine Ablenkung, die ich nicht gebrauchen kann. Niemand darf wissen, dass ich gerade dabei bin, eine Leihmutter zu engagieren. Zu einem späteren Zeitpunkt wird es herauskommen, aber ich will, dass es zu meinen Bedingungen geschieht, wenn ich bereit bin, dass die Medien mich mit Dutzenden von Fragen bedrängen.

Ich habe Matteo im Haus unter Kontrolle gehalten, als er die Wohnungsschlüssel abgab. Es ist aber nicht so, dass ich Geheimnisse vor ihm haben kann.

„Wer?" Ich versuche so zu tun, als wüsste ich nicht, von wem oder was er redet.

Ich gehe an ihm vorbei in mein Büro, aber er ist mir auf den Fersen, folgt mir und zieht die Tür hinter sich zu.

„Mach keinen Scheiß, Jace. Das Mädchen, die Leihmutter, du könntest viel mehr erreichen, wenn du dich einfach mit einer Frau niederlassen würdest."

Ich spotte über seinen Vorschlag. „Das wird nicht passieren, Olivia wird nur die Leihmutter sein, sonst nichts." Ich weiß, dass ich meinen Schwanz im Zaum halten muss. Aber manchmal hat das verdammte Ding seinen eigenen Willen.

„Richtig." Matteo schnaubt.

Er glaubt mir nicht. Warum sollte er auch? Ich habe mit der Hälfte aller Frauen in der Stadt geschlafen. Na ja, wahrscheinlich nicht mit der Hälfte, aber manchmal fühlt es sich so an, wenn ich sie ständig treffe.

„Hör zu, sie ist gerade in einer schwierigen Lage. Sie ist bereit, mir zu helfen, und ich bin bereit, ihr die Hand zu reichen und ihr eine Bleibe zu geben."

„Du hättest sie auch einfach als deine Assistentin einstellen können."

„Das ist eine gute Idee", sage ich und starre ihn an. „Stell sie ein und feuere dich."

Matteo rollt mit den Augen. „Guter Witz, Chef."

Er macht sich nicht die geringsten Sorgen um seinen Job oder darum, dass ich ihn vor die Tür setze. Und das aus gutem Grund: Sein Job ist so sicher wie der des Don, es sei denn, er kommt mir in die Quere.

Jeder, der mir in die Quere kommt, ist tot.

Aber er würde mich nie verraten, im Gegensatz zu meiner Schwester Maia.

„Setz dich", befehle ich.

„Ich bin keiner deiner Soldaten, Jace. Du kannst mich nicht herumkommandieren", sagt Maia. Sie verschränkt abwehrend die Arme vor der Brust, während sie mir an meinem Schreibtisch gegenübersteht.

„Das kann ich, wenn du unter meinem Dach wohnst", sage ich und erinnere sie daran, wer hier das Sagen hat. „Es ist Zeit, dass du dich niederlässt, und Ryder ist einer der besten Männer, mit denen ich zusammenarbeite, und ein Capo. Er wird sich um dich kümmern."

Maia rollt mit den Augen. „Um mich muss man sich

nicht kümmern. Ich bin kein Mädchen, das du einfach für zwei Ziegen und einen Ochsen verheiraten kannst."

„Das hätte unser Vater so gewollt", sage ich. Ich habe seine Stellung, seinen Besitz und seine Männer geerbt. Außerdem habe ich die Aufgabe, auf Maia aufzupassen und dafür zu sorgen, dass sie beschützt wird, was nicht einfach ist, wenn man bedenkt, dass sie gerne von zu Hause wegläuft.

Ein Mann wie Ryder würde sie zähmen und beschützen. Das ist es, was sie braucht, um in dieser kalten, grausamen Welt zu überleben.

„Was ist mit dem, was ich will?" Maia tritt um meinen Schreibtisch herum.

Ich beschwichtige sie. „Was willst du?"

„Meine Freiheit. Vater hat dir zwar alles hinterlassen, aber ich bin auch sein Erbe. Ich sollte einen Teil des Geldes haben."

„Es gibt kein Geld", spotte ich über ihren Vorschlag. „Vater war pleite und ich habe ihn bei seinen Unternehmungen unterstützt. Barone Industries hat ihn über Wasser gehalten. Deshalb hat er auch sein Testament geändert und mir alles hinterlassen."

„Das glaube ich dir nicht!"

Ich bleibe ruhig und gelassen. Es hat keinen Sinn, mit ihr zu streiten. „Wofür brauchst du das Geld?", frage ich.

Ich bin kein egoistischer Mann. Ich kümmere mich um meine Familie. Seit dem Tod meines Vaters habe ich die Mafiafamilie umgekrempelt, mehr Geld gewaschen und allen meinen Männern eine Gehaltserhöhung gegeben.

„Um von dir wegzukommen, Jace." *Sie starrt auf mich herab. Das Mädchen ist nicht auf Blut aus. Es wäre sicherer, wenn sie weggeschickt und gezwungen würde, weit weg von Los Angeles zu leben.*

Aber es gibt noch andere Mafiafamilien im ganzen Land. Jede von ihnen könnte die Gelegenheit ergreifen, sie zu entführen und zu foltern, um an mich heranzukommen.

„Du bist ein Mörder!" *Maias Nasenflügel blähen sich bei dieser Anschuldigung auf.* „Und ein Ungeheuer! Wie viele Männer hast du getötet, Jace? Papa würde sich schämen, wenn er wüsste, wie viel Blut du vergossen hast und wie viele Tote es gibt."

Ich schweige und denke über meine Möglichkeiten nach. Maia ist ein loses Ende, ein loser Faden, der alles zerstören könnte, wenn man daran zieht.

Sie muss aufgehalten werden.

Mein Schweigen muss für sie sehr ärgerlich sein. Ihre Anschuldigungen werden noch wilder. „Hast du Papa auch ermordet?"

„*Das reicht jetzt!*", *brülle ich und greife nach ihrem Hemd, packe sie am Revers und ziehe sie zu mir.*

Der mittlere Knopf ihrer Bluse springt auf und gibt einen Draht frei.

Für wen zum Teufel arbeitet sie?

Für das FBI?

„Ich war großzügig und habe Olivia eine Unterkunft angeboten", sage ich.

Ich muss nicht zugeben, dass es auch einen egoistischen Teil in mir gibt, der dafür sorgt, dass sie mich nicht betrügt. Ich überwache die Flure und das Gebäude und werde wissen, ob sie Besucher hat, die Ärger machen.

„Können wir das Thema wechseln?" Ich frage das nicht. Ich sage ihm, dass die Sache erledigt ist und wir uns anderen Dingen zuwenden müssen.

„Gut. Was soll ich für dich tun?", fragt Matteo.

„Kontaktiere die Leihmutterschaftsagentur und lass sie wissen, dass wir eine andere Richtung einschlagen werden."

„Willst du nicht warten, bis du den Papierkram unterschrieben hast? Der Anwalt hat heute Morgen im Büro angerufen und wird die Papiere bis heute Nachmittag um vier Uhr fertig haben."

„Gut." Ich atme erleichtert auf.

„Bist du dir da sicher?", fragt Matteo.

„Eine Leihmutter oder Olivia einstellen?" Ich vermute, dass er Bedenken hat, wie ich dieses Arrangement handhabe, ich mache ihm keinen Vorwurf. Es ist nicht im Geringsten typisch für mich. Aber seit wann halte ich mich jemals an die Regeln?

Von Anfang an habe ich ihm klargemacht, dass ich ein Mädchen wollte, das ich kennenlernen kann, nicht nur auf dem Papier. Ehrlichkeit und Integrität werden gezeigt und sind nicht etwas, das man wie Auszeichnungen in einen Lebenslauf schreiben kann.

„Es ist das Mädchen."

Ich sitze an meinem Schreibtisch. „Hast du etwas über sie?" Ich vermute, dass er sie hinter meinem Rücken überprüft hat.

Er will nur das Beste für meine Interessen und mich.

„Sie hat ein paar ziemlich hohe Arztrechnungen", sagt Matteo.

Er geht nicht näher darauf ein, und ich frage auch nicht danach.

„Wer keine Krankenversicherung hat, kann leicht pleite werden", sage ich. Das ist das System. Ich habe es schon unzählige Male gesehen.

Offen gesagt, will ich gar nicht wissen, ob er noch etwas anderes gefunden hat.

Wenn sie es mir nicht sagen will, brauche ich nicht nach Dreck zu wühlen. Jeder hat sein eigenes Gepäck. Ich habe schon genügend Leichen im Keller.

Ihre Vergangenheit geht mich nichts an.

Solange sie gesund ist und der Arzt zustimmt, dass sie eine gute Kandidatin für eine Leihmutterschaft ist, gehören alle Schulden, die sie hat, der Vergangenheit an.

Das Geld, das sie bei mir verdient, wird helfen, sie zu begleichen.

Matteo hält sich den Mund zu.

Es ist klug von ihm, das Gespräch von dem abzulenken, was er gefunden hat. „Ich mache mir nur Sorgen, dass Olivia dich ausnutzen könnte."

Ich lache über die Absurdität seines Vorschlags. „Ich habe ihr das Angebot gemacht. Es war nicht andersherum", erinnere ich ihn. Sie hatte keine Ahnung, dass das Angebot kommen würde.

Matteo geht mir unter die Haut.

„Und ich sage dir, dass ich dagegen bin, aber du wirst das tun, was du für das Beste hältst."

„Warum bist du so dagegen?", frage ich. Die offensichtliche Antwort wäre, dass es zu einem

Rechtsstreit kommen könnte. Aber das ist die geringste meiner Sorgen.

Sie ist nicht auf einen Zahltag oder ein Almosen aus. Olivia benötigt Hilfe.

„Das Mädchen sieht nach Ärger aus", sagt Matteo.

Sag mir etwas, das ich noch nicht weiß.

Ich erwähne nicht, dass sie in ihrem Auto gelebt hat. Es wäre Olivia gegenüber nicht fair, ihr Geheimnis zu verraten. Aber ich bin mir sicher, dass Matteo sich fragt, warum ich sie in einem unserer Häuser wohnen lasse.

„Ärger ist kein Verbrechen", sage ich.

Außerdem ist es ja nicht so, dass wir das Gesetz befolgen.

Es gibt eine Welt, von der viele nichts wissen, die Unterwelt, und ich kontrolliere sie.

Ein Mafiaboss zu sein, hat seine Vorteile. Mein Tagesjob bietet eine Fassade für Geldwäsche und Kontakte für viele unserer illegalen Unternehmungen.

„Wenn du der Leihmutter zu nahe kommst, wird es Ärger geben", sagt Matteo. „Sie könnte in deiner Vergangenheit wühlen."

Sie hat nicht die Mittel, um die Wahrheit herauszufinden. Wenn die Bundespolizei mich nicht für einen Mord drankriegen kann, dann mache ich mir keine Sorgen, dass dieses Mädchen mich ins Gefängnis bringt.

Ich rolle mit den Augen. „Wann bist du weich geworden?"

Sein Blick wird härter.

Ich habe ihn beleidigt.

Ich bin fertig damit, über Olivia zu reden. „Du kannst gehen", sage ich und gebe ihm ein Zeichen, mein Büro zu verlassen. „Mach die Tür zu, wenn du gehst."

„Ja, Sir." Er zieht sich aus dem Büro zurück und schließt die Tür hinter sich.

———

Der Anwalt bringt den Papierkram mit und ich schreibe Olivia, dass wir mit den Papieren auf dem Weg zu ihr sind.

Innerhalb einer Stunde sitzen wir an ihrem Küchentisch und besprechen den Vertrag, die Anforderungen und die Tatsache, dass sie nach dem ersten Trimester bei mir wohnen wird.

Das Unterschreiben dauert eine ganze Weile, aber Olivia hat keine Einwände dagegen. Sie stellt ein paar Fragen, unterschreibt und paraphiert alle Stellen, die erforderlich sind.

Ich unterschreibe die Dokumente ebenfalls, bevor ich den Anwalt zur Tür begleite und mich verabschiede.

„Gehst du?", fragt Olivia. „Ich meine, das musst du nicht. Ich habe noch nicht zu Abend gegessen."

„Hast du schon Essen eingekauft?" Ich weiß, dass der Kühlschrank leer ist. In der Wohnung, die ich ihr geschenkt habe, wohnt schon seit einiger Zeit niemand mehr. Ein Cousin von mir hat dort mal für ein paar Monate gewohnt, als er in der Stadt war, aber er ist nach Italien zurückgekehrt.

„Ich habe ein paar Sachen auf dem Markt gegenüber gekauft, aber ich habe keine größeren Einkäufe gemacht."

Nun, mit hundert Dollar kommt sie im Supermarkt nicht weit, da ich ihr das Geld für Benzin für ihr Auto gegeben habe.

Ich ziehe mein Portemonnaie heraus.

„Was machst du da?"

„Wie viel hast du auf deinem Bankkonto?", frage ich. Ich kann mir nicht vorstellen, dass es viel ist. Ich könnte Matteo die genaue Zahl herausfinden lassen, aber das ist nicht meine Art, zu arbeiten. Ich erwarte Ehrlichkeit.

Sie lacht nervös. „So eine Frage stellt man nicht."

„Ich schätze, nicht viel, denn du hast in deinem Auto gewohnt und dein Tank war heute Morgen praktisch leer." Ich ziehe einen weiteren Hundertdollarschein heraus. „Ich möchte, dass du dich gesund ernährst, während du versuchst, schwanger zu werden."

„Ich weiß. Ich habe den Vertrag gelesen. Kein Alkohol. Keine Drogen. Kein Spaß." Olivia grinst, aber ich habe das Gefühl, dass sie mich auf den Arm nehmen will. „Ich verspreche dir, dass ich mich gut um dein kleines Brötchen kümmern werde."

Ihre Worte bringen mein Herz zum Klopfen.

Ich atme scharf aus und lenke das Gespräch wieder auf das Geschäftliche.

„Ich werde den Vorschuss heute auf dein Konto überweisen, aber du solltest Bargeld dabei haben. Auf dem Markt auf der anderen Straßenseite wird nur Bargeld akzeptiert, und dort gibt es das frischeste Obst und Gemüse. Es kostet zwar mehr, aber es ist biologisch und ich will nur das Beste für mein Baby."

„Natürlich", sagt Olivia. Ein leichtes Lächeln liegt auf ihrem Gesicht, als würde sie sich freuen, das für mich zu tun.

Sie macht sich nicht über mich lustig. Sie ist ruhig und gefasst.

„Was willst du mit dem Abendessen machen? Essen gehen, scheint nicht gesund zu sein?", fragt sie.

Es ist schon spät und der Weg zum Laden, auch wenn er nur über die Straße führt, wird ebenso viel Zeit in Anspruch nehmen wie das Kochen des Abendessens.

„Nun, du bist noch nicht schwanger. Ich denke, wenn wir Essen bestellen und es uns liefern lassen, reicht es für heute Abend", sage ich.

Ich bin froh, dass sie meine Bitten ernst nimmt, alle Bitten.

„Okay. Ich weiß nicht, was es in diesem Teil der Stadt gibt. Weißt du, wer liefert?", fragt sie.

Die bekannten Lieferdienste, bei denen ich bestelle, sind etwas weit von der Wohnung entfernt. Ich hole mein Handy heraus und schaue in den lokalen Listen nach. „Es gibt Chinesisch, Thailändisch, Italienisch, Japanisch. Die Liste geht weiter", sage ich. „Worauf hast du Lust?"

Sie leckt sich über die Lippen.

Die Bewegung bringt meinen Schwanz in Wallung.

Runter, Junge. Sie darf nicht solch eine Reaktion hervorrufen. Ich muss mich unter Kontrolle halten.

„Das klingt alles sehr lecker. Ich hätte mehr als nur einen Salat zum Mittagessen essen sollen", sagt Olivia mit einem nervösen Lachen. „Jetzt bin ich am Verhungern."

Ich auch, aber mein Verlangen richtet sich weniger auf das Essen als vielmehr auf sie.

KAPITEL ELF

OLIVIA

Jace bestellt für uns italienisches Essen und ich hole die Teller aus dem Schrank, als das Essen kommt.

„Hast du dir schon Gedanken darüber gemacht, was du nach der Geburt des Babys machen willst?", fragt Jace.

Ich bin mir nicht sicher, was er meint. Ich werde das Baby aufgeben. Da gibt es nicht viel, worüber man nachdenken kann.

Er muss das Stirnrunzeln auf meinem Gesicht sehen.

„Was willst du denn beruflich machen?", fragt Jace.

„Oh, ich bin mir nicht sicher", sage ich. Ich setze

mich an den Tisch und trinke mein Wasser. Ich wünschte, es wäre ein großes Glas Wein.

„Traumjob?" Er öffnet die Deckel der Teller und serviert mir und sich selbst.

„Früher habe ich gemalt."

„Du bist ein Künstler", sagt Jace und lächelt. „Das kann ich sehen."

„Hungriger Künstler?" Ich lache, greife nach meinem Wasser und nehme einen Schluck.

Er ist so nett, keinen Kommentar abzugeben. „Hast du irgendwelche deiner Kunstwerke hier?" Jace wirft einen Blick in die Wohnung.

Die Wände sind größtenteils kahl. Nicht, dass ich Zeit gehabt hätte, eines meiner Kunstwerke aufzuhängen, selbst wenn ich es zur Hand gehabt hätte.

„Äh, nein." Ich schiebe mir eine Gabel voll Pasta in den Mund, damit ich nicht weiter darauf eingehen muss.

Ich bin mir nicht sicher, ob er es bemerkt oder nicht, aber sein Blick bleibt viel zu lange auf mir haften.

„Ich würde gerne etwas von deiner Kunst sehen. Steht sie zum Verkauf?", fragt Jace.

„Das meiste wurde bei einem Feuer zerstört", sage ich.

Er nickt, als würde er die Teile zusammensetzen. Warum ich in meinem Auto gelebt habe. Wieder ist er höflich genug, um das Thema nicht weiter zu forcieren. „Ich kenne niemanden in der örtlichen Kunstgalerie, aber ich kann ein paar Anrufe machen, aber nur, wenn du meine Hilfe willst. Ich will nicht zu weit gehen", sagt er.

Er ist nett, ein wenig zu hilfsbereit. Obwohl ich seine Freundlichkeit zu schätzen weiß, kann ich sie nicht annehmen.

„Nein, das ist schon in Ordnung. Ich bin sicher, dass ich sie nur enttäuschen würde, wenn ich in ein paar Monaten schwanger werde und meinen Job aufgebe."

Jace nimmt einen weiteren Bissen Pasta.

Im Zimmer ist es still. Zu still.

Man kann eine Stecknadel fallen hören.

Ich hätte den Fernseher, als Hintergrundgeräusch einschalten sollen. Alles, um die Unannehmlichkeiten zu vermeiden. Warum bin ich so schlecht in Beziehungen? Liegt es an dem, was passiert ist?

War ich schon immer solch ein Wrack?

„Warum hast du aufgehört?", fragt Jace.

„Oh, ich bin einfach davon ausgegangen, dass du mich loswerden und zu Hause haben willst. Du hast gesagt, dass ich während der Schwangerschaft bei dir wohnen werde."

„Ich bin sicher, dass du dir eine Auszeit nehmen willst, wenn der Geburtstermin näher rückt, aber es gibt keinen Grund, warum du nicht arbeiten kannst, solange du und das Baby gesund seid. Es sei denn, du willst einfach nicht arbeiten?"

Verurteilt er mich?

„Nein, ich bin gestern in dein Büro gekommen, um eine Stelle zu suchen", sage ich und erinnere ihn daran, wie wir uns kennengelernt haben. Genau den Grund, den er nicht braucht—wegen Luka Caruso.

Er darf niemals die Wahrheit herausfinden.

Ich hatte nicht vor, eine Leihmutter zu werden, das steht fest. Aber ich habe die Zeit, in der ich schwanger war und meinen Sohn trug, geliebt. Und das Geld, das er mir anbietet, würde mich von meinen Problemen mit den Carusos befreien und mich wieder auf die Beine bringen.

„Wie wäre es, wenn ich dir eine Stelle in meiner Firma verschaffe?", fragt Jace.

„Würde, dass die Sache nicht verkomplizieren?" Ich kann ihm nicht von Luka erzählen.

Wird er Firmengeheimnisse erwarten, wenn ich für den Milliardär arbeite? Oder wollte Luka, dass ich Jace's Kind austrage?

Mein Kopf tut weh, wenn ich nur daran denke, ich kann Luka nicht fragen, und will es auch gar nicht.

„Es ist wahrscheinlich nicht ideal", sagt er.

Wenigstens ist er ehrlich. Aber ich kann ihm nicht von Luka erzählen, nicht ohne sein Leben in Gefahr zu bringen, genauso wie mein eigenes.

„Aber wir sind beide erwachsen und können professionell sein, ich würde deinen Mutterschaftsurlaub ohne Probleme genehmigen", sagt Jace grinsend. Es ist, als würde er sich selbst überreden, mich einzustellen.

Ich lache leise vor mich hin. „Wenn du das so sagst, wie kann ich da Nein sagen?" Wenn Luka von dem Jobangebot erfährt und ich es ablehne, wird das kein gutes Ende nehmen. Aber woher soll er das wissen?

Es sei denn, einer seiner Männer arbeitet für Jace; die Mafia ist überall, und ich kann niemandem trauen.

„Wann soll ich anfangen?", frage ich.

Ich esse den letzten Bissen meines Abendessens und fange an, die Reste einzupacken und in den Kühlschrank zu stellen. Ich will kein Essen verschwenden.

Jace steht auf und hilft mir, das Geschirr

abzuräumen um es zum Spülen zu bringen. „Gleich am Montag morgen. Du kannst nein sagen, wenn du nicht für mich arbeiten willst. Ich schwöre, ich werde es dir nicht übel nehmen."

Er gibt mir einen Ausweg, aber ich kann ihn nicht annehmen. Ich benötige das Geld, auch wenn ein Vorschuss nett ist, wird er mich nicht bezahlen, bevor ich schwanger bin. Ich kann nicht erwarten, dass er mir ständig Geld gibt, wenn ich etwas brauche.

Es kann Monate dauern, bis ich schwanger bin und sein Kind austrage, vorausgesetzt, ich werde wieder schwanger.

„Würdest du mein Chef sein?", frage ich. Ich schließe den Kühlschrank und gehe zur Spüle, um mit dem Abwasch zu beginnen, aber er hat die Spüle bereits verschlossen, lässt heißes Wasser laufen und füllt sie mit Seifenlauge.

„Eigentlich bin ich der Chef von allen", sagt Jace, „aber wenn du dir Sorgen machst, kann ich dich in einer Abteilung einsetzen, mit der ich nicht täglich zu tun habe."

Angesichts meiner mangelnden Erfahrung bin ich mir nicht sicher, was Jace von mir will, das ist mir aber egal. Einen eigenen Gehaltsscheck für meine Arbeit zu bekommen, wäre befriedigend.

Außerdem würde es mir helfen, meine Schulden zu tilgen.

„Ich mache mir keine Sorgen. Du etwa? Ich meine, du müsstest mich jeden Tag sehen und ich könnte deinen Sohn oder deine Tochter in mir tragen." Ich möchte wissen, was er sich dabei denkt und ob er die Professionalität am Arbeitsplatz wahren kann.

Denn was er vorschlägt, ist verrückt.

Aber es ist noch verrückter, wenn ich eine Leihmutter für ihn bin.

KAPITEL ZWÖLF

ACHT MONATE *später*

Olivia

Ich kann es nicht glauben, ich bin schwanger. Ich habe versucht, schwanger zu werden, und nach den Fruchtbarkeitsbehandlungen hatte ich die besten Chancen, aber ich hätte nicht gedacht, dass es passieren würde.

Meine Angst hatte mich übermannt. Ich habe mich gefragt, ob Jace mich dafür hassen würde, dass ich noch nicht schwanger werden konnte, mich auf den Vorschuss verklagen und mich zwingen würde, alle Kosten für die Wohnung, die er mir zur Verfügung gestellt hat, zurückzuzahlen.

Es ist nicht so, dass ich den ganzen Tag herumgesessen und nichts getan hätte. Ich arbeite Vollzeit für Jace's Firma Barone Industries und leite die Rezeption im fünfzehnten Stock. Das wird angemessen bezahlt und hält mich auf Trab. Außerdem gefällt es mir, dass ich nicht mehr zu Jace gehen muss, um Geld zu bekommen. Er bezahlt mich zwar immer noch, aber ich verdiene das Geld ehrlich und anständig.

Ihn um einen Vorschuss zu bitten, war demütigend.

Das möchte ich nie wieder tun. Wenn er mir die Hand reicht und mir einen Job gibt, warum sollte ich ihn nicht annehmen?

Wenigstens kann ich Geld sparen, denn nach der Geburt des Babys muss ich mir eine andere Wohnung suchen. Aber Jace bezahlt mich auch gut für meine Zeit während der Schwangerschaft, also sollte ich mir eine eigene Wohnung leisten können.

Das ist noch Monate entfernt.

Ich starre auf den Schwangerschaftstest. Alle sechs, die ich gemacht habe, zeigen, dass ich schwanger bin. Ich habe dem ersten Test nicht geglaubt und dachte, es könnte ein falsches Positiv gewesen sein.

Aber jeder Test zeigt ein positives Ergebnis an, und es sind verschiedene Marken.

Das kann kein Zufall sein.

Ich bin schwanger.

Mein Magen kribbelt vor Nervosität. Ich sollte Jace eine SMS schicken, aber ich muss heute Morgen zur Arbeit. Es erscheint mir das Richtige zu sein die Neuigkeit ihm persönlich zu sagen.

Er wird sich freuen.

Ekstatisch.

Ich will den Ausdruck der Freude in seinem Gesicht sehen.

Ich dusche, ziehe mich an und mache mich auf den Weg ins Büro.

Als ich zu seinem Büro eile, ist die Tür offen, aber das Licht ist aus.

Jace ist noch nicht da.

Normalerweise ist er da, bevor ich auftauche, und er bleibt noch lange, nachdem ich gegangen bin. Der Mann lebt praktisch in seinem Büro.

Wie er ein Kind großziehen will, ist mir ein Rätsel.

Wo ist er?

Ist alles in Ordnung?

„Suchst du jemanden?", fragt Matteo. Er hält

eine Tasse Kaffee in der Hand und der Geruch weht in der Luft, bevor er einen Schluck nimmt.

„Ich wollte mit Mr. Barone sprechen", sage ich und achte darauf, ihn nicht beim Vornamen zu nennen. Wir sind zwanglos, wenn wir zusammen sind, aber bei der Arbeit ist er der Chef. Ich muss sicherstellen, dass ich es professionell halte. Ich will nicht, dass Gerüchte aufkommen, vor allem, wenn die Leute herausfinden, dass ich schwanger bin.

Ich habe nicht vor, jemandem zu erzählen, dass ich die Leihmutter für sein Baby bin. Wenn er beschließt, es den Leuten zu sagen, ist das seine Sache.

„Er ist heute früh beschäftigt", sagt Matteo. Sein Ton ist schroff. Er mag mich nicht.

Er hat mich noch nie gemocht, seit ich zu dem Vorstellungsgespräch erschienen bin.

Kennt er Luka Caruso? Arbeiten sie im Geheimen zusammen?

Nein, wenn das der Fall wäre, hätte er Jace davon überzeugt, mich einzustellen. Und ich habe das Gefühl, dass er überhaupt nicht zu meinem Team gehört.

Weiß er von der Leihmutterschaftsvereinbarung?

„Danke", sage ich. Ich überlege, ob ich Matteo bitten soll, Jace zu sagen, dass ich hier war, aber das würde nur noch mehr Misstrauen erwecken. Es ist besser, wenn ich Jace selbst eine SMS schreibe.

Ich ziehe mein Handy heraus und gehe zurück an meinen Schreibtisch. Ich möchte mir einen Kaffee holen, aber ich hatte Jace versprochen, dass ich auf Koffein und vor allem auf Kaffee verzichten würde, sobald ich erfahre, dass ich schwanger bin.

Dieser verdammte Vertrag!

Entkoffeinierter Kaffee scheint den Aufwand nicht wert zu sein, außerdem enthält er immer noch eine winzige Menge Koffein. Ich lasse mich in meinen Schreibtischstuhl fallen und fummele an meinem Telefon herum.

Ich durchsuche meine Kontakte und finde Jace. Ich schreibe ihm eine kurze Nachricht.

Können wir uns heute Abend treffen?

Es ist eine Qual, auf eine Antwort von ihm zu warten. Ich bin kein geduldiger Mensch. Mein Fuß klopft nervös auf den Boden.

Ich kann nicht sagen, ob er die Nachricht gelesen hat oder nicht. Aber er hat nicht geantwortet oder versucht zu antworten—keine drei blinkenden Punkte.

Es ist still.

Ich lege mein Telefon auf den Schreibtisch und fahre den Computer hoch. Ich muss arbeiten, und wenn er ins Büro kommt, muss er aus dem Aufzug steigen, wo ich ihn sehen kann. Vorausgesetzt, er antwortet nicht vorher auf meine SMS.

———

Jace kommt nicht ins Büro.

Er antwortet nicht auf meine SMS.

Ich weiß, ich sollte mir keine Sorgen machen. Vielleicht ist er geschäftlich verreist. Es ist nicht so, dass ich sein Aufpasser bin. Er muss mir seinen Zeitplan nicht mitteilen, ich bin nicht seine Freundin oder Ehefrau.

Aber ich würde es begrüßen, wenn er auf meine SMS antworten würde. Selbst wenn er nicht in der Stadt ist, könnte er antworten.

Matteo eilt an meinem Schreibtisch vorbei zum Aufzug. In der Eile tippt er immer wieder auf den Abwärtsknopf des Fahrstuhls.

„Weißt du, dadurch kommt die Aufzugskabine auch nicht schneller", sage ich.

Er wirft mir einen Blick zu. Es ist derselbe ungläubige Blick, den ich schon ein- oder zweimal bei Jace gesehen habe. Nur ist er bei Jace nicht mit Verärgerung verbunden.

Matteo stürmt rüber zu meinem Schreibtisch.

„Ich weiß nicht, welches Spiel du spielst, aber Jace wird nie mit dir zusammen sein wollen. Niemals."

Wovon redet er da?

„Wie bitte?" Ich huste, weil mir seine Andeutung peinlich ist.

Hat er den Verstand verloren? Jace und ich sind nichts weiter als Profis. Seit der Vertragsunterzeichnung haben wir nicht mehr viel Zeit miteinander verbracht.

Jace schaut nach mir, bringt mir gesunde Snacks mit und führt mich gelegentlich zum Mittagessen aus, aber wir sind Arbeitskollegen. Das mit den Snacks ist vielleicht etwas ungewöhnlich, aber ich versuche auch, schwanger zu werden, und er hat mir klargemacht, dass er möchte, dass ich mich gesund ernähre.

Der Aufzug klingelt und ich war noch nie so erleichtert, als ich sah, wie jemand einstieg und sich die Türen hinter ihm schlossen.

Was zum Teufel sollte das?

Hat Jace ihm etwas über mich erzählt?

Ich nehme mir eine Flasche Wasser und trinke einen Schluck—mein Herz klopft in meiner Brust, als mein Handy mit einer SMS aufleuchtet.

Komm nach der Arbeit zu mir nach Hause. Wir müssen reden.

KAPITEL DREIZEHN

Jace

Es klopft fest an derWohnungstür .

„Du hast deine Wohnung wirklich heruntergewirtschaftet", sagt Matteo und schaut sich in der leeren Wohnung um.

Er weiß, dass das nicht meine Wohnung ist.

Mir gehört zwar das ganze Gebäude, aber ich wohne nicht hier.

Diese Wohnung sollte eigentlich leer sein. Der Sicherheitsdienst hat mich heute Morgen alarmiert, dass ein Hausbesetzer in der Wohnung ist.

Zumindest hatte man mir das gesagt, aber es war nicht einfach nur ein Obdachloser, der in der Wohnung lebte.

„Wohnt deine Freundin nicht in diesem

Gebäude?", fragt Matteo.

„Sie ist nicht meine Freundin", korrigiere ich ihn. Ich räuspere mich. „Ja, Olivia wohnt nebenan. Es sieht so aus, als ob einer von Carusos Männern sie beobachtet hat."

In der Wohnung ist eine Überwachungsanlage installiert, die mehrere Räume, darunter Olivias Schlafzimmer und das Badezimmer, sichtbar macht.

„Es könnte auch nur ein Perverser sein", sagt Matteo.

Niemand kennt meine Verbindung zu Olivia, aber ich kann mich des Verdachts nicht erwehren, dass die Familie Caruso hinter dem Eindringen in ihre Privatsphäre steckt.

„Wer auch immer es ist, er ist den ganzen Tag nicht zurückgekommen", sage ich. Ich habe mit meiner Waffe auf sie gewartet und mich auf ein heftiges Verhör vorbereitet.

„Die Überwachung ist ziemlich unauffällig", sagt Matteo. „Caruso würde Wanzen platzieren und hätte nicht seine Kumpels nebenan. Es erinnert mich eher an eine richtig üble Masche von ein paar lahmarschigen Bullen."

Ich glaube nicht, dass sie mit der Polizei oder sonst jemandem gesprochen hat. Olivia weiß nichts, schon gar nicht, dass ich zur Mafia gehöre.

Und sie darf es niemals herausfinden.

„Ich hoffe, du hast recht." Ich will, dass es ein Perverser ist, dem ich die Scheiße aus dem Leib prügeln kann und ohne Zweifel weiß, dass sie in Sicherheit ist. „In jedem Fall, kann sie nicht länger in der Wohnanlage bleiben."

Ich fühle mich nicht sicher, wenn ich sie hier wohnen lasse.

„Was willst du tun?", fragt Matteo. „Sie in ein anderes Gebäude bringen?"

„Ich habe ihr bereits geschrieben, dass wir uns in meiner Wohnung treffen.

Erinnerungen an die Nacht, die sie vor Monaten bei mir verbracht hat, schießen mir durch den Kopf. Das Bild von ihr, wie sie nur eines meiner T-Shirts trägt, erregt meinen Schwanz. Ich räuspere mich und wende mich von Matteo ab, um ein letztes Mal in der Wohnung umherzugehen.

Ich benötige einen Moment, um mich zu beruhigen, und es gibt genug Überwachungsgeräte und Beweise, die ich untersuchen muss.

Matteo wirft einen Blick auf einen Tisch gegenüber von mir. „Hast du diese Markierungen gesehen?" Er zeigt auf die Schrift in russischer Sprache. „Könnte es die Bratva sein?"

Die Russen sind unberechenbar. Sie sind gewalttätig. Das heißt nicht, dass wir das nicht auch sind, aber wir ermorden keine Polizisten oder Richter.

Meine Familie ist an einen Ehrenkodex gebunden, die Omerta. Wir töten nicht, es sei denn, es ist notwendig. Es macht mir keinen Spaß, mir die Hände blutig zu machen, aber ich tue, was ich tun muss.

„Ich hoffe nicht", murmle ich. Wir haben eine Beziehung zu ihnen und wissen, dass wir uns nicht in die Angelegenheiten des anderen einmischen. „Das sieht nicht nach einer Bratva-Operation aus."

Die Russen sitzen nicht herum und beobachten eine unschuldige Frau. Sie sind nicht für ihre Geduld bekannt.

Wenn sie etwas von Olivia wollten, hätten sie sie geschnappt, verhört und dann ermordet, wenn sie mit ihr fertig sind.

Ein weiterer Grund, warum ich will, dass sie aus dem Wohnkomplex verschwindet. Sie ist hier nicht sicher.

„Du hast recht. Es ist zu sauber, wenn das ihre Sauerei wäre, wären die Wände und der Boden voller Blut", sagt Matteo.

Versucht er, die Situation auf die leichte Schulter

zu nehmen? Ich finde seinen Humor nicht besonders lustig.

Ich werfe ihm einen Blick zu, aber er zuckt nur mit den Schultern. „Was?", fragt Matteo. „Du bist nicht einverstanden?"

„Ruf einen unserer Soldaten an. Ich will zweifelsfrei wissen, wer Olivia beobachtet hat und warum", sage ich. „Sie sollen denjenigen zum Verhör hierherbringen."

Ich habe vor, bei dem Verhör dabei zu sein, wenn es so weit ist.

———

Als ich nach Hause zurückkehre, achte ich darauf, dass ich auf dem Rückweg noch ein paar Lebensmittel einkaufe und alles in den Kühlschrank stelle.

Es vergehen kaum zwei Minuten, als ich draußen eine Autotür zuschlagen höre.

Es ist weit entfernt, kaum hörbar, aber nach dem heutigen Tag bin ich in höchster Alarmbereitschaft.

Ich schaue aus dem Fenster.

Olivia nähert sich dem Tor, das verschlossen ist.

Ein paar Sekunden später summt mein Handy mit einer SMS von ihr.

Ich bin da.

Dieses Mal gehe ich nicht nach draußen. Ich schnappe mir die Fernbedienung und entriegele das schmiedeeiserne Tor, damit Olivia das Grundstück betreten kann.

Sobald ich mich vergewissert habe, dass sie durch das Tor gegangen ist und ihr niemand folgt, drücke ich den Knopf und beginne, das Tor zu schließen. Es hat zwar die Fähigkeit, sich selbst zu schließen, aber ich möchte niemanden ermöglichen, mein Grundstück zu betreten, der nicht dazugehört.

Vor allem, weil jemand Olivia zu beobachten scheint.

Liegt es daran, dass sie für mich arbeitet?

Denkt derjenige, der sie ausspioniert hat, dass wir eine Beziehung haben? Haben sie darauf gewartet, dass ich für skandalöse Fotos auftauche?

Nun, es gibt keine.

Es gibt nichts, was als Erpressungsmaterial taugt.

Ich bin vorsichtig gewesen. Ich muss in der Nähe von Menschen immer vorsichtig sein, egal wo ich bin. Jeder könnte aufzeichnen, was ich sage, beobachten, was ich tue, und versuchen, mich in eine Falle zu locken.

Gerade als Olivia auf die Veranda tritt schließe ich die Haustür auf. Ich reiße die Tür auf und versuche, lässig zu wirken, aber mein Herz hämmert in meiner Brust.

Warum fühle ich mich bei ihr so? Liegt es daran, dass sie eine Frau ist und ich ein Mann?

Ist es so einfach wie die Biologie?

„Komm rein", sage ich und trete zur Seite, um sie ins Haus zu lassen.

„Danke."

Sie schlüpft aus ihren Schuhen und lässt sie am Eingang stehen. Olivia ist viel entspannter als das letzte Mal, als sie bei mir zu Hause war. Das ist Monate her. Es fühlt sich an, als wäre eine Ewigkeit vergangen. Ich warte auf eine gute Nachricht und hoffe, dass sie mir sagt, dass sie schwanger ist, aber ich weiß, dass es Zeit braucht.

Sie musste sich medizinischen Tests, Injektionen und Behandlungen unterziehen, und dann warten wir.

Das Warten ist unerträglich.

Quälend.

Ich bin nicht der geduldigste Mensch. Und die Tatsache, dass ich mir das mehr als alles andere auf der Welt wünsche, macht es noch schmerzhafter.

Ich wünsche mir einen Sohn, der in meine Fußstapfen tritt.

„Ich wollte gerade das Abendessen zubereiten.

Ich nehme an, du hast noch nicht gegessen?" frage ich.

Olivia schüttelt wortlos den Kopf. Auf ihren Lippen liegt ein schwaches Lächeln. „Noch nicht."

„Es ist noch früh", sage ich.

Sie muss gerade von der Arbeit gekommen sein und direkt vom Büro hierher. Sie trägt einen schwarzen Bleistiftrock und eine dunkelrote Bluse, die ihre Brüste umspielt.

Ich versuche, sie nicht anzustarren.

Ich versuche immer, bei all meinen Angestellten Professionalität zu wahren. Aber sie ist die Einzige, die versucht, mit meinem Kind schwanger zu werden.

Vielleicht liegt es an der Biologie, dass ich zwar nicht mit ihr schlafe, mein Samen aber trotzdem in ihrer Gebärmutter sitzt. Wenn ich nur in ihrer Nähe bin, muss ich einen Schritt zurücktreten.

Ich möchte sie mit dem Rücken gegen die Wand drücken, ihren Rock hochschieben und ihr das Höschen ausziehen. Dann würde ich meinen Schwanz tief in ihr vergraben.

Der Raum ist schwül warm.

Ich gehe zum Thermostat und stelle die Temperatur so ein, dass sie ein Grad niedriger ist.

„Komm rein, mach es dir gemütlich", sage ich, während ich sie in die Küche führe.

„Was gibt es zum Abendessen?", fragt sie.

Sie hat etwas Unschuldiges an sich.

Olivia ist jung, viel jünger als die Frauen, mit denen ich in letzter Zeit geschlafen habe. Wenn ich sie mir nackt vorstelle, kommt es mir vor, als würde ich ihr die Wiege rauben, aber sie ist weit über achtzehn Jahre alt. Verdammt, sie ist alt genug, um legal zu trinken.

„Filet Mignon, grüne Bohnen, mit Couscous und Salat." Ich habe das Menü für heute Abend schon geplant. Ich musste noch alle Zutaten im Supermarkt besorgen, bevor ich nach Hause kam.

Ihre Zunge fährt heraus und streicht über ihre Oberlippe. „Das klingt alles sehr lecker."

Ich starre sie an.

Scheiße.

Sie sieht lecker aus.

Innerlich stöhne ich auf und räuspere mich. Ich darf keine Gefühle für sie haben. Wenn ich sie auslebe, muss die Leihmutterschaft beendet werden. Die letzten acht Monate wären umsonst gewesen, nur wegen einem kleinen Stück Arsch.

Ich bin kein Freund von Beziehungen. Ich habe eine Abneigung dagegen, also wäre es eine noch größere Verschwendung, wenn ich sie einmal für eine gute Zeit ficken würde.

Ich würde mich morgen hassen.

Ich hole das Steak aus dem Kühlschrank, wickle es aus dem Fleischpapier aus und lege es zum Würzen auf einen Teller.

„Wie hast du kochen gelernt?", fragt Olivia. Sie geht zur Spüle und wäscht sich die Hände.

Möchte sie mithelfen?

„Mein Vater hat es mir beigebracht", sage ich. „Er liebte es, alles zu grillen, was man sich vorstellen kann. Einige seiner Rezepte waren wunderbar, aber einige waren einfach nur schrecklich."

Olivia gluckst leise vor sich hin. „Was zum Beispiel?"

„Obstsalat zum Beispiel eignet sich nicht für den Grill. Klar, du kannst ein paar Ananas grillen und sie auf dein Fleisch legen, aber ein ganzer Obstsalat, der in einer Folientüte gegrillt wird, hat mir nicht gefallen."

Sie schürzt die Lippen, wahrscheinlich stellt sie sich den Anblick vor. „Ich weiß nicht. Ich liebe gekochte Blaubeeren, besonders in Muffins oder Pfannkuchen."

„Sicher, wenn sie gebacken sind, aber er hätte versucht, Pfannkuchen auf den Grill zu legen und wäre dann schockiert gewesen, wenn die Flüssigkeit einfach über den Rost gelaufen wäre."

Olivia bricht in Gelächter aus. „Das soll wohl ein Scherz sein."

„Mache ich das?", frage ich lachend. „Ich wünschte, es wäre ein Scherz. Was ist mit dir? Kochst du oft?" Ich kann mir nicht vorstellen, dass sie es sich leisten kann, dauernd auswärts zu essen.

„Nicht oft, aber ich backe gerne", sagt Olivia und fixiert mich mit ihrem Blick. „Im Moment habe ich einen Braten im Ofen."

Mein Mund ist trocken, als ich sie anstarre.

„Du bist schwanger?"

Ist das ihr Ernst?

Ein breites Grinsen breitet sich auf ihrem Gesicht aus. „Überraschung!" Olivia kichert und nickt aufgeregt. „Ich habe einen Arzttermin für nächste Woche ausgemacht, aber ich habe auf sechs Schwangerschaftstests gepinkelt, und sie waren alle positiv.

Ich möchte meine Arme um sie legen, sie an mich ziehen und umarmen. „Darf ich dich umarmen?", frage ich.

Ich möchte feiern, aber ich möchte auch nicht, dass sie sich unwohl fühlt. Es ist ein schmaler Grat, und die

Tatsache, dass ich zurzeit ihr Chef bin, erleichtert die Sache nichtAber ich habe ihr geschworen, dass es für mich in Ordnung ist und dass es gut für sie und das Unternehmen ist, sie einzustellen.

„Ja", sagt sie und tritt näher heran.

Ihr Grinsen lässt mein Herz höher schlagen. Ich ziehe sie fest an mich und muss mich beherrschen, sie nicht vom Boden hochzuheben und sie herumzuwirbeln. Sie ist kein Kind.

„Ich möchte, dass du sofort bei mir einziehst."

„Was? Ich dachte, wir wollten bis nach dem ersten Trimester warten?" fragt Olivia. Mit gerunzelter Stirn zieht sie sich zurück und löst sich aus meiner Umarmung. „Im Vertrag steht, dass..."

Ich unterbreche sie. „Ich habe heute Morgen einen Anruf erhalten. Ich weiß nicht, wie ich es vorsichtig ausdrücken soll, aber jemand hat dich im Auge behalten."

„Was?" Sie geht weiter von mir weg. Als ob ich sie verbrannt hätte. Olivia verschränkt ihre Arme vor der Brust. „Ich verstehe nicht."

„Ich lasse einen meiner Kollegen ein Auge darauf werfen, wann der Verdächtige wieder auftaucht", sage ich und lasse den Teil aus, in dem ich ihn selbst verhören und foltern will. Ich werde der Sache auf den Grund gehen und herausfinden, warum er Olivia beobachtet.

Ihre Stimme bricht. „Du weißt nicht, wer es ist?"

Ich schüttle den Kopf. Es hat keinen Sinn, sie mit der Anzahl meiner Feinde zu beunruhigen, die ich mir gemacht habe. Die Liste ist lang.

„Wir werden es herausfinden, aber du bist schwanger. Wir haben besprochen, dass du nach deinem ersten Trimester bleiben wirst. Es wird nur ein wenig früher sein", sage ich.

Ich öffne den Kühlschrank und hole die grünen Bohnen heraus. Ich wasche sie unter fließendem Wasser, bevor ich die Enden abschneide.

„Wirst du mich nicht satthaben?", fragt Olivia.

„Deine Sicherheit hat für mich oberste Priorität. Deine und die des Babys, das du in dir trägst", erinnere ich sie.

„Was ist mit meinen Sachen?" Olivia fährt sich mit einer Hand durch die Haare.

„Ich gehe mit dir in deine Wohnung, um deine Sachen zu holen und werde dich wieder hierherbringen. Meine Antwort steht fest.

Ich muss mein Kind, das sie in sich trägt, genauso beschützen, wie ich das Bedürfnis habe, mich um sie zu kümmern.

Sie stößt einen leisen Seufzer aus. Ich will nicht

mit ihr streiten. Gibt sie nach?

„Ich werde dich nicht vom Gegenteil überzeugen können, oder?", fragt sie.

„Nein, wenn ich mich einmal entschieden habe, ist es so."

Ich schnappe mir einen Topf aus dem Schrank und den Dämpfeinsatz, fülle ihn mit Wasser und stelle ihn auf den Herd.

Olivia öffnet die Schränke, da sie sich in meinem Haus nicht auskennt. „Wonach suchst du?", frage ich.

„Ich wollte eigentlich beim Tischdecken helfen, aber ich habe gemerkt, dass ich nicht weiß, wo etwas ist."

„Setz dich einfach und entspann dich", sage ich. „Ich mache das Abendessen, du kannst beim Aufräumen helfen, wenn du etwas tun willst."

Sie rümpft die Nase über meinen Vorschlag. „Ich hasse Abwaschen."

„Ich auch", sage ich und lache leise vor mich hin. „Ich dachte, du würdest mir mit deinem Einzug einen Gefallen tun."

Olivia rollt mit den Augen und lächelt über meine Art von Humor. Wenigstens ist sie nicht sauer, dass ich ihr vorgeschlagen habe, bei mir einzuziehen. Ich dachte, ich müsste sie davon überzeugen, dass es nicht sicher ist und ihr sogar die Wohnung nebenan und die Überwachungsgeräte zeigen, die wir gefunden haben.

Ich bin froh, dass ich das nicht tun muss. Sehen und wissen sind zwei verschiedene Dinge.

Ich will sie nicht in ihre Privatsphäre eindringen lassen.

Sie setzt sich an der Theke auf einen Hocker. „Willst du mir nicht sagen, warum du immer noch Single bist? Du bist heiß, steinreich und laut der Zeitung ungebunden."

Ich verstecke das Lächeln auf meinem Gesicht und schaue zu ihr hoch. Diese Seite von ihr habe ich noch nie gesehen: vulgär, ehrlich, offen.

„Glaube nicht alles, was du liest", sage ich.

Hält sie mich für heiß?

Ich finde sie attraktiv. Mit ihrem sündigen Hüftschwung ist es schwer, das nicht zu tun. Jedes Mal, wenn sie geht und vor mir steht, landet mein Blick direkt auf ihrem perfekt proportionierten Hintern.

Aber ich kann diesen Impulsen nicht nachgehen. Selbst wenn ich es wollte, könnte es alles ruinieren.

Und jetzt, wo sie schwanger ist, steht zu viel auf dem Spiel.

KAPITEL VIERZEHN

OLIVIA

Jace begleitet mich zurück in die Wohnung, um meine Sachen einzupacken. Es gibt nicht viel, was mir gehört, nur die Klamotten, die ich in den letzten Monaten angesammelt habe. Ich schnappe mir meine Tasche und werfe alles, was ich besitze, hinein.

Die meisten Gegenstände in der Wohnung gehören mir nicht. Ich habe sie nicht dekoriert. Es hängen keine Bilder in der Wohnung und ich hatte auch nicht das nötige Material, um meine eigenen Bilder zu malen.

Ich schließe meine Tasche und gehe in die Küche. Auf dem Tresen liegt mein Handy-Ladegerät.

Ich schnappe mir das Kabel und schiebe es in den vorderen Reißverschluss der Tasche.

„Was ist mit dem Essen im Kühlschrank?", frage ich und zeige auf den vollen Kühlschrank. Ich war erst letzte Woche einkaufen.

Vielleicht ist es Jace egal, aber ich will keine guten Lebensmittel verschwenden.

„Ich schicke Matteo vorbei, damit er deinen Kühlschrank ausräumt und die Wohnung aufräumt."

Das war nicht ganz das, was ich meinte, aber wenn es nicht weggeworfen wird, dann reicht es.

Ich traue mich nicht zu fragen, ob er weiß, wer genau die Wohnung beobachtet und belauscht hat.

War es Caruso oder einer seiner Männer?

Jace weiß nicht, was ich mit ihnen zu tun habe.

Sie sind Mafiosi.

Wirklich böse Jungs.

Sie werden mich umbringen, wenn ich über sie rede, und wenn ich jetzt frage, während wir vielleicht überwacht werden, könnten wir beide verletzt werden.

Ich muss vorsichtig sein. Aber wenn es Luka Caruso oder seine Männer sind, werden sie sicher nicht aufhören, nur weil ich umgezogen bin. Sie werden nie aufhören, mich zu jagen.

Ein weiterer Grund, warum ich Jace's Kind unbedingt bekommen muss.

Nachdem er mich bezahlt hat, kann ich meine Schulden bei Caruso begleichen. Wird das Geld ausreichen, oder werde ich für immer sein Eigentum sein? Männer wie Caruso verschwinden nicht einfach. Es spielt keine Rolle, dass ich den Vertrag nicht mit meinem Blut unterschrieben habe.

„Komm, lass uns hier verschwinden", sagt Jace und führt mich zur Wohnungstür. Er hält seine Hand hin um mir meine Tasche abzunehmen.

„Ich kann das tragen", sage ich. Die Tasche ist gar nicht so schwer. Sie wiegt kaum etwas. Seine Aktentasche für die Arbeit ist wahrscheinlich schwerer.

Jace zuckt leicht mit den Schultern. „Nur weil du es kannst, heißt das nicht, dass du es auch sollst." Er öffnet die Tür und deutet mir an, aus der Wohnung zu gehen.

Ich schließe die Wohnung hinter mir ab und übergebe ihm die Schlüssel. Ihm gehört die Wohnung, er kann die Schlüssel genauso gut zurücknehmen. Außerdem, wenn Matteo den Kühlschrank ausräumen will, muss er sich Zutritt zur Wohnung verschaffen.

Ich gehe den Flur entlang und werfe einen Blick

auf die Tür neben meiner Wohnung.

Hatte sich der Schnüffler dort niedergelassen?

Ich traue mich nicht, meine Fragen laut zu stellen.

„Komm schon", sagt er wieder, packt mich am Ellbogen und führt mich eilig zum Aufzug.

Es ist, als würde er etwas verbergen und mich so schnell wie möglich von hier wegbringen wollen.

Aber warum? Was weiß ich nicht? Was sagt er mir nicht?

Sobald sich die Fahrstuhltüren schließen, verschränke ich die Arme vor der Brust. „Was ist hier los, Jace?"

Er hebt eine Hand und deutet mir an, ihm einen Moment Zeit zu lassen.

Ich verdrehe die Augen und als wir im Erdgeschoss angekommen sind, warte ich immer noch auf seine Antwort. „Gehst du mir aus dem Weg oder hast du Angst, jemand könnte uns belauschen?", frage ich.

„In meinem Beruf habe ich mir schon viele Feinde gemacht", sagt er.

Das wundert mich nicht. War es einer seiner Feinde, der mich nebenan im Auge behalten hat? Haben sie gedroht, ihm etwas anzutun? Ist das der Grund, warum Jace heute nicht bei der Arbeit war?

Er öffnet den Kofferraum und legt meine Tasche hinein, bevor er mir die Beifahrertür öffnet, damit ich ins Auto steigen kann.

Immer ein Gentleman. Selbst, wenn er meinen Fragen ausweicht.

Es ist schwer vorstellbar, dass er zu viele Leute verärgert, aber ein Mann mit einem gewissen Vermögen, einer der reichsten der Welt, gerät schon mal in die Schusslinie. Zumindest stelle ich mir das so vor. Für mich selbst war das noch nie ein Problem.

„Weißt du, wer mich da drinnen beobachtet hat?", frage ich ihn. Würde er es mir sagen, wenn es Carusos Crew wäre?

„Matteo hat die Wohnung heute Abend ein paar Stunden lang beobachtet, aber er ist vor etwa einer Stunde gegangen. Wir haben unsere versteckten Überwachungsgeräte aufgestellt. Wenn jemand zurückkommt, werden wir wissen, wer es ist. Aber ich erwarte nicht viel."

„Warum das denn?", frage ich.

Jace reiht sich in den Verkehr ein. Die Straßen sind diesen Abend immer noch stark befahren. Ich versuche, mich zu entspannen, während er uns weiter aus der Stadt heraus und zu seinem Haus fährt.

„Oh, wir werden den Kerl schon erwischen, aber ich bezweifle, dass er reden oder zugeben wird, für wen er arbeitet", sagt Jace. Er zieht die Stirn in Falten, greift zum Radio und dreht es lauter, um die Stille im Auto und die Diskussion zwischen uns zu übertönen.

Mein Handy summt in meiner Tasche, aber ich ziehe es nicht heraus und schaue es nicht an. Zumindest jetzt noch nicht. Ich will keine Fragen stellen, und wenn Luka Caruso mit mir kommuniziert, darf Jace das auf keinen Fall herausfinden.

Es fühlt sich nicht wie ein einmaliger Vorfall an, aber ich bin mir sicher, dass Jace weiß, was er tut.

Jace ist sicher, wenn ich bei ihm lebe, muss ich mir keine Sorgen um mich oder das Kind machen, das ich in mir trage.

Er wird mich beschützen.

———

„Das ist dein Schlafzimmer", sagt Jace, als er mich in mein neues Schlafzimmer führt. Er führt mich durch sein Haus. Nicht, dass ich das Haus nicht schon gesehen hätte, aber es ist Monate her, dass ich dort gewohnt habe.

Und das war nur eine Nacht.

Er trägt meine Tasche in das Schlafzimmer und stellt sie auf den Boden neben der Kommode. „Benötigst du Hilfe beim Auspacken?", fragt er.

„Nein, danke das schaffe ich schon", sage ich. Ich brauche ihn nicht, damit er auf mich wartet. Ich kann auf mich selbst aufpassen. Die Unterkunft ist ein Bonus, obwohl mir die Wohnung, in der ich bisher gewohnt habe, gefallen hat, konnte Caruso mich jederzeit finden.

Ich war allein.

Wenigstens gibt es jetzt mit dem Sicherheitssystem und den Metalltoren einen zusätzlichen Schutz.

Jace wird nicht zulassen, dass mir etwas zustößt. Wenn nicht um meinetwillen, dann um seines Kindes willen, das ich in mir trage.

„Ich lasse dich in Ruhe. Wenn du etwas brauchst, ich bin gleich den Flur runter", sagt er.

Jace tritt aus dem Schlafzimmer und schließt die Tür hinter sich.

Kaum ist er aus dem Zimmer, hole ich mein Handy heraus und werfe einen Blick auf die verpassten Nachrichten. Ich erwarte eine, aber es sind drei, alle von der gleichen unbekannten Nummer.

Das muss Caruso sein. Es ist eine lokale Nummer, die ich nicht kenne, und der Anrufer hat keinen Namen.

Mit deinem Chef Hausmann spielen.

Woher weiß er, dass ich bei Jace eingezogen bin?

Beobachtet er mich? Ist er derjenige, der meine Wohnung beobachtet hat? Nun, Jace's Wohnung, in der ich seit einigen Monaten wohne.

Ich schicke eine schnelle Antwort.

Wer ist da?

Wird der mysteriöse Anrufer mir sagen, ob es die Carusos sind, oder mich einfach weiter bedrohen und belästigen?

Was ist, wenn Jace mein Telefon sieht? Ich muss vorsichtig sein. Keiner darf wissen, dass ich mit der Mafia zu tun habe. Das Letzte, was ich will, ist, dass er verletzt wird.

Deine Zahlung ist verspätet.

Bestätigt. Es ist Luka oder einer seiner Handlanger. Das ist mir ziemlich egal. Ob er oder ein Soldat, sie alle machen mir Angst. Die Tatsache, dass sie ihre Krallen an mir haben, ist schon schmerzhaft. Egal, wo ich in der Stadt hingehe, sie finden mich immer.

Ich habe getan, was du wolltest.

Sie hatten darauf bestanden, dass ich bei Jace

Barone angestellt werde. Ich habe es geschafft, für seine Firma zu arbeiten. Ich habe auf den Tag gewartet, an dem sie mich abholen.

Was werden sie wollen? Informationen? Zugang? Was auch immer es ist, ich könnte gefeuert werden, oder schlimmer noch, im Gefängnis landen.

Wir fangen gerade erst an.

Mein Magen sinkt. Ich muss mich gleich übergeben. Ich eile ins Badezimmer und klappe den Deckel der Toilette auf.

Es kommt nichts hoch. Vielleicht sollte ich dankbar sein, aber die Grube am Boden meines Magens sitzt wie ein Amboss und geht nicht weg.

Übelkeit macht sich in mir breit.

Wird das jemals aufhören?

Ich schalte mein Telefon aus. Ich will keine SMS mehr von Caruso erhalten. Ich bin fertig mit ihm. Ich ziehe den Akku heraus und trenne die Verbindung zu meinem Telefon. Vielleicht wissen sie, wo ich wohne, aber sie können mich nicht erreichen.

Ich werde nicht zulassen, dass sie mich kontaktieren.

Wenn ich kein Telefon habe, dann lassen sie mich vielleicht in Ruhe.

Dieser Ort ist eine Festung. Jace wird sie nicht in

sein Haus lassen, und die Tore vor dem Haus und die Alarmanlage sollten ausreichen, um sie fernzuhalten.

———

Wir gehen getrennt zur Arbeit. Niemand muss wissen, dass ich mit meinem Chef zusammenlebe und sein Baby bekomme. Leihmutter oder nicht, es gibt Gerüchte, die ich nicht in Umlauf bringen will.

Jace scheint in dieser Sache den gleichen Gedanken zu haben. Außerdem sind unsere Arbeitszeiten nicht unbedingt die gleichen. Er ist der Besitzer, der Chef. Er kann arbeiten, wann er will.

Ich habe feste Zeiten, um mich um die Rezeption im Obergeschoss zu kümmern.

Ich nehme mir eine Tasse Kaffee, setze mich an meinen Schreibtisch und bewege die Maus, um den Computer aufzuwecken.

Jace ist schon da. Das Licht im Büro war an, aber er war nicht in seinem Büro, als ich vorbeischlendere, um mein Getränk zu holen.

Ich nippe an der heißen Flüssigkeit. Wenn jemand fragt, sage ich, dass er koffeinfrei ist, und mit jemandem meine ich Jace. Niemand weiß, dass ich schwanger bin. Auch sonst interessiert es niemanden, was ich trinke, solange es nicht koffeinhaltig ist und meine Arbeit beeinträchtigt.

Auf meinem Schreibtisch liegt ein Päckchen, eine Luftpolsterumschlag aus Manila, mit einem Brief darin. Er ist an mich adressiert.

Das ist höchst verdächtig.

Ich bekomme nicht viel Post zugeschickt, schon gar nicht im Büro. Was ich erhalte, sind in der Regel Werbesendungen, Kataloge zum Aussuchen von Büromaterial und solche Sachen.

Das hier fühlt sich nicht so an.

Es gibt keinen Absender.

Er ist nicht einmal abgestempelt. Jemand hat es abgegeben.

Wer? Und wann? Ich schaue mich im Büro um. Niemand scheint mir auch nur die geringste Aufmerksamkeit zu schenken. Es ist an mich adressiert. Ich schaue noch einmal nach und frage mich, ob ich den Aufkleber verwechselt habe, weil ich noch halb schlafe.

Ich hatte letzte Nacht Probleme einzuschlafen. Das Bett in Jace's Haus war bequem genug, aber es fühlte sich seltsam an, unter seinem Dach zu sein, mit ihm zu leben. Als ich das erste Mal bei ihm übernachtete, war er ein gut aussehender Fremder, ein Mann, der mir ein Angebot gemacht hatte, das zwar seltsam, aber auf eine gewisse Weise sehr schmeichelhaft war.

Jetzt ist er mein Chef.

Obwohl ich mich darauf gefreut habe, für ihn zu arbeiten, fällt es mir schwer, mich mit der Tatsache abzufinden, dass er mein Chef ist und mit mir unter demselben Dach schläft.

Ich habe mir geschworen, dass wir es professionell halten, das werden wir auch tun. Wir haben uns noch nicht einmal geküsst, obwohl ich wissen möchte, wie er sich unter meinem Körper anfühlt, darf das nicht passieren.

Es wird auch nicht passieren.

Ich mag meinen Job. Ich schätze die Tatsache, dass ich ein Dach über dem Kopf und einen festen Gehaltsscheck habe. Sicherlich wird das Geld jetzt schneller fließen, da ich sein Kind trage, aber trotzdem will ich es nicht vermasseln.

„Hey, Fremde", sagt Jace und bleibt an meinem Schreibtisch stehen. Er hat einen riesigen Becher Kaffee dabei, der meinen in den Schatten stellt.

„Ich hoffe, der ist koffeinfrei", sagt er und blickt auf meine fast leere Tasse Kaffee.

Ich antworte ihm nicht. Es scheint das Beste zu sein, die Aussage zu vermeiden. „Du musst dir keine

Sorgen machen", sage ich und schenke ihm ein schwaches Lächeln. „Es läuft alles gut."

„Gut", sagt Jace und blickt auf das Paket auf meinem Schreibtisch. „Von wem ist das?"

Jetzt, wo er über mir steht und mich beobachtet, kann ich den verdammten Umschlag nicht öffnen. Was, wenn es eine Nachricht von Caruso ist?

Eine Lüge geht mir leicht über die Lippen. „Es sind die Informationen, um mehr Toner für den Drucker zu bestellen", sage ich.

„Hat das Gerät schon wieder keine Tinte mehr? Ich schwöre, wir wechseln ihn täglich aus."

Er übertreibt, aber wir tauschen den Toner tatsächlich ziemlich oft. Ich schwöre, dass die Firma so ihr Geld verdient, indem sie uns praktisch jede Woche die Patronen schickt, die wir für den Betrieb des Geräts brauchen.

„So oft ist das nicht", sage ich. „Kann ich dir bei etwas helfen?" Ich schaue ihn mit erwartungsvollen Augen an. Ich möchte ihn wegschicken, damit ich den Umschlag öffnen kann. Ich möchte nicht, dass jemand auf die Idee kommt, über uns beide zu tratschen.

Es gibt nichts, worüber man tratschen könnte.

Na ja, außer dass ich sein Baby in mir trage.

„Lass mich dich zum Mittagessen einladen", sagt

Jace.

Ist er verrückt? Wir versuchen, uns zurückzuhalten um der Gerüchteküche keinen Anlass zu geben, darüber zu reden. So gerne ich auch außerhalb der Arbeit Zeit mit Jace verbringen würde, wir können es nicht. Wir leben bereits zusammen. Ich möchte so viel wie möglich für mich zu behalten, zumindest in der nächsten Zeit.

„Ich glaube nicht, dass das eine gute Idee ist", sage ich.

„Bist du zum Abendessen zu Hause?",fragt Jace und spricht so leise, dass nur ich seine Frage hören kann.

Ich kann nirgendwo anders sein. „Ja", sage ich und schaue in seine grünen Augen. Er grinst mich breit an. „Gut, dann ist es ein Date."

„Warte. Was?"

Jace dreht sich auf den Fersen um und geht zurück in sein Büro.

Er meinte kein richtiges Date, da bin ich mir sicher. Es ist eine Redewendung, wahrscheinlich hat er das gemeint, und ich habe überreagiert.

Ich reibe mir die Stirn und vergewissere mich, dass Jace lange genug weg ist, bevor ich den Umschlag öffne. Darin befindet sich eine Notiz und ein USB-Stick.

Du arbeitest für uns. Mach dein Handy an, oder wir werden Jace etwas antun.

Was soll ich mit dem USB-Stick machen? Ich werfe einen Blick in den Umschlag, aber es ist nichts weiter drin. Ich werfe den Umschlag in den Mülleimer.

Die Aufzugtür öffnet sich und Matteo steigt aus.

Ich lege meine Hand auf den Schreibtisch und vergrabe den USB-Stick unter meiner Handfläche. Vielleicht merkt er es nicht.

„Guten Morgen, Olivia", sagt er. Er spricht selten mit mir, aber heute hat er beschlossen, freundlich zu sein. Wunderbar. Liegt es an der Wohnung?

„Guten Morgen", sage ich und zwinge mich zu einem Lächeln.

Er runzelt die Stirn, als er mich im Vorbeigehen mustert. Er kommt nicht auf mich zu und ich bin erleichtert, dass er nicht versucht, das peinliche Gespräch zwischen uns fortzusetzen. Wir sind keine Freunde. Ich habe bisher wenig mit ihm gesprochen.

Aber er scheint Jace nahezustehen, vielleicht sollte ich ihn kennenlernen. Andererseits, wenn die Möglichkeit besteht, dass er mit Luka zusammenarbeitet, ist es besser, sich von ihm fernzuhalten.

Als er um die Ecke geht und außer Sichtweite ist,

untersuche ich den Stick. Er sieht ganz normal aus. Ohne ihn in einen USB-Steckplatz zu stecken, kann ich nicht feststellen, ob er leer ist oder etwas darauf gespeichert ist.

Ich will nicht riskieren, dass ich ihn einstecke und einen Virus installiere. Ich bin kein Idiot.

Es gibt keinen weiteren Hinweis, keine Beschreibung. Seine Drohung ist real, zumindest was Jace angeht, aber ich habe mein Handy nicht bei mir. Erwartet er, dass ich zurück zum Haus gehe, es hole, einschalte und dann tue, was er will?

Ich schiebe den USB-Stick in die Schreibtischschublade. Ich kümmere mich heute Abend um Caruso, wenn ich nach Hause komme.

———

Jace geht zum Aufzug und bleibt auf dem Weg zum Mittagessen an meinem Schreibtisch stehen. „Bist du sicher, dass ich dich nicht überreden kann, mitzukommen?"

Er hat ein warmes, freundliches Lächeln auf dem Gesicht. Es klingt verlockend, aber ich kann sein Angebot nicht annehmen.

„Danke, aber ich hole mir nur schnell etwas."

Matteo beeilt sich, ihn einzuholen. „Mittagessen?", fragt Matteo und nickt Jace zu.

„Klar."

Es sieht so aus, als hätte er jemanden gefunden, der ihm Gesellschaft leistet.

Mein Magen knurrt und ich will auch etwas essen, aber ich warte, bis er weg ist. Ich schnappe mir meine Tasche, fahre mit dem Aufzug nach unten um dann nach draußen zu gehen. Ich ziehe meine Jacke fester um mich, während ich den Block hinunter zu dem nahe gelegenen Sandwich-Laden eile.

Ich bezweifle, dass Jace dort isst. Er scheint eher ein Typ zu sein, der in einem Fünf-Sterne-Restaurant auf hohem Niveau isst.

Zum Glück sehe ich ihn nicht, als ich einen Blick durch die Glasfenster werfe, bevor ich die Tür öffne.

„Olivia." Lukas Stimme schreckt mich von hinten auf.

Ich sehe sein Spiegelbild im Glas, als ich die Hand an der Eingangstür des Lokals habe.

Ich lasse die Türklinke fallen und drehe mich zu ihm um.

„Hast du unsere Nachricht erhalten?", fragt Luka.

Ich bin überrascht, dass er die Nachricht selbst

überbringt. Hat er keine Männer, die sich um solche Aufgaben kümmern?

„Ich habe mein Handy nicht bei mir", sage ich. Das ist keine Lüge.

Er kramt ein Wegwerfhandy aus seiner Tasche und reicht es mir.

Ich presse meine Lippen zusammen. Wie werde ich diesen Widerling wieder los? „Ich will dein Handy nicht", sage ich.

„Ich frage nicht", sagt Luka. Er drückt es mir in die Hand und zwingt mich, das Gerät zu nehmen. „Wir brauchen Informationen und du bist genau die richtige Person, um sie uns zu geben. Leg den USB-Stick in Jace's Computer zu Hause ein."

„Was? Du bist verrückt, wenn du glaubst, dass ich das tun werde."

„Das wirst du, wenn du willst, dass dein kleiner Loverboy sicher ist."

Sie wissen also nichts von der Leihmutterschafts-vereinbarung. Ich atme fast erleichtert auf. Ich bin noch nicht über den Berg. Diese Männer sind gefährlich und Jace weiß nicht, womit er es zu tun hat oder was ich getan habe und welchen Schaden ich unabsichtlich anrichten könnte.

Ich verzichte darauf, Luka zu sagen, dass Jace nicht mein Liebhaber ist, dass wir nur Kollegen sind.

Er wird es mir nicht abkaufen und vielleicht ist es besser, wenn er denkt, dass wir mehr sind, als wir sind. Aber ich bin mir nicht sicher, wie ich das als Druckmittel einsetzen kann?

„Warum Jace?", frage ich. Warum wollten sie, dass ich bei Jace Barone Arbeit finde? Sie konnten doch nicht wissen, dass ich Zugang zu seinem Haus und seinem Computer haben würde.

„Das geht dich nichts an", sagt Luka angewidert. „Beantworte deine Nachrichten." Er dreht sich um und verschwindet in der Menge der Fußgänger.

Soll ich Jace von Luka erzählen? Was soll ich sagen? Würde er mir überhaupt glauben, dass es nicht meine Schuld ist?

Ich eile ins Restaurant und bestelle ein Sandwich zum Mitnehmen. Ich schnappe mir eine Tüte Kartoffelchips und nehme die Sachen mit zurück ins Büro. Nachdem ich Luka getroffen habe, will ich nur noch zurück an meinen Schreibtisch, wo es sicher ist. Zumindest glaube ich, dass es sicher ist.

In dem Gebäude gibt es Wachen. Deshalb hat er sich bei meiner Arbeit nicht gezeigt. Aber wie hat er das Paket zugestellt bekommen? Wer in der Firma arbeitet für die Familie Caruso? Es muss ein Insiderjob sein.

KAPITEL FÜNFZEHN

Jace

Nach der Arbeit gehe ich nach Hause. Olivia werkelt bereits in der Küche herum. Sie schnippelt Gemüse und in einer Schüssel daneben steht ein kleiner Obstsalat.

Gemeinsam machen wir das Abendessen. Ich bereite die meisten Zutaten vor, aber sie hilft mir, wenn ich sie bitte, etwas aus dem Kühlschrank zu holen oder mir ein Utensil zu reichen, wenn ich ihr zeige, wo es zu finden ist.

Während des Essens summt Olivias Handy in ihrer Tasche. Sie greift nicht einmal danach und schaut auch nicht auf das Display, um festzustellen, wer sie erreichen will.

„Musst du da rangehen?", frage ich.

„Es ist unhöflich, das während des Essens zu machen", sagt sie.

Da hat sie recht. Versucht sie, mir Manieren beizubringen, die ich dann an mein Kind weitergeben kann? Ich neige dazu, oft auf mein Handy zu schauen. Das ist Teil des Geschäfts, nicht nur bei Barone Industries, sondern auch bei der Mafia.

Das beansprucht viel von meiner Zeit.

Wie ich ein Kind großziehen und die Zeit finden soll, Windeln zu wechseln und den Kleinen zu füttern, weiß ich nicht. Wahrscheinlich werde ich ein Kindermädchen einstellen müssen. Das wird schon klappen. Olivia wird ihr Zimmer bis dahin geräumt haben und das Kindermädchen kann einziehen.

Ich lächle, schalte mein Handy aus und stecke es in meine Tasche. Obwohl ich während des Essens nicht darauf geschaut habe, lag es auf dem Esszimmertisch.

Ihr Gesicht ist gerötet. „Es tut mir leid! Ich habe nicht gesagt, dass du nicht auf dein Handy schauen darfst." Sie entschuldigt sich bei mir.

„Nein, du hast recht. Es ist unhöflich, während des Essens zu telefonieren, wenn jemand anderes deine ungeteilte Aufmerksamkeit hat." Aber ich bin neugierig, wer sich bei ihr meldet.

Ich bin sicher, sie hat Freunde, Familie oder jemanden, der sich nach ihr erkundigt. Aber sie hat mir nichts von jemand anderem erzählt. Soweit ich weiß, ist sie eine Waise, was zwar nicht stimmt, aber es scheint so.

Sie rümpft die Nase und lacht. Ihr Verhalten hat etwas Leichtes an sich, aber ich kann auch einen Kampf in ihren Zügen sehen, den ich nicht erklären kann. Ich kenne sie nicht gut genug, um sie wie ein Buch zu lesen. Zumindest jetzt noch nicht.

Ich bin zuversichtlich, dass ich mit der Zeit alles über die Frau wissen werde, die mein Kind trägt.

„Jetzt, wo es offiziell ist", sage ich und deute mit einer Geste die Tatsache an, dass sie schwanger ist. „Habe ich angefangen, alles für das Baby zu bestellen, wenn du Dutzende von Paketen ins Haus geliefert bekommst, weißt du, warum."

Sie lacht und bedeckt ihren Mund mit der Hand. „Du weißt noch gar nicht, ob es ein Junge oder ein Mädchen ist!"

„Das ist doch egal", sage ich. „Ich kann alles, was ich nicht behalten will, an eine Wohltätigkeits-organisation für alleinerziehende Mütter spenden. Ich bin mir sicher, dass es da draußen eine gibt."

Sie nimmt einen weiteren Bissen von ihrem Essen, lächelt und schüttelt den Kopf. Sie scheint nicht im Geringsten verärgert über meine Bemerkung zu sein, was gut ist. „Du denkst immer voraus", sinniert sie. „Du solltest ein Kinderbett im Laden kaufen und nicht online."

„Warum?" Ich bin neugierig, was sie denkt. Sie ist Mutter, obwohl sie vielleicht nicht das Sorgerecht für ihr Kind hat, weiß sie wahrscheinlich mehr über Kinder als ich.

„Im Internet oder in einem Katalog kann man nicht erkennen, wie stabil und haltbar das Kinderbett ist. Wir haben es mit dem Kinderzimmer übertrieben, als ich schwanger war, aber ich bin mir sicher, dass du meine Kaufgewohnheiten in den Schatten stellen wirst."

Ich runzle die Stirn. Könnte der Anrufer ihr Ex-Mann gewesen sein? Hatte sie jemals die Gelegenheit, mit ihrem Sohn zu sprechen? Ich bin mir sicher, dass es ein heikles Thema ist, aber Olivia spricht nie über einen der beiden.

„Sprichst du oft mit deinem Sohn?", frage ich.

War das derjenige, der sie während des Essens angerufen hatte? Wenn ja, kann ich mir nicht vorstellen, dass sie den Anrufer ignoriert hat. Sie wirkt nicht wie eine Mutter, die einen Anruf oder eine SMS ignorieren würde, egal, wie spät es ist oder wie beschäftigt sie ist.

Ihr Gesicht verzieht sich und sie lässt die Gabel fallen, das Metall klappert auf dem Tisch. Olivias Augen weiten sich und sie schnappt sich das Besteck, ihre Wangen sind rot. „Ich, äh, er ist tot, Jace."

Mein Magen kippt um.

Ich hatte ja keine Ahnung.

„Das tut mir so leid." Es gibt nichts, was ich sagen kann, um sie zu trösten, um ihr den Schmerz zu nehmen. Ich stelle ihr keine weiteren Fragen.

Wenn sie mir von ihm erzählen will, werde ich zuhören, ich möchte sie nicht wegstoßen.

Sie nickt, ihre Augen sind auf die Reste ihrer angegessenen Mahlzeit gerichtet. Olivia stochert mit ihrer Gabel in ihrem Essen herum. Ihr scheint der Appetit vergangen zu sein.

Mir auch.

„Es tut mir leid", wiederhole ich. Ich hatte nicht vor, sie zu verärgern oder ihr Unbehagen zu wecken.

„Ja, ich glaube, ich nehme jetzt ein heißes Bad und mache mich bettfertig."

„Klar, ich mache den Abwasch", biete ich an. Das Letzte, was ich will, ist, dass sie während der Schwangerschaft gestresst ist. Das hilft niemandem und ich will nicht, dass ihr emotionaler Zustand zu einer Fehlgeburt führt, falls das überhaupt möglich ist.

Sie bringt ihren Teller in die Küche und räumt ihn in die Spüle, bevor sie im Flur verschwindet.

Mit einem schweren Seufzer greife ich nach meinem Handy. Es gibt ein halbes Dutzend verpasste Anrufe und SMS von Matteo.

Ich warte, bis ihr Schlafzimmer geschlossen ist. Obwohl ich ihr Zimmer vom Esszimmer aus nicht sehen kann, höre ich, wie eine Tür geschlossen wird.

Ich stehe auf, schnappe mir mein Geschirr, räume den Rest ab und werfe es in die Spüle. Ich gehe durch die SMS. Von Matteo ist nichts Konkretes dabei, nur *Ruf mich zurück* oder *dringend* und mein Favorit: *Nimm den verdammten Hörer ab, Chef!*

Ich wähle Matteo an und überspringe den Anrufbeantworter. Er hinterlässt mir keine nennenswerten Nachrichten. Ich rufe ihn einfach zurück. Ich kenne seine Routine.

„Endlich!" Er klingt verzweifelt.

„Was ist hier los?", frage ich. „Warum die Eile?" Wenn er mich innerhalb einer Stunde mehrmals anruft, ist etwas nicht in Ordnung. Ich versuche, die

Sorge in meiner Stimme zu verbergen und ruhig zu bleiben. Vielleicht reagiert er ja über.

Wann hat Matteo überreagiert?

Abgesehen davon, dass er Olivia als Leihmutter mitgebracht hat, war das ziemlich unkonventionell. Dieses eine Mal gebe ich ihm Nachsicht.

„Wir haben ein Problem. Es gab einen Zwischenfall an den Docks."

Ich räuspere mich und werfe einen Blick in den Flur, um mich zu vergewissern, dass ich allein bin. Von Olivia ist keine Spur zu sehen. „Was für ein Vorfall?", frage ich.

„Die Carusos haben einen unserer Capos geschnappt."

„Scheiße." Ich fluche und zucke zusammen. „Wen?", frage ich. Ich vertraue meinen Männern, aber ich kann nicht anders, als mir Sorgen zu machen. Geheimnisse müssen bewahrt werden und Folter kann eine überzeugende Methode sein, um Informationen zu erhalten.

Wird er in den Händen von Caruso und seinen Schlägern Informationen preisgeben?

„Andrea", sagt Matteo.

„Wie ist das passiert?" Ich brauche jedes Detail, Fehler wie dieser dürfen nie wieder passieren. Nicht unter meiner Aufsicht als Don.

„Soweit ich weiß, wurde Andrea bis zu den Docks verfolgt. Einer von Carusos Männern verfolgte ihn bei der Abholung einer Lieferung."

Ich drücke mir auf den Nasenrücken und atme einen schweren Seufzer aus. Andrea weiß mehr, als er sollte. Er ist ein wichtiger Teil unserer Organisation. Ich kann es mir nicht leisten, einen Aktivposten zu verlieren, aber was noch schlimmer ist, dass Don Caruso ihn festhält.

„Was sollen wir deiner Meinung nach tun?" Ich nehme zwar keine Befehle von Matteo an, aber ich schätze seinen Einblick. Manchmal bietet er eine einzigartige Perspektive und ich möchte seine Empfehlung hören, bevor ich meine Befehle herunterrassle.

„So sehr ich den Kerl auch mag, er will nicht reden."

„Bist du sicher?" Ich schätze Matteos Meinung, aber ich kann nicht umhin, mir Sorgen zu machen, dass jeder manipuliert werden kann, um Geheimnisse zu verraten. Vor allem diejenigen, die über Geheimdienstinformationen verfügen, die unserer Operation schaden könnten.

„Das kann man wohl sagen, Sir."

„Wenn wir ihn in Don Carusos Händen lassen, ist er praktisch tot", sage ich.

Ich hasse es, Männer zu verlieren, besonders gute Männer. Aber in den Krieg zu ziehen, nur weil ein Mann geschnappt wurde, wäre noch viel gefährlicher und riskanter. Es könnte alles zerstören, was ich erreicht habe.

Und das sind Carusos Machtspielchen.

Er will mich zerstören und mein Imperium zum Einsturz bringen.

„Eine Rettungsaktion könnte noch mehrere deiner Männer in Gefahr bringen, Dutzende", sagt Matteo.

Ich stimme ihm zu, aber nichts zu tun, zeigt Schwäche. Es beweist Luka Caruso, dass er tun kann, was er will, dass er diese Stadt regiert, aber das ist weit von der Wahrheit entfernt.

„Ich kann nicht akzeptieren untätig zuzusehen, wie er meine Männer abschlachtet", sage ich. Mein Ton ist hart, und es juckt mich immer noch in den Fingern, Vergeltung zu üben für das, was geschehen ist.

Es gefällt mir nicht, dass meine Männer, meine Familie, in Gefahr sind.

Ich biete ihnen Schutz, und wenn ich das nicht tun kann, bin ich so gut wie tot.

„Ich verstehe, Sir. Du hast nach meiner Meinung gefragt. Am sichersten ist es, die Dinge auf sich beruhen zu lassen und zurückzuschlagen, wenn sie es am wenigsten erwarten", sagt Matteo.

Er ist ein vernünftiger Mann, aber er versteht nicht, was er riskiert, wenn er wartet und nicht antwortet. Caruso wird wieder handeln, und er muss aufgehalten werden.

Um jeden Preis.

Ich höre, wie die Tür zufällt.

„Olivia?", rufe ich. Ich bin ein wenig nervös nach den Neuigkeiten, die Matteo mir gerade mitgeteilt hat.

Olivia antwortet nicht.

„Ich werde dich zurückrufen müssen, Matteo."

„Klar doch, Chef."

Ich beende den Anruf und schiebe das Telefon in meine Tasche. Das Licht im Flur ist an und die Alarmanlage ist eingeschalten. Sie ist noch nicht losgegangen. Ich bin mir sicher, dass ich überreagiere, aber Caruso kann man nicht trauen.

Wenn er an einen meiner Capos herankommt, einen Mann, der zum Töten ausgebildet ist, dann kann er auch an Olivia herankommen.

Ich hoffe, ich bin nicht schon paranoid.

Dieser Ort ist eine Festung. Er sollte nicht in diesen vier Wänden sein, aber ich mache mir trotzdem Sorgen.

Ich schleiche den Flur entlang. Olivias Schlafzimmertür ist offen. Zu ihrem Zimmer gehört ein eigenes Bad, deshalb bin ich überrascht, dass die Tür nicht geschlossen ist. Es sei denn, sie sucht meine Gesellschaft?

Das bezweifle ich.

Ich bin zu weit gegangen.

Wir sind nur Freunde. Kolleginnen und Kollegen. Ich bin ihr Chef. Das war's. Sie ist schwanger von mir, aber es ist nicht romantisch. Nicht, dass ich keine Gefühle für sie hätte, aber ich habe sie nicht ausgelebt. Ich bin kein komplettes Arschloch.

Ich stecke meinen Kopf in ihr Schlafzimmer.

Die Nachttischlampe ist an. Sie wirft ein sanftes, bernsteinfarbenes Licht in den Raum und lässt die Schatten über die Wände und das Bett tanzen. Aber von Olivia ist keine Spur zu sehen.

Auch die Badezimmertür ist offen.

Mein Magen verkrampft sich.

„Olivia?"

Okay, jetzt mache ich mir Sorgen.

Wo zum Teufel ist sie hin? Sie kann doch nicht einfach auf und davon sein. Die Fenster sind geschlossen. Die Haustür ist verschlossen, um durch die Vordertür zu gehen, hätte sie an mir vorbeilaufen müssen.

Es sei denn, sie hat sich durch die Hintertür hinausgeschlichen. Aber warum? Der Alarm wäre ausgelöst worden. Das Tastenfeld zeigt nicht an, dass jemand den Alarm ein- oder ausgeschaltet hat.

Die Tür zu meinem Büro öffnet sich knarrend und Olivia tritt heraus und starrt mich mit großen Augen an. Ihre Hand ist zu einer Faust geballt.

Hat sie etwas zu verbergen? Hat sie etwas aus meinem Büro gestohlen?

„Was zum Teufel machst du da?"

KAPITEL SECHZEHN

OLIVIA

Jace vergrößert den Abstand zwischen uns.

Scheiße. Scheiße. Scheiße.

Ich habe nicht damit gerechnet, dass ich mich durch den Flur schleichen und erwischt werden würde.

Was soll ich ihm sagen?

Mit welcher Ausrede kann ich meinen Arsch aus dem heißen Wasser ziehen?

Er hat mir eine Frage gestellt und wollte wissen, was ich mache, aber ich muss ihm noch antworten.

Es gibt keine gute Antwort, die er gerne hören wird. Ich fühle mich wie ein Reh mitten auf der Autobahn bei Gegenverkehr.

Ich bin wie erstarrt, und er ist kurz davor, mich zu überfahren.

Ich bin so gut wie tot.

„Überlege dir gut, was du sagen willst", warnt Jace.

Er ist stinksauer. Nicht nur sein Tonfall verrät, dass er stinksauer ist. Es ist die Vene, die sich in seinem Hals ausbreitet, und sein Gesicht ist knallrot.

„Es tut mir leid", stottere ich.

„Er wartet auf eine Erklärung, aber ich habe keine, die ich ihm geben kann. Zumindest keine, die ehrlich ist. Er wird mich hassen, mich feuern und ich weiß nicht einmal, was mit dem Kind, das ich in mir trage, und unserer Vereinbarung passieren würde.

Ich brauche das Geld.

Es ist mein Ausweg aus den Schulden bei Caruso.

Mein einziger Ausweg.

„Ich hätte nicht herumschnüffeln sollen." Es ist keine Lüge, aber reicht das aus?

Er zuckt zusammen und sein Blick wird härter. „Hast du gefunden, was du gesucht hast?"

Mein Mund ist trocken. Ich schlurfe mit den Füßen, weil ich mich unter seinen Blicken unwohl fühle. Ich weiß nicht genau, was ich gesucht habe, nur dass Caruso wollte, dass ich Dateien auf einen USB-Stick kopiere, den ich in meiner Handfläche versteckt habe.

Ich versuche, meine zu Fäusten geballten Hände lässig zu zeigen.

„Die Dokumente in deinem Büro, gehören dir Briefkastenfirmen?" Ich sollte nicht fragen, aber ich bin neugierig, nachdem ich nachgesehen habe. Es ist, als würde ich die Büchse der Pandora öffnen. Ich kann den verdammten Deckel nicht schnell genug wieder verschließen.

„Ich besitze viele Organisationen und mehrere Unternehmen", sagt Jace. „Was ist deine Frage?"

„Sind das alles legale Unternehmen?"

Er macht sich über meine Frage lustig. „Wenn sie es nicht wären, glaubst du nicht, dass das FBI an meine Tür klopfen würde? Ich stehe im Rampenlicht der Öffentlichkeit, Ms. Summers", sagt Jace und spricht mich mit meinem Nachnamen an. Das ist kalt und unpersönlich, aber wahrscheinlich der Sinn der Sache. Er distanziert sich von mir.

Ist es, weil ich ihn verletzt habe? Sein Vertrauen missbraucht habe? Oder aus einem anderen Grund?

Er schreitet näher heran und dringt in meinen persönlichen Bereich ein. Jace ergreift mein

Handgelenk und führt meine Hand zu seinem Gesicht, um meine Finger zu öffnen.

Er entreißt mir den USB-Stick aus meiner Hand. „Den werde ich mitnehmen", sagt er.

Ich öffne meinen Mund, aber ich weiß nicht, was ich sagen soll. „Es tut mir leid" wäre wahrscheinlich ein guter Anfang, aber die Entschuldigung kommt nicht an. Mein Verhalten ist mir peinlich und ich schäme mich dafür, aber meine Handlungen entsprechen nicht dem, was ich bin oder wofür ich stehe. Ich habe nur so gehandelt, weil ich keine andere Wahl hatte.

Caruso ist kein freundlicher oder großzügiger Mann.

Ich kann nur hoffen, dass Jace mir verzeihen wird.

„Willst du mir eine Erklärung geben? Jace's Augen sind groß, als er mich mit seinem Blick fixiert. Er wartet darauf, dass ich etwas sage.

Schock.

Das ist der einzige vernünftige Gedanke, der erklärt, warum ich meine Stimme verloren habe. Mein Herz klopft wie wild. Die Angst pulsiert in mir, gemischt mit einem heftigen Adrenalinstoß.

Wird er mich rausschmeißen und mich zwingen,

obdachlos zu werden, so wie ich es war, bevor ich ihn traf?

Ich würde es ihm nicht verübeln. Er hätte das Recht, mich rauszuschmeißen. Vielleicht sollte ich ihm vorschlagen, dass ich gehe. Wäre das nicht besser? Dann kann Caruso mich nicht mehr nach Informationen löchern. Ich kann ihm nicht geben, wozu ich keinen Zugang habe.

„Du wirst wütend auf mich sein", sage ich. Es kostet mich all meine Kraft, die Wahrheit zu sagen.

Sein Blick ist intensiv und streng. Ich fühle mich dabei unwohl.

Ich senke meinen Blick auf den Boden. Es ist einfacher, seinem strengen Blick nicht zu begegnen. Er packt mein Kinn und reckt es hoch, um mich zu zwingen, ihm in die Augen zu sehen.

„Erkläre!" Seine Worte sind scharf.

Ein Schauer durchläuft mich.

„Luka Caruso", flüstere ich.

Weiß er von dem Mafioso?

Jace ist ein Milliardär. Er macht sich in der Mafiapolitik nicht die Hände schmutzig.

„Was ist mit ihm?" Jace grinst.

Ist es möglich, dass er von ihm gehört hat? Es ist ja nicht so, dass die Carusos eine ruhige Gruppe von Mafiosi sind. Sie überfallen Geschäfte in der

Nachbarschaft, zwingen sie zur Zahlung einer Schutzsteuer oder schicken ihre Soldaten aus, um die Läden auszurauben.

Es ist kein Geheimnis, dass sie eine Gangsterbande sind, die Ärger macht.

Ich atme zittrig aus, und Jace löst seinen Griff um mein Kinn und meinen Arm und lässt mich los. Er wartet auf meine Erklärung.

Ich überlege, ob ich weglaufen soll, aber wie weit würde ich kommen? Ich bin ihm die Wahrheit schuldig. Vielleicht findet er einen Weg, mich zu beschützen, wenn er mich nicht vorher hasst und mich den Behörden ausliefert, weil ich ihn bestohlen habe.

„Ich warte." Jace ist nicht der geduldigste Mann, vor allem, wenn es um Verrat geht. Er ist in meinem persönlichen Bereich und ich verzichte darauf, einen Schritt zurückzutreten.

„Mein Ex-Mann John hat sich Zehntausende von Dollar von der Mafia geliehen. Er nahm einen Kredit auf und zahlte ihn nie vollständig zurück. Als John abgehauen ist, hat mich Luka Caruso immer wieder wegen des Geldes bedrängt. Er bot mir einen Zahlungsplan mit exorbitanten Zinsen an, aber wenn ich jede Woche zahlen würde, würde er mich am Leben lassen. Sechs Monate später kam John zurück und machte mir das Leben noch schwerer. Ich hatte die Zahlungen im Griff. Ich selbst kam mit Austin über die Runden. Aber John wollte wieder nach Hause kommen. Ich hätte ihn niemals zurückkehren lassen dürfen. Er hat Austin in der Nacht des Brandes beobachtet", sage ich.

Ich atme scharf ein. Ich möchte nicht weiter darauf eingehen. Die Erinnerungen sind noch zu frisch.

Es ist einfacher, sie zu verdrängen. Vielleicht ist das nicht gesund, aber so gehe ich mit dem Geschehenen um. Es ist der einzige Weg, den ich kenne.

„John starb bei dem Feuer. Austin ist nicht sofort an seinen Verletzungen gestorben. Stattdessen häufte er Hunderttausende von Dollar an Arztrechnungen für seine Brandverletzungen an, bevor er starb. Die Arztrechnungen häuften sich immer weiter an. Dem Krankenhaus war es egal, dass mein Sohn und mein Mann tot waren. Der Mafia war es egal, dass ich Krankheitskosten hatte und die Hypothek nicht bezahlen konnte. Die Bank nahm mir mein Haus weg, und die Schuldeneintreiber nahmen mir jeden Cent ab, den ich verdiente. Für die Mafia war nichts mehr übrig."

Seine Zunge schiebt sich heraus und leckt über

seine Mundwinkel. Jace scheint in Gedanken versunken zu sein. Glaubt er mir? Es ist die Wahrheit, alles, was ich gesagt habe. Ich habe ihn noch nie angelogen.

„Luka Caruso ist ein gefährlicher Mann."

Dessen bin ich mir bewusst und deshalb habe ich auch Angst vor ihm. „Ich weiß! Glaubst du, ich will ihm etwas schuldig sein?" Der Mann besitzt mich praktisch. Zumindest glaubt er das. Ich kann nicht einfach vor ihm weglaufen. Er lässt mich nicht. Ich habe es versucht.

„Hat er dich gebeten, in meinem Büro herumzuschnüffeln?", fragt Jace. Er tritt einen Schritt zurück und verschränkt die Arme vor der Brust. Seine Haltung ist zwar verschlossen, aber entspannter als vorhin. Es ist eine seltsame Mischung, als ob er versucht, etwas zu entscheiden, aber ich bin mir nicht sicher, was.

„Er hat mir den USB-Stick gegeben und verlangt, dass ich Dateien von deinem Computer kopiere.

Es hat keinen Sinn, ihn anzulügen. Ich wurde bereits ertappt. Ich kann nur hoffen, dass er mir vergibt und mir vielleicht aus dem Schlamassel hilft.

KAPITEL SIEBZEHN

Jace

Ich möchte etwas schlagen.

Jemanden.

Vor allem dieses Arschloch Don Caruso. Er hat eine Tracht Prügel verdient. Aber ich kann nicht einfach zu seinem Grundstück gehen und an die Haustür klopfen.

Es ist komplizierter als das, aber wenn er Olivia beobachtet hat, muss es das vielleicht gar nicht sein.

„Wie hat er dich kontaktiert?", frage ich. Ich muss alles über ihre Beziehung wissen. Ich zucke zusammen und bete, dass es nicht zu intim ist.

Olivia hat einen Vertrag unterschrieben, in dem sie sich verpflichtet, keine Beziehungen zu anderen

Männern einzugehen, während sie versucht, ein Kind von mir zu bekommen.

Ihr Kopf ist nach unten gebeugt, ihr Blick ist auf ihre Füße gerichtet.

„Er hat mich angerufen, ein Paket ins Büro liefern lassen und mich heute auf dem Weg zum Mittagessen bedroht."

Ich balle meine Hände zu Fäusten. Warum konnte sie mich nicht zum Mittagessen begleiten, als ich sie eingeladen hatte? Wenigstens hätte sich dieser Mistkerl ihr nicht genähert, wenn ich bei ihr gewesen wäre.

„Du brauchst einen Leibwächter."

Das ist morgen früh die erste Amtshandlung. Einer meiner Männer wird sie überall dorthin begleiten, wo ich nicht bei ihr bin. Egal, ob es um Arzttermine oder ein Mittagessen geht, ich werde Caruso nicht mehr an sie heranlassen.

„Ist das notwendig?", fragt Olivia.

„Auf jeden Fall!" Ihr Schutz und ihre Sicherheit sind von größter Bedeutung. Sieht sie das nicht ein, wenn nicht um ihretwillen, dann um des Babys willen, das sie in sich trägt? „Du bist mit meinem Kind schwanger. Das macht dich zu einer Zielscheibe."

Sie blickt mich mit ihren strahlend blauen Augen an und stößt einen leisen Lufthauch aus. „Okay." Sie wehrt sich nicht gegen mich.

Ich bin mir nicht sicher, warum ich erwarte, dass sie das tut, vielleicht weil sie nicht der Typ Mädchen ist, der nachgibt. Sie war schon immer sehr eigensinnig, zumindest seit ich die Gelegenheit hatte, sie kennenzulernen.

„Erzähl mir von dem Paket, das er ins Büro liefern ließ." Ich greife nach ihrem Ellbogen und führe sie mit mir ins Wohnzimmer, wo sie sich hinsetzt. Dieses Gespräch wird nicht enden und ich werde nicht zulassen, dass sie sich ins Bett schleicht, ohne mir zu antworten.

Das habe ich verdient, wenn man bedenkt, wie sehr sie mich betrogen hat.

Jeder andere wäre umgebracht worden.

Sie wehrt sich nicht im Geringsten. Olivia begleitet mich ins Wohnzimmer und lässt sich auf das Plüschsofa fallen.

Ich setze mich neben sie und lasse viel Platz zwischen uns. Ich werfe einen Blick in die Küche. Ich könnte einen Drink gebrauchen, etwas Starkes, das mir hilft, mich zu beruhigen. Das Adrenalin pumpt durch mich hindurch und lässt mein Herz gegen meinen Brustkorb klopfen. Es kostet mich alles, um so zu tun, als ob ich ruhig wäre.

Ich fühle mich nicht im Geringsten ruhig oder ausgeglichen, aber ich kann Olivia nichts anderes zeigen. Ich muss kühl und gelassen sein. Das gehört dazu, Don zu sein und meinen Männern oder Feinden keine Angst oder Unsicherheit zu zeigen.

„Es war nicht viel. Ein Zettel mit der Drohung, dass ich an mein Telefon gehen soll, das ich absichtlich bei dir zu Hause gelassen habe. Er hat mir ständig SMS geschickt und mich belästigt", sagt Olivia.

Sie wirkt aufrichtig, und ihr Verhalten zeigt nicht, dass sie etwas verheimlicht. Ich habe schon Männer gesehen, die weggeschaut haben, um meinen Blicken auszuweichen. Ihre Schultern sind eingefallen, ein Zeichen der Niederlage, nicht des Trotzes.

„Sonst noch etwas?" frage ich.

„Der USB-Stick", sagt sie und zeigt auf das Gerät in meiner Handfläche. „Ich weiß nicht, was er von mir erwartet hat und ich hatte auch nicht vor, etwas damit zu tun. Aber dann hat er dir gedroht."

„Ich?" Ich lache über die Absurdität der Drohung, hat sie das nicht getan, um ihren Arsch zu schützen? Das war meine Erwartung gewesen. Ich würde es ihr nicht verübeln, wenn sie sich selbst retten würde. Es ist ja nicht so, dass sie weiß, wie man mit Männern wie Luka umgeht.

Olivia blickt langsam auf, um meinen Blick zu erwidern. „Ja, er dachte, wir würden miteinander schlafen, weil ich hier wohne."

Ich atme erleichtert auf. Wenigstens hat er es nicht geschafft, meinen Anwalt zu hacken und den Papierkram zwischen Olivia und mir zu entdecken oder Unterlagen mit meinen Daten von der Leihmutteragentur zu finden, die ich zuvor kontaktiert hatte.

„Ich verstehe", sage ich. Er sollte glauben, dass wir ein Paar sind. Dann wird er nicht von einem Besuch überrascht sein, wenn ich auftauche und ihm drohe, dass er meine Freundin belästigt. „Ich kümmere mich um Caruso. Er wird dich nicht mehr belästigen."

Außerdem muss ich mich noch um den Capo, Andrea, kümmern, der entführt worden ist. Es ist eine Krise nach der anderen.

Ihre Stimme ist zaghaft und ängstlich. „Wie?"

Macht sie sich Sorgen, dass mir etwas zustoßen könnte? Sie weiß nicht, dass ich die Mafia leite, dass die Carusos eine rivalisierende Familie sind und mir das einen Vorwand gibt, ihre Männer abzuschlachten. Sie haben einen meiner Leute entführt, und sie haben die Frau bedroht, die mein Kind trägt. Es ist Zeit für Vergeltung.

Alles andere würde mich schwach erscheinen lassen.

KAPITEL ACHTZEHN

OLIVIA

Er hat nicht mehr über Caruso gesprochen, seit er mich in der Nacht mit dem USB-Stick in seinem Büro erwischt hat. Alles, was er zu mir sagte, war, dass es erledigt sei und ich in Sicherheit bin.

Was wurde erledigt?

Hat er Luka getötet?

Der Mann war ein Monster, aber einen anderen Mann zu ermorden, erscheint mir nicht richtig.

Wahrscheinlich sind es die Hormone und das schwangere Gehirn, die mir verrückte Fantasien darüber einreden, was Jace getan hat, um Caruso zu zwingen, mich in Ruhe zu lassen. Ich will glauben, dass er weg ist und mich nie wieder belästigen kann, aber ich habe immer noch Albträume, in denen er mich bedroht.

Jace ist ein Milliardär. Wahrscheinlich hat er den Schläger einfach bezahlt. Das machen reiche Leute doch so? Geld löst all ihre Probleme.

Seit dem Vorfall habe ich auf Jace's Drängen hin einen Bodyguard. Denkt Jace, dass Carusos Männer hinter mir her sind? Warum sollte mich sonst jemand beschatten, wo immer ich hingehe?

Werde ich immer wegen Luka aufpassen müssen?

Jace fährt mich zur Arbeit. Als ich mich weigere, besteht er darauf, dass Matteo auf dem Weg ins Büro vorbeikommt, der in die entgegengesetzte Richtung führt.

Ich möchte nicht, dass Matteo mich hasst. Ich mag meinen Job und ein kleiner Teil von mir hofft, dass ich ihn auch nach der Schwangerschaft behalten kann.

Matteo begleitet mich zum Mittagessen, wenn Jace nicht da ist oder beschäftigt ist. Wenn es nach Feierabend ist, gibt es nicht allzu viele Orte, an die ich allein gehen kann. Manchmal gehe ich einkaufen, Matteo hat mich einmal begleitet, aber danach war es immer ein anderer Wachmann.

Habe ich ihn zu Tode gelangweilt?

Gut.

„Ich gehe jetzt raus. Bist du fertig?", fragt Jace, als er an meinem Schreibtisch vorbeikommt. Seit er darauf besteht, mich nach Hause zu fahren, sind seine Tage typischer geworden und die Nächte kürzer.

Er hängt über meinem Schreibtisch und ich bin mir sicher, dass sich die Gerüchte langsam herumsprechen. Ich habe gerade erst angefangen, dicker zu werden, aber eines Tages werde ich platzen. Meine Arbeitshose lässt sich jetzt schon schwer anzuziehen, obwohl ich das gerne auf meine Essgewohnheiten in letzter Zeit schiebe, ist es wahrscheinlich die Tatsache, dass ich schwanger bin.

„Ich weiß nicht, bin ich fertig, Chef?", frage ich mit einem Grinsen.

Wir sind zwar nicht zusammen, aber es fühlt sich so an, als wäre da etwas zwischen uns, abgesehen von der kleinen Beule.

„Komm, ich bringe dich raus", sagt er.

Ich schalte meinen Computer aus, schnappe mir meinen Mantel und ziehe ihn an, während ich um meinen Schreibtisch herum eile.

Er drückt auf den Abwärtsknopf des Fahrstuhls, als ich näher komme. „Wie wäre es, wenn wir einen

Happen essen gehen und ein wenig shoppen?", fragt Jace.

Ich habe nicht die geringste Ahnung, was er kaufen will. Komme ich mit, weil ich keine andere Mitfahrgelegenheit habe oder weil er wirklich Zeit mit mir verbringen möchte?

„Einkaufen?" Ich bin begeistert, dass ich jetzt gehen kann, es ist ohnehin schon fast fünf Uhr.

„Ja, Sachen für den Jelly Bean", sagt Jace, als sich die Aufzugtüren öffnen. Er gibt mir ein Zeichen, dass ich zuerst einsteigen soll, bevor er mich begleitet und die Türen sich hinter uns schließen.

Der Aufzug ist leer. Ich bin dankbar für die Privatsphäre zwischen uns. Abgesehen von den Sicherheitsleuten, aber ich glaube nicht, dass sie uns hören können.

Oder doch?

„Bald wird Jelly Bean so groß wie eine Wassermelone sein", kichere ich.

„Ja, aber erst, wenn es ein Zitronenkopf ist."

Ich bin mir ziemlich sicher, dass das Baby schon größer als ein Zitronenkopf ist. Vielleicht ist es so groß wie eine Zitrone. Ich müsste das Babybuch herausholen, um zu sehen, wie groß das Kleine schon ist, aber ich habe versucht, emotionale Nähe und Verbindung zu vermeiden.

Ich möchte mich für Jace freuen, wenn ich ihm seinen Sohn oder seine Tochter übergebe, und nicht traurig sein. Ich bin mir sicher, dass es ein Wechselbad der Gefühle ist, und mit den Hormonen, die so sind, wie sie sind, wird es unweigerlich eine Achterbahnfahrt sein.

„Was ist das mit dir und den Süßigkeiten?", ziehe ich ihn auf. Ich habe ihn noch nie Süßigkeiten naschen sehen. Sicher, er hatte schon mal Junk Food im Haus, aber meistens isst er gesund und alles, was er kocht, ist immer nahrhaft.

„Ich mag meine Süßigkeiten." Der Aufzug fährt hinunter zum Parkhaus und Jace begleitet mich zu seinem Auto und öffnet mir die Tür.

Das muss er wirklich nicht tun, aber ich lächle und schätze seinen Charme sehr. Das ist ritterlich.

Obwohl ich nichts, was er tut, süß oder attraktiv finden sollte, ist es schwer, es nicht zu bemerken, wenn ich ihn jeden Abend sehe.

Ich schnalle mich an und er joggt zur Fahrerseite und klettert ins Auto.

„Wo fahren wir hin?", frage ich erneut. Sein Kommentar zum Einkaufen ist viel zu kryptisch für Jace. Es ist die Art von Antwort, die ich einem seiner Leibwächter geben würde, wenn er mich begleiten müsste.

„Abendessen, und ich hätte gerne deine Meinung zu ein paar Babysachen." Er fährt den Wagen aus dem Parkhaus.

Der Verkehr ist dicht, aber er richtet seine Aufmerksamkeit auf die Straße, während wir uns unterhalten. Seine Hände liegen auf dem Lenkrad, während er sich vorsichtig in den Verkehr einfädelt. Er ist ein ruhiger Fahrer, viel ruhiger als ich es im Stadtverkehr und im Umgang mit Idioten bin.

„Oh", sage ich und bin überrascht, dass er mich dabei haben will. Ich lege eine Hand auf meinen Bauch. Ich habe noch keine Tritte des Babys gespürt, nur ein leichtes, kaum wahrnehmbares Flattern, aber da ich schon einmal schwanger war, nehme ich auch die subtileren Bewegungen wahr.

„Ist das in Ordnung?" Ich bin nicht im Geringsten nervös, ich vertraue Jace.

Worauf ich nicht vertraue, ist meine Fähigkeit, nicht mit ihm zu flirten.

Jace ist gut aussehend, unglaublich wohlhabend und der großzügigste Mann, den ich je getroffen habe. Es ist schwer, sich nicht in jemanden zu verlieben, der dich ständig mit Aufmerksamkeit überhäuft. So hat wahrscheinlich auch meine Verliebtheit angefangen.

Zumindest stelle ich mir gerne vor, dass sie klein

ist, so groß wie ein Zitronenkopf. Letzte Woche war sie wahrscheinlich so groß wie ein Jelly Bean.

Mist.

Der Junge wächst genauso schnell wie mein Schwarm.

Jace sieht mich an und wartet auf eine Antwort. Er sieht besorgt aus, weil ich ihm noch nicht gesagt habe, dass ich damit einverstanden bin, mit ihm Babysachen anzuschauen.

„Ja, sicher", sage ich und lächle, weil ich mich wirklich freue, Teil dieses Prozesses zu sein. „Ich dachte nicht, dass du meine Meinung hören willst."

„Du bist eine Mutter. Du hast das schon einmal erlebt", erinnert mich Jace. „Das ist mein erstes Mal."

Ich lächle schwach. Ich bin immer noch eine Mutter. Auch wenn Austin weg ist, ändert das nichts daran. „Du wirst ein toller Vater sein", sage ich und meine es ernst.

Er war wunderbar und großzügig zu mir. Ich kann mir nur vorstellen, dass er auch mit seinem Sohn oder seiner Tochter großartig sein wird.

„Danke, aber das sagst du nur, weil du es musst. Ich bezahle dich", stichelt Jace.

Er bezahlt mein Gehalt in der Firma und einen zusätzlichen Betrag pro Monat für die

Schwangerschaftskosten. Natürlich ist es ein wenig mehr als nur Spesen. Die zusätzlichen Nullen auf den Schecks sind viel großzügiger, als jede Agentur für Leihmütter bereitstellen würde.

„Trotzdem ist es wahr." Ich lächle und schaue aus dem Fenster. Ist es warm hier drin? Meine Wangen fühlen sich heiß an. Ich greife nach dem Thermostat. „Macht es dir was aus?"

„Mach es dir bequem", sagt Jace.

―――――

Nach einem schicken Abendessen, bei dem ich mich selbst in meiner Arbeitskleidung schlecht gekleidet fühle, fährt Jace ein paar Straßen weiter zur nächsten Babyboutique.

Sie ist teuer, hochwertig und ganz ehrlich: Niemand muss Tausende von Dollar für eine Rassel oder silberne Babyschuhe ausgeben, die das Neugeborene nicht tragen kann.

Es gibt Übertreibungen und es gibt solche, die Geld ausgeben wollen, weil sie dich kommen sehen und wissen, dass du ein Milliardär bist. Ich lasse ihn nichts kaufen und schleife ihn in weniger als fünf Minuten aus dem Laden.

„Ich dachte, wir wollten einkaufen?" Jace's

Augenbrauen sind zusammengezogen. Er scheint nicht zu begreifen, was ein Baby braucht und was ein Laden dir verkaufen will.

Ich lache leise vor mich hin. „Das kann doch nicht dein Ernst sein!"

„Was? Du glaubst doch nicht, dass der kleine Wonneproppen einen goldenen Schnuller braucht?"

Meine Augenlider verengen sich, und er grinst.

„Wie wär's, wenn ich dich an einen anderen Ort bringe?", sage ich und halte ihm meine Hand für die Autoschlüssel hin, während wir zu seinem Wagen zurückgehen.

„Willst du mein Auto fahren?", fragt er. „Du könntest mir einfach den Weg zeigen."

„Du könntest mir einfach die Schlüssel geben", sage ich.

Warum ist er so stur? Es ist doch nur ein Auto und er hat noch viele andere in seiner Garage.

Jace lässt die Schlüssel kurz über meiner Hand klimpern, bevor er sie in meine Hand legt.

„Komm schon, ich nehme dich mit zum Einkaufen, aber ich weiß nicht, was du brauchst und wo du es zu Hause unterbringen willst." Der Mann hat bereits den Gegenwert meines Gehalts für Baby-Einkäufe im Internet ausgegeben.

Er kichert leise vor sich hin. „Schon klar, aber ich will heute Abend trotzdem raus."

„Oh, das war also deine Art, mich zu einem Date zu überreden?" stichle ich, als ich mich seinem Auto nähere. Ich schließe die Türen auf und steige auf der Fahrerseite ein.

Seine Augen weiten sich und seine Ohren werden bei meinem Vorschlag rot. „Ich wollte nicht andeuten, dass das ein Date ist, Olivia. Wenn ich gewollt hätte, dass es ein Date ist, hätte ich dich direkt gefragt, ob du mit mir ausgehen willst."

Das Lächeln verschwindet aus meinem Gesicht, als ich ins Auto steige und mich hinter das Steuer setze. „Richtig", sage ich.

Ich weiche seinem Blick aus, während ich die Spiegel einstelle, dann den Motor starte und in den Verkehr fahre.

Das Auto fährt praktisch von selbst. Das war mir als Beifahrer gar nicht aufgefallen. „Ich habe eine Dating-Pause eingelegt", sagt Jace.

Ich bin mir nicht sicher, warum er mir sein Dating-Leben erklärt; vielleicht, habe ich ihn in Verlegenheit gebracht.

„Das ist in Ordnung. Es geht mich auch nichts an", sage ich. Ich mache mich auf den Weg zum nächstgelegenen Großmarkt für Babysachen.

Während Jace praktisch alles besitzt, was er für die Einrichtung des Kinderzimmers braucht, hat er zu wenig Kleidungsstücke gekauft. Ein paar Outfits für ein Neugeborenes, aber ein Säugling muss an einem Tag mehrfach umgezogen werden.

„Es geht dich zwar nichts an, aber ich finde, ich sollte es dir erklären", sagt Jace.

Ich lasse ihn reden, während ich mich auf die Straße konzentriere und darauf, uns ans Ziel zu bringen.

„Du wohnst unter meinem Dach und trägst mein Kind in dir. Es wäre nicht richtig, beliebige Frauen mit nach Hause zu bringen."

„Sie müssen nicht zufällig sein", sage ich und werfe ihm einen Blick zu. Ist das alles, was er tut, herumschlafen und One-Night-Stands zu haben?

KAPITEL NEUNZEHN

Jace

Es gibt eine offensichtliche Spannung zwischen uns und ich bin mir nicht sicher, ob es daran liegt, dass Olivia denkt, dass ich herumschlafe oder habe ich das Ziel völlig verfehlt.

War es eine schlechte Idee, sie einzuladen, mit mir zum Baby-Shopping zu gehen?

Ich verbringe gerne Zeit mit ihr. Das sollte kein Verbrechen sein. Es macht Spaß, mit ihr zusammen zu sein, so habe ich es noch nie erlebt.

Normalerweise habe ich keine Frauen um mich herum. Es ist nicht so, dass ich Verabredungen verachte, aber es ist schwer, wenn jeder weiß, dass du reich bist. Normalerweise werfen sich die Frauen mir für mein Vermögen zu Füßen.

Sie wollen nicht mich. Sie wollen das, was ich ihnen bieten kann.

Olivia ist anders.

Das ist es, was ich an ihr mag. Schon als wir uns das erste Mal in meinem Büro trafen, sah sie mich nicht an, als hätte ich den Schlüssel zum Königreich und einen ganzen Schatz, an den sie herankommen könnte. Sicher, sie weiß, dass ich eine Menge Geld habe, aber sie weiß nichts von meinen anderen Fähigkeiten.

Vor allem die dunkleren, die noch viel unheimlicher sind. Es ist das Beste, sie im Dunkeln zu lassen.

Was sie nicht weiß, kann sie nicht verletzen. Ist das nicht die Wahrheit?

„Du bist so still", sagt Olivia, als wir im grellen Licht der Neonröhren nebeneinander hergehen.

Ich schiebe den Einkaufswagen, nicht, weil ich vorhabe, etwas Bestimmtes zu kaufen, sondern weil es das Richtige zu sein scheint. Ich erwarte nicht von Olivia, dass sie den Wagen schiebt.

Ich presse die Lippen zusammen. „Hast du genügend Umstandskleidung?", frage ich sie.

Sie zieht eine Augenbraue hoch und hört auf zu gehen. „Wir kaufen nicht für mich ein", sagt Olivia.

Sie hat recht, aber ich möchte es nicht zugeben.

Ich schlendere weiter den Gang für Babykleidung entlang. Es ist noch zu früh, um zu sagen, ob es ein Junge oder ein Mädchen wird.

Will ich das Geschlecht überhaupt wissen, bevor das Baby geboren ist?

Ich will einen Sohn, einen Erben für die Familie Barone, aber ein Kind großziehen. Scheiße! Ich weiß überhaupt nicht, wie man das macht.

Warum hielt ich es für eine großartige Idee, alleinerziehender Vater und gleichzeitig ein Don zu sein?

Was zum Teufel habe ich mir dabei gedacht?

Olivia schnippt mit den Fingern vor meinen Augen. „Wo bist du hin, Jace?"

Sie darf meine Zweifel und Ängste nicht kennen.

Don Caruso ist immer noch da draußen. Ich lasse Olivia überall bewachen, wo sie hingeht. Meine Männer beschatten mich überall, wo ich hingehe.

Aber sie leben nicht mit mir zusammen, das brauchen sie auch nicht.

Mein Haus ist von meiner Arbeit getrennt.

Das Gelände, auf dem meine Männer leben, skrupellose Wilde verhören und die Stadt beherrschen, ist nicht weit von meinem Haus entfernt. Aber ich trenne gerne Geschäft und Vergnügen. Mein Haus erleichtert es mir, Frauen für eine wilde Nacht mit nach Hause zu nehmen, ohne das sie tausend und eine Frage zu stellen.

Zumindest war das so, bis ich Olivia kennenlernte.

Sie weiß nichts von der Verbindung und ich habe auch nicht vor, dass sie es herausfindet. Es gibt keinen Grund für den Schutz, den ich ihr auferlegt habe, einen Leibwächter überall, wo sie hingeht. Das ist eine Notwendigkeit, nachdem ich von Lukas Drohungen erfahren habe.

Ich würde den Bastard umbringen, wenn ich unbemerkt in sein Haus eindringen könnte. Aber das ist nicht so einfach. Er hat Dutzende von Männern, die bereit sind, mich mit ihren Waffen abzuschlachten.

Wortlos schlendere ich mit dem Einkaufswagen in Richtung der Babykleidung. „Gibt es einen Hinweise darauf, ob es ein Junge oder ein Mädchen wird?" Ich schenke ihr ein Lächeln. Es ist freundlich und warm, aber alles, was ich fühle, ist Angst.

Ich tue mein Bestes, um den Zweifel zu verbergen, die Angst, die mich als Mafiaboss verfolgt. Sie muss niemals die Wahrheit erfahren.

Das sage ich mir immer wieder und will, dass es wahr ist.

Sie legt eine Hand auf ihren Unterleib. „Schwer zu sagen", sagt sie und rümpft grinsend die Nase.

Einige Meter hinter ihr stehen zwei von Carusos Männern. Sie beobachten uns aus der Ferne und warten darauf, einen Zug zu machen.

Sie merkt nichts von ihrer Anwesenheit und ich möchte sie nicht beunruhigen. Aber wir können nicht einfach hier stehen und darauf warten, dass sie sich uns nähern. Sie sind nicht so dumm, dass sie einen Schritt nach drinnen machen und Olivia oder mir körperlich wehtun würden. Aber sie könnten uns nach draußen zwingen, und dort lauert die Gefahr.

Carusos Männer haben keine Ahnung, wer Olivia für mich ist. Sie denken, dass sie eine andere Frau ist, mit der ich geschlafen habe, aber wenn sie uns im Baby-Gang entdecken, wird sich das bestimmt bei Luka herumsprechen.

Ich ziehe sie grob und energisch an mich. Es ist ein Schauspiel, eine Show für die Männer, die zusehen. Unsere Körper sind eng aneinander gepresst, meine Hand liegt auf ihrem unteren Rücken. Ich sehne mich danach, ihren Hintern zu streicheln, aber ich verzichte darauf, das zu genießen. Sosehr ich es auch möchte, es steht zu viel auf dem Spiel.

„Jace?"

Es ist kein Wunder, dass sie verdutzt dreinschaut. Ich habe nie ein romantisches Interesse an ihr gezeigt, aber ich habe keine andere Wahl, als die Männer, die zusehen, glauben zu lassen, dass sie mir gehört. Sie werden zu ihrem Lager zurückkehren und berichten, dass das Mädchen tatsächlich meine Freundin ist.

Ich muss es überzeugend machen.

Ich möchte sie nicht in Gefahr bringen, aber das habe ich schon getan, als ich durch die Gänge mit den Babysachen gestreift bin. Ich kann ihnen genauso gut zeigen, dass sie mir gehört. Die Entdeckung, dass sie eine Leihmutter ist, könnte viel schlimmer sein, denn das Einzige, was zwischen uns steht, ist dieses Baby.

Ich bin ein Mistkerl, weil ich Olivias Leben aufs Spiel gesetzt habe und nicht mein Kind.

Ich ziehe sie fester an mich und presse meine Lippen auf ihre. Ich fordere sie ein und zeige allen, dass sie mir ist und unter meinem Schutz steht.

Ich schwöre, die Frau zu schützen, die mein Kind austrägt, aber vor allem schwöre ich, mein ungeborenes Kind zu schützen. Das Baby, das sie zur Welt bringen wird—meinen, Erben auf dem Barone-Thron.

KAPITEL ZWANZIG

OLIVIA

Er hat mich geküsst. Jace Barone hat mich tatsächlich geküsst.

Und verdammt, hat sich das gut angefühlt— mein Magen flattert vor Schmetterlingen. Mein Herz klopft, als würde ich hoch über den Wolken schweben, und so schnell, wie es angefangen hat, die Hitze und Leidenschaft, ist es auch schon wieder vorbei.

Jace zieht sich zurück und legt einen Arm um meine Schultern. „Lass uns hier verschwinden", sagt er, während er mich von dem Einkaufswagen wegführt und ihn stehen lässt, während er mich zum Ausgang dirigiert.

„Okay", flüstere ich.

Meine Lippen kribbeln von dem Kuss.

Jace küsst wirklich gut. Er weiß, wie er mein Inneres in Wallung bringen kann und mein Körper wird von ihm verzaubert.

Ich traue mich nicht zu fragen, warum er mich geküsst hat. Ich will die Trance nicht unterbrechen.

Träume ich etwa?

Es ist mir egal, ob es ein Traum ist. Es ist wundervoll. Ein Traum wird wahr. Vielleicht hat er erkannt, dass es bei seinen Gefühlen für mich nicht nur darum geht, ein Baby zu bekommen, sondern um etwas mehr.

Jace begleitet mich zum Auto, öffnet mir die Vordertür und wartet, bis ich angeschnallt bin, bevor er die Tür schließt und auf die Fahrerseite kommt.

Er ist ein absoluter Gentleman.

Liegt es daran, dass er bald Vater wird?

Will er mich in seinem Leben haben?

In dem Moment, in dem Jace die Tür zuschlägt und das Auto startet, lässt er den Motor aufheulen und wir rasen vom Parkplatz. Rauch und Staub wirbeln hinter uns auf.

Er hat es eilig.

„Tut mir leid wegen des Kusses vorhin. Ich musste ihn überzeugend machen."

„Überzeugend", sage ich und wiederhole seine

Worte langsam. Der Nebel lichtet sich, aber ich weiß nicht, wovon er spricht.

„Ich kann nicht zulassen, dass dem Kleinen, den du in dir trägst, etwas passiert, und es gibt immer gefährliche Männer, die mich beobachten. Sie werden auch dich immer beobachten. Deshalb habe ich einen Leibwächter angeheuert, der dich überallhin begleitet, aber das reicht nicht aus. Bei Weitem nicht. Nicht mit der Nachricht, dass du schwanger bist. Wir müssen einfach sicherstellen, dass es überzeugend ist, dass wir verliebt sind und es sich nicht um eine geschäftliche Vereinbarung handelt.“

Mein Kopf fühlt sich an, als würde er sich drehen.

„Jace, wovon zum Teufel redest du?“ Mein Magen verkrampft sich. Meine Hände zittern und ich schiebe sie auf meinen Schoß, in der Hoffnung, dass er das leichte Zittern nicht bemerkt.

Alles, was ich zum Abendessen gegessen habe, purzelt in meinem Magen.

Bitte, lass es nicht hochkommen.

„Carusos Männer haben uns vor dem Laden beobachtet.“

„Was?“ Ich schnaufe. Das Auto ist warm—

Schweißperlen stehen mir auf der Stirn. Ich kurble das Fenster herunter, weil ich Luft brauche.

Jace drückt den Knopf, um das Fenster zu schließen und verriegelt dann alle mit dem Knopf an seiner Tür. „Es ist nicht sicher."

Ich möchte aus dem Fahrzeug aussteigen.

Weglaufen.

Fliehen.

Ist das wegen Luka Caruso und den Schulden, die ich bei ihm habe?

Nein, das scheint nicht richtig zu sein. Es fühlt sich nicht richtig an. Luka ist ein Mann, der hinter Geld her ist. Er hat mich in der Vergangenheit bedroht und ich bin mir sicher, dass er mich einschüchtern kann, aber was auch immer in Jace's Kopf vorgeht, es fühlt sich nicht so an.

Meine Stimme zittert ein wenig. Aber ich will die Wahrheit wissen. „Wieso ist es nicht sicher?", frage ich.

Ich möchte Antworten.

Er schuldet mir den Respekt, mir die Wahrheit zu sagen.

„Caruso weiß nichts von deiner Schwangerschaft. Du bist nicht schwanger", sagt er und sieht mich an. „Noch nicht."

Er richtet seine Aufmerksamkeit wieder auf die

Straße und hält das Lenkrad fest umklammert. Gelegentlich wirft er einen Blick in den Rückspiegel.

Werden wir verfolgt?

Es ist dunkel. Im Seitenspiegel sehe ich keine Scheinwerfer, aber ich vermute, dass Jace besser darin ist, jemanden abzuschütteln, der ihm folgt. Ich weiß allerdings nicht, warum er damit Erfahrung hat, schließlich ist er Milliardär und wird nicht ständig von bösen Jungs gejagt.

„Ich verstehe das nicht. Du hast gesagt, du kümmerst dich um die Sache mit Luka Caruso."

Ich hatte nicht gefragt, was er damit gemeint hatte, aber ich hatte angenommen, dass er mit einer Ladung Geld zu ihm gegangen war, ihn bedroht und darauf bestanden hatte, dass Luka mich in Ruhe lässt.

War das nicht der Fall?

„Es ist komplizierter, als du denkst", sagt Jace.

„Du weißt nicht, was ich denke. Sag mir, Jace, was zum Teufel ist hier los?"

Wir schlängeln uns durch Seitenstraßen und Hinterhöfe, bis wir schließlich im Herzen der Stadt ankommen. Dort steht ein hohes schmiedeeisernes Tor. Es kommt mir bekannt vor, als hätte derjenige, der es entworfen hat, auch Jace's Haus entworfen.

Die Architektur des Gebäudes hinter dem

bewachten Zaun ist ähnlich. Aber es ist größer, viel größer. Im Vergleich zu dem Herrenhaus, das sich über mehrere Hektar Land erstreckt, sieht Jace's Haus wie ein Häuschen aus.

Jace hält vor dem Eingang und ein Wächter drückt auf einen Knopf, um das Tor zu öffnen.

„Wo sind wir?", frage ich. Wieder zittert meine Stimme.

Es gibt vieles, was ich nicht über Jace weiß, aber das sollte mir egal sein. Es sollte keine Rolle spielen. Wir sind nicht zusammen. Zur Hölle, wir sind nicht einmal ein Paar.

Ich bin seine Geschäftspartnerin, die Leihmutter für sein Kind.

Aber ich spüre eine unerklärliche Dunkelheit, die sich über diesen Ort legt, wie eine Festung, die bewacht und beschützt wird.

Aber warum?

„Wer bist du?", flüstere ich und schaue ihn an. Mein Mund ist trocken, mein Magen verkrampft sich. Zu sagen, ich sei nervös, wäre eine Untertreibung. Ich habe schreckliche Angst.

Jace hat Geheimnisse vor mir. Aber ich weiß nicht, warum, ihm gehört ein riesiges Unternehmen und er ist ein Milliardär. Da ist es nur logisch, dass er aufwendige Sicherheitsmaßnahmen und Wachen hat. Ich fühle mich eher wie in dem Haus, das ich erwartet hatte, als wir uns kennenlernten. Nicht das Häuschen am anderen Ende der Stadt.

Aber es ist dunkler, schwer bewacht, und etwas stimmt nicht.

Ist es ein Lockvogelhaus?

Gibt es so etwas überhaupt? Ich stoße einen lauten, schweren Seufzer aus.

Jace parkt den Wagen und steigt aus. Er kommt zu meiner Tür und öffnet sie. Ich habe mich nicht einen Zentimeter bewegt. Ich bin immer noch im Sitz angeschnallt.

„Komm schon. Wir müssen dich hineinbringen."

Mein Blick wandert über das Äußere des Gebäudes. Es ist alt, aber wunderschön. Die Fassade ist aus Backstein und gut gepflegt. Es hat drei Stockwerke und das Gebäude überragt uns.

„Ich gehe nirgendwohin, bis du mir sagst, wo wir sind", verlange ich.

Er ist mir die Wahrheit schuldig.

Er seufzt, greift ins Auto und beugt sich über mich, während er meinen Sicherheitsgurt löst. „Ich habe ein zweites Haus. Du kannst entweder hineingehen oder ich werfe dich über meine Schulter und trage deinen Arsch ins Haus."

Sein Blick bleibt an meinem haften.

„Ich werde laufen", flüstere ich und schaue in seine grünenAugen.

„Gut."

Er hält sich lange genug zurück, damit ich aus dem Fahrzeug klettern kann. Er knallt die Tür hinter mir zu, bevor ich Zeit habe, sie zu schließen. Jace's Hand liegt auf meinem Rücken, als er mich die Steintreppe hinauf begleitet.

„Ist das deine Festung der Einsamkeit?", scherze ich. Er wirkt auf mich nicht wie ein Superheld. Er und dieser Ort haben etwas Düsteres an sich.

„So ähnlich", flüstert er, als er mich zur Eingangstür begleitet. An der Außenseite des Gebäudes befinden sich biometrische Lesegeräte. Ein Netzhautscanner, ein Handabdruck und ein Stimmabdruck. „Jace Barone." Seine Worte sind ein Befehl und die Tür öffnet sich für ihn.

All diese Sicherheitsvorkehrungen, und er konnte nicht einfach einen Wachmann die Tür öffnen lassen? Das scheint mir ein wenig übertrieben, aber was weiß ich schon?

„Guten Abend, Boss", sagt Matteo mit einem Nicken und begrüßt Jace.

Boss?

Ich habe Matteo schon im Büro gesehen. Ich wusste nicht, dass der Job auch außerhalb der

Geschäftszeiten stattfindet. Der arme Kerl, der Tag und Nacht arbeiten muss.

„Ich bringe Olivia nach oben und zeige ihr ihre neue Unterkunft. Ich komme dann wieder runter, um alles zu besprechen", sagt Jace.

Matteo nickt entschlossen.

„Unterkunft?", frage ich. Ich dachte, ich würde bei Jace wohnen?

Sind hier seine Geschäftspartner untergebracht? Ist es ein Rückzugzentrum?

Ich erkenne niemanden aus dem Büro, obwohl Jace eine ganze Menge Leute beschäftigt. Es sind viele Männer, alle in Geschäftsanzügen, ein paar mit Ohrstöpsel. Sie sehen aus wie Wächter. Sie haben alle eine Waffe an der Hüfte.

„Ja, hier wirst du wohnen", sagt Jace, während er mich die Treppe hinaufführt.

Das Herrenhaus ist riesig. Die Böden sind aus Hartholz und eine schmale Treppe führt in die zweite Etage hinauf.

Ich folge Jace und nehme meine Umgebung in Augenschein. An den Wänden hängen Gemälde, Meisterwerke. Originale. Sie müssen echt sein, wenn man Jace's Vermögen bedenkt.

Er führt mich den Flur hinunter, der sich endlos zu erstrecken scheint. Ich bin mir sicher, dass es eine

Illusion ist. Auf der rechten Seite öffnet er eine Tür und weist mir den Weg in den Raum.

„Ich lasse dir deine Kleidung aus dem Haus bringen", sagt Jace.

Als ich das Schlafzimmer betrete, sehe ich, dass es riesig ist. Der Raum ist größer als meine Wohnung, was für ein Schlafzimmer wahnsinnig erscheint. Draußen gibt es einen Balkon, der sich über die gesamte Länge des Schlafzimmers erstreckt und einen Blick auf den Innenhof bietet.

„Ist das da unten ein Garten?", frage ich und schaue aus dem Fenster. Es ist atemberaubend. Der Hof ist groß genug, um eine Schaukel aufzustellen, wenn der Kleine älter wird und vor Gefahren geschützt ist.

War das der Plan von Jace? Dass sein Sohn oder seine Tochter immer in Sicherheit sind?

Ich nehme an, ich werde hier bleiben, bis das Baby geboren ist.

„Das ist es", sagt Jace, als er sich neben mich stellt. Er öffnet das Fenster, damit frische Luft in den Raum strömen kann. „Wie findest du es?"

Es ist nicht schlecht, aber ich weigere mich, zuzugeben, dass ich beeindruckt bin. „Ich dachte, ich würde bei dir wohnen", sage ich. Das war die Abmachung, aber irgendwie macht mir dieser Ort

Angst. Wahrscheinlich wegen der Dutzend bewaffneten Wachen, die ich schon gesehen habe. Bringt mich dieser Ort nicht noch mehr in Gefahr?

„Das wirst du, ich werde unter demselben Dach wohnen. Je näher dein Geburtstermin rückt, desto mehr werde ich eine Hebamme hinzuziehen, falls du zusätzliche Hilfe brauchst oder die Wehen früher einsetzen."

Ich weiß nicht, was ich sagen soll. Er bricht zwar nicht den Vertrag, aber warum zeigt er mir seine bescheidene Behausung und zwingt mich, hier mit ihm zu leben? Er hat mir immer noch keine Antwort wegen Luka Caruso gegeben. Er hat versprochen, sich darum zu kümmern.

„Warum ziehen wir jetzt hierher?", frage ich. „Hat Luka Caruso dich auch bedroht?" Das ist die einzige logische Erklärung, die ich mir vorstellen kann. Warum sonst sollte er sich um die Männer im Laden sorgen?

Sie sind uns gefolgt. Jace hatte sie gesehen. Wahrscheinlich ist er darauf trainiert worden, auf verdächtige Personen und Situationen zu achten. Ein Milliardär zu sein, muss eine Menge Bedrohungen mit sich bringen. Ich kann nur vermuten, dass Luka hinter seinem Vermögen her ist.

Aber Jace ist ein Mann, der seinen Lebensunterhalt ehrlich verdient.

„Er ist immer eine Bedrohung."

Mein Blick strafft sich, als ich mich mit dem Rücken zum Fenster drehe und die Arme vor der Brust verschränke. „Es gibt etwas, das du mir nicht sagst." Ich kann es spüren, die Schwere und Ungewissheit, die über mir lastet. Ob es nun Intuition oder gesunder Menschenverstand ist, er verheimlicht etwas vor mir.

„Du hast recht, aber es ist zu deiner Sicherheit", sagt Jace. „Ich kann dich nicht permanent beschützen. Auf diese Weise bist du mit meinem Kind immer sicher."

Mein Mund ist ausgedörrt und trocken. „Und der Kuss vorhin. Was war das?", frage ich.

Ich muss die Wahrheit wissen .

War das alles nur gespielt?

Bin ich ein Narr, weil ich glaube, dass er etwas für mich empfindet?

KAPITEL EINUNDZWANZIG

Jace

Ich hatte gehofft, dass sie den gemeinsamen Kuss nicht erwähnen würde. Nicht, weil er nicht fantastisch und leidenschaftlich war. Es war wahrscheinlich einer der intensivsten Küsse, die ich je hatte, aber er war nicht echt.

Sie gehört mir nicht.

Es war alles nur gespielt. Und offensichtlich sind wir beide gut darin, uns zu verstellen.

Aber sie hat nicht nur so getan. Sie wusste nicht, dass ich aus einem Impuls heraus gehandelt habe, um sie zu retten. Sie zu beschützen und um mein ungeborenes Kind zu schützen.

Der Kuss hat einen Funken in mir entzündet, mit

jedem Blick auf sie, regt sich mein Inneres, und reagiert mein Körper auf sie.

Das muss an der Schwangerschaft liegen, es mag hormonell sein, sie trägt aber auch meinen Sohn oder meine Tochter in sich.

Das ist die einzige Erklärung.

Ich meine, klar, sie ist schön, verdammt sexy und hat einen tollen Arsch. Aber es geht um mehr als das. Zwischen uns herrscht eine Vertrautheit, als ob wir alte Freunde wären. Es ist einfach angenehm. In ihrer Gegenwart muss ich nicht so tun, als wäre ich jemand anderes.

Nicht, dass ich mein wahres Ich preisgegeben hätte, aber von dem, was ich sie sehen lasse, gehen wir nahtlos ineinander über.

„Jace, reden wir über den Kuss oder tun wir einfach so, als wäre er nie passiert?

Ein Teil von mir möchte so tun, als wäre es nicht passiert, weil das einfacher wäre. Aber ich muss mich der Tatsache stellen, dass ich sie geküsst habe, auch wenn es nur ein Akt war, um sie zu schützen, habe ich es genossen.

„Ich habe dich geküsst, weil ich nicht will, dass Gerüchte bei den Carusos aufkommen.“

Ihre Augenbrauen ziehen sich zusammen und ihre Mundwinkel fallen nach unten. Sie schmollt.

Das ist ziemlich niedlich.

„Was für Gerüchte?", fragt sie.

„Lukas Männer haben dich beobachtet und sind uns gefolgt. Sie vermuten, das wir zusammen sind, und ich will nicht, dass herauskommt, dass ich eine Leihmutter angeheuert und bezahlt habe."

„Ich verstehe nicht, warum das so wichtig ist, aber ich respektiere deine Entscheidung, es für dich zu behalten", sagt Olivia.

„Danke", sage ich und wende mich zur Tür. Ich muss mit Matteo sprechen, mich vergewissern, dass das Gelände sicher ist, und einen meiner Männer bitten, Olivias Sachen aus meinem Haus zu holen.

———

Ich schließe ihre Schlafzimmertür und trete auf den Flur hinaus. Matteo wartet schon auf mich.

Ich begleite ihn die Treppe hinunter und in den Kriegsraum. Dort finden alle wichtigen Besprechungen statt. Es gibt Geräte, die sicherstellen, dass nichts mitgehört wird und keine Signale in den Raum hinein oder aus ihm heraus gehen können.

„Ich habe nicht erwartet, dass du das Mädchen zum Gelände bringst", sagt Matteo.

Ich schließe die Tür hinter ihm, nachdem wir unsere Privatsphäre im Kriegsraum haben. Wir sind heute nicht im Krieg, aber wir könnten es genauso gut sein. Jeden Tag scheint es, als gäbe es eine neue Schlacht, manche gewinnen wir, andere überleben wir, um an einem anderen Tag zu kämpfen.

„Wir wurden verfolgt. Ich konnte es nicht riskieren, sie zurück ins Haus zu bringen. Außerdem haben uns Carusos Männer beim Einkaufen von Babysachen gesehen." Ich zucke bei meinen eigenen Worten zusammen. Ich bin unvorsichtig gewesen. Ich hätte mehrere Wachen mitnehmen sollen. Normalerweise habe ich mehr als nur ein oder zwei Bodyguards, die mir folgen und mich im Auge behalten, damit ich nicht auf mich selbst aufpassen muss.

Aber ich hatte mich von dem Moment mitreißen lassen, die Zeit mit Olivia genossen und ihr erlaubt, mich zum Einkaufen mitzunehmen.

Es war meine Idee. Ich gebe ihr nicht die Schuld, es war meine Schuld.

Matteo zieht eine Grimasse. „Weiß sie, wer du bist, dass du Don bist?"

Erwartet er, dass sie es herausfindet, während sie unter meinem Dach auf dem Gelände lebt? Ich habe nicht vor, ihr die Wahrheit zu sagen. In ein paar

Monaten wird sie weg sein und ich werde sie nie wieder sehen müssen.

Wenn ich an die Zukunft denke und, dass sie nicht mehr bei mir sein wird, überkommt mich eine gewisse Traurigkeit.

„Natürlich nicht." Ich lache leise vor mich hin. Es ist absurd, dass Matteo denkt, ich würde Olivia die Wahrheit sagen. Er weiß, dass ich gut darin bin, Geheimnisse zu bewahren. Wenn es nicht gerade meine Familie ist, vertraue ich keinen so leicht. Obwohl ich nicht glaube, dass Olivia mich verraten würde, weiß ich nicht, wem sie sich anvertrauen würde.

Ich habe ein Leben lang gelernt, Geheimnisse zu bewahren, zu verbergen, wer ich bin und dass ich die Mafia leite.

„Und sie wird es nicht herausfinden", wiederhole ich gegenüber Matteo. Ich erwarte nicht, dass er unser kleines Geheimnis ausplaudert.

„Was ist mit der Arbeit? Wenn sie anfängt zu arbeiten, wird sie es dann noch geheim halten können, dass das Kind von dir ist?" fragt Matteo.

Er hat schon immer Zweifel gehabt. An ihrer Loyalität, ob sie dem Job gewachsen ist. Er meinte sogar, dass ich sie nicht einstellen sollte.

Ich bin froh, dass ich nicht auf ihn gehört habe,

denn wenn ich das getan hätte, würde ich in ein paar Monaten vielleicht kein Kind haben.

„Ich habe es im Griff." Er muss sich weniger um mein Privatleben kümmern, sondern mehr um Luka Caruso und dafür sorgen, dass die Ratte weit weg vom Gelände und von Olivia bleibt.

KAPITEL ZWEIUNDZWANZIG

ZWANZIG WOCHEN *schwanger*

Olivia

Es scheint, als würde ich Jace kaum noch sehen. Er ist entweder mit seiner Arbeit beschäftigt oder damit, das neue Zimmer für das Baby vorzubereiten. Er hat alles aus dem anderen Haus für das Kinderzimmer herbringen lassen.

Natürlich essen wir abends zusammen und er fährt mich zur Arbeit und zurück, wenn er in der Stadt ist, aber wir sehen uns in letzter Zeit nur noch selten außerhalb der Arbeit.

Wird er nach der Geburt des Babys in der Villa leben, anstatt in seinem anderen Haus?

Warum hat er zwei Häuser so nah beieinander? Normalerweise ist der Zweitwohnsitz einer Person wie ein Ferienhaus, das weit weg liegt. Beide Häuser sind mit dem Auto gut zu erreichen.

Es ist offensichtlich, dass der Mann eine Menge von Geheimnissen hat, aber es steht mir nicht zu, sie zu erforschen. Ich respektiere, dass ich nicht alles über ihn wissen kann und will. Aber ich weiß genug.

Er ist ein aufrichtiger, guter Mensch. Jace würde bis ans Ende der Welt gehen, um sein Kind zu beschützen. Und das ist gut genug für mich.

Ich watschele praktisch beim Gehen. Das Baby wächst schneller, als ich gedacht hätte, und ich schwöre, ich sehe aus wie im neunten Monat, aber ich bin noch lange nicht bereit für die Geburt. Vielleicht fühle ich mich auch nur unglaublich unsicher, weil ich das Kind von jemand anderem austrage.

Die Mädchen im Büro haben mich gefragt, wann der Termin ist, wer der Vater ist und so weiter. Ich weiche so vielen Fragen wie möglich aus und habe noch nie verraten, dass es Jace's Kind ist oder dass ich eine Leihmutter bin. Vielleicht sollte ich ihnen den letzten Teil erzählen, denn wollen sie dann keine Babyfotos sehen?

Das   setzt   voraus,   dass   ich   aus   dem

Mutterschaftsurlaub zurückkomme und an der Rezeption arbeite. Ich glaube aber nicht, dass ich das tun werde.

Ein sauberer Schnitt, wird besser sein. Außerdem zahlt Jace mir so viel, dass ich in mich selbst investieren kann und vielleicht etwas tun kann, was mir Spaß macht, anstatt über die Runden zu kommen.

Es gibt eine Kunstgalerie, bei der ich mich gerne als Kuratorin bewerben würde. Noch mehr würde ich davon träumen, zu malen und meine Kunstwerke zu verkaufen, aber ich habe in letzter Zeit nicht viel gemalt.

Es würde keine Fragen geben, wenn ich neu anfangen würde—ein neuer Anfang.

Jace kommt mit einer Tasse Kaffee in der Hand zu meinem Schreibtisch.

Ich atme tief ein. Ich kann das würzige Aroma des Kaffees riechen. Ich habe seit Wochen kein Koffein mehr zu mir genommen. Ich tue alles, was ich kann, um ein möglichst gesundes Baby für Jace zu bekommen. Ich lege eine Hand auf meinen Unterleib und spüre ein leichtes Flattern.

„Macht er Purzelbäume?", fragt Jace mit einem schiefen Grinsen, während er den Becher an seine Lippen führt. Als würde er versuchen, das Lächeln auf seinem Gesicht zu verbergen. Seine Augen leuchten immer noch genauso hell.

„Ja, auf meine Blase", sage ich und kichere. „Ich bin gleich so weit, dass ich gehen kann." Wir haben einen Arzttermin und Jace hat darauf bestanden, mich zu begleiten, was auch gut so ist, denn es geht um den kleinen Klumpen, der in mir wächst.

Ich schalte den Computer aus und stehe auf. Ich gehe um meinen Schreibtisch herum und gehe mit Jace zum Fahrstuhl. Er achtet darauf, seine Hände bei sich zu behalten, aber für mich ist es offensichtlich, dass zwischen uns etwas läuft.

Wann immer ich irgendwo hingehe, begleiten mich entweder Jace oder Matteo aus dem Büro. Ich bin sicher, die Gerüchte verbreiten sich wie ein Lauffeuer, aber niemand hat mir etwas ins Gesicht gesagt.

Außerdem werde ich in ein paar Monaten weg sein. Dann habe ich das alles hinter mir.

Der Aufzug klingelt, und Jace hält ihn auf, damit ich einsteigen kann.

Ich warte, bis die Türen geschlossen sind und wir allein sind, bevor ich meine Meinung sage. Ich muss auch keine Gerüchte in die Welt setzen. „Willst du das Geschlecht wissen?", frage ich.

Wir haben noch nicht darüber gesprochen, ob

wir es beim Arzttermin herausfinden sollten, aber das letzte Mal, als wir dort waren, sagten sie, wir sollten darüber nachdenken, wir müssten nicht sofort etwas entscheiden.

„Willst du?", fragt er.

Ich lache leise und rolle mit den Augen. Es ist sein Kind. Es spielt keine Rolle, was ich will. Ich tue das für ihn. „Nein, diese Entscheidung liegt ganz bei dir", sage ich und lege eine Hand auf meinen Bauch. „Du bist der Vater."

Seine Zunge fährt am Rande seiner Lippen entlang, als würde er nachdenken, aber nicht sprechen. Er ist nicht der Typ, der seine Zunge im Zaum hält, was mich nur noch frustrierter macht.

Meine Hormone haben mich terrorisiert, ich begehre ihn Tag und Nacht. Es ist Wahnsinn, und diese einfache, kleine Geste macht mich verrückt. „Nun, entscheide dich", schnauze ich.

Ich erwarte, dass er einen Schritt zurücktritt und mir um jeden Preis aus dem Weg geht. Aber das tut er nicht.

Seine Augen glänzen vor Vergnügen. „Okay."

Okay?

Ist das alles, was er zu seiner Verteidigung zu sagen hat? Innerlich stöhne ich auf. Aber es ist nicht so leise und in meinem Kopf, wie ich dachte.

Jace zieht neugierig eine Augenbraue hoch. „Stimmt etwas nicht?"

„Ja. Nein." Ich kann ihm nicht sagen, dass das Problem darin besteht, dass ich praktisch jede Nacht Sex-Träume habe. Ich wälzte mich hin und her, wachte auf und sehne mich nach der Berührung durch einen Mann.

Und nicht irgendein Mann.

Es ist immer Jace.

„Ich habe einfach nicht genug geschlafen", sage ich. Er wartet auf eine Antwort.

Und ich hasse mich dafür. Sosehr ich nicht will, dass er es weiß, so sehr wünscht sich ein kleiner Teil von mir insgeheim, dass er es erfährt. Vielleicht wird er dann meine Fantasien befriedigen.

Aber ich weiß, dass das alles ist, was sie sind und nie etwas anderes sein können.

Er ist ein Milliardär. Ich bin nur ein Mädchen, das sein Kind bekommt. Es ist eine geschäftliche Transaktion. Das ist alles, schlicht und einfach.

Nur fühlt es sich nicht so an, unter seinem Dach zu leben. Es fühlt sich nach mehr an, und ich weiß, dass ich mir das nur einbilde, aber ich kann nichts für die Gefühle, die er in mir weckt.

Es ist unbestreitbar, dass ich in meinen Chef verliebt bin.

Okay, das liegt wahrscheinlich an den Hormonen. Aber das ändert nichts daran, dass ich jeden Tag von Jace träume, wie er nackt ist, wie er meinen Körper reizt, wie er sich immer wieder an mich schmiegt und mich nie ganz befriedigt.

Das ist Folter.

Und vielleicht bin ich deshalb so frustriert von ihm. Es ist die Traumversion von Jace, die mich aufgeregt und die mich nicht losgelassen hat. Es ist nicht die Schuld des echten Jace. Ich weiß, ich bin verrückt. Wahnsinnig.

Wieder sind die Hormone schuld.

Wir gehen schweigend zum Parkhaus. Seine Hand ruht auf meinem Rücken, während er mich zu seinem Auto begleitet und mir die Tür öffnet.

Immer ein Gentleman.

Ich murmle leise vor mich hin.

„Ist das Bett nicht bequem?", fragt Jace. „Ich kann eine neue Matratze bestellen und in dein Zimmer bringen lassen."

Er knallt die Tür zu, geht zur Fahrerseite und lässt den Motor an. Jace sieht mich an und wartet auf eine Antwort.

Er ist wirklich ahnungslos. Das ist süß, geradezu liebenswert.

Meine Unterlippe kräuselt sich zwischen meinen

Zähnen. Ich versuche alles, um nicht die Wahrheit zu sagen, um ihm nicht etwas zu sagen, das nicht ungehört bleiben darf. Denn wenn es einmal raus ist, ist es aus. Es kann nicht mehr rückgängig gemacht werden. Und meine Demütigung wird ewig und lange dauern.

„Die Matratze ist sehr bequem. Ich verspreche, dass es nichts mit deinem Zuhause zu tun hat."

„Dann liegt es an mir?", fragt er.

Er weicht den harten Fragen nicht aus, oder?

Ich atme einen schweren Seufzer aus. „Können wir nicht einfach nicht darüber reden?" Ich werfe einen Blick aus dem Fenster—alles, um meine Aufmerksamkeit zu erregen und das Gespräch auf etwas anderes zu lenken. Und ich meine alles. Zombies. Geburten. Vielleicht nicht die beiden Dinge zusammen.

Momentan würde ich mich mit einer Zombie-Apokalypse begnügen, um mich davor zu bewahren, mit Jace Barone über meine Wünsche zu diskutieren.

Aber ich habe nicht so viel Glück.

„Ich will nur helfen", sagt Jace. Seine Stimme ist sanft und beruhigend. Als ob er sich wirklich Sorgen um mein Wohlbefinden macht. Wahrscheinlich macht er sich auch Sorgen um die Schwangerschaft.

Er greift nach meiner Hand und drückt sie sanft. Die Geste wird mir zum Verhängnis.

„Du kannst nicht helfen. Die Hormone sind unerträglich", sage ich. Ich schaue ihn an und bete, dass er versteht, was ich sage, ohne dass ich es weiter ausführen muss. Könnte es noch erniedrigender sein?

„Oh", sagt er als würde er es langsam begreifen. „Du bist geil?"

Meine Wangen müssen rot sein, denn das Auto fühlt sich hundert Grad heißer an. Ich würde das Fenster herunterkurbeln, aber das letzte Mal, als ich das vor Monaten getan habe, wurde er schnippisch. Stattdessen greife ich nach dem Thermostat und stelle die Temperatur ein.

„Ganz so würde ich es nicht ausdrücken", sage ich. Bei ihm hört sich das grob an. Es ist ja nicht so, dass ich in der Stadt auf der Suche nach einem Mann bin. Verdammt, ich habe noch nicht einmal einen Vibrator gekauft, um mein Verlangen zu stillen. Vielleicht sollte ich das tun. Das würde mir zumindest beim Einschlafen helfen. Aber ich habe Angst, dass die Männer im Haus, die Wachen, mich hören könnten.

Es folgt eine Stille. Ich bin mir nicht sicher, ob er nicht weiß, was er sagen soll, oder ob er beschlossen hat, dass es das Beste ist, nicht weiterzusprechen. Immerhin ist er mein Chef.

————

„Olivia, wie geht es dir?", fragt Doktor Morgan.

Ich sitze auf dem unbequemen beigen Bett im Untersuchungsraum und habe das knusprige Papier zwischen das Kunstleder und mich geklemmt.

„Gut", sage ich.

Jace steht neben mir und ist gespannt auf die Ultraschalluntersuchung.

„Ihr seid bestimmt schon ganz aufgeregt, das Baby zu sehen. Wollt ihr beide das Geschlecht wissen?", fragt Dr. Morgan. Sie schaut kaum auf meine Akte. Stattdessen ist ihre Aufmerksamkeit auf die Vorbereitung der Geräte gerichtet. Sie spritzt einen großen Klecks Gel auf meinen Bauch.

Im ersten Moment ist es kalt, aber das Unbehagen verschwindet schnell. Nun ja, das meiste Unbehagen. Ich musste vor dem Termin eine Menge Wasser trinken und meine Blase ist kurz davor zu platzen.

Ist das ein grausamer Schwangerschaftstest? Um zu sehen, wie lange eine schwangere Frau ihre Blase halten kann, bevor sie explodiert?

„Ja, wir würden gerne das Geschlecht wissen", sagt Jace.

Die Ärztin fährt mit dem Ultraschallgerät über meinen Bauch und zeigt den kleinen Klumpen auf dem Bildschirm an. „Wie fühlst du dich?", fragt Dr. Morgan.

„Sie hatte Schlafprobleme", antwortet Jace für mich.

Ich beobachte ihn seltsam. Er braucht nicht für mich zu sprechen.

„Das ist nicht ungewöhnlich. Später in der Schwangerschaft wird es dir schwerer fallen, dich zu entspannen. Was ist mit deinen Hormonen? Hast du Veränderungen in deinem Verlangen nach Sex bemerkt?"

Ich will sterben.

Ist es möglich, dass die Ärztin aufhört zu reden? Ich antworte nicht, und Jace übernimmt es, für mich zu antworten.

„Sie schien in letzter Zeit launisch zu sein", sagt Jace. „Sie hat erwähnt, dass sie geil ist."

„Das waren deine Worte! Nicht meine." Ich kann es nicht fassen, dass er so frech ist. Ich könnte ihn umbringen!

Die Ärztin lächelt warmherzig, als sie mit dem Ultraschall fortfährt, ohne meine Erniedrigung zu bemerken. Vielleicht ist sie aber auch daran gewöhnt, dass sich Paare während des Termins streiten. „Es ist völlig normal und ziemlich verbreitet, während der Schwangerschaft einen erhöhten Sexualtrieb zu haben. Es ist gesund und natürlich, während der Schwangerschaft Sex zu haben, und es gibt viele Stellungen, mit denen du experimentieren kannst, um sicherzustellen, dass die Mutter sich wohlfühlt."

Ich schwöre, ich sterbe vor Verlegenheit, aber Jace sagt kein Wort.

Er lächelt und nickt, als würde er zuhören und sich praktisch Notizen machen. Genießt er diese Art der Demütigung, die an mich gerichtet ist? Er scheint sich nicht im Geringsten zu schämen oder unwohl zu fühlen.

Wie ist das möglich?

Ich werde ihn später umbringen!

Der gleichmäßige Rhythmus eines Herzschlages pulsiert durch den internen Lautsprecher.

„Sie hat einen starken Herzschlag", sagt die Ärztin.

„Sie?", flüstert Jace und seine Augen leuchten auf.

„Ja, das ist richtig. Es scheint, du bekommst ein Mädchen. Herzlichen Glückwunsch!"

Ein breites Grinsen breitet sich auf Jace's Gesicht aus. Ich möchte ihm das Lächeln von den Lippen wischen, weil er mich vor dem Arzt erniedrigt hat, aber er ist glücklich und ich möchte ihm diesen Moment auch nicht nehmen.

„Ein Mädchen", flüstere ich und lächle schwach. Ich freue mich wirklich für ihn.

Und allem Anschein nach, ist er auch aufgeregt.

———

„Kannst du glauben, dass es ein Mädchen ist?", fragt Jace, als er mich zum Auto zurückbegleitet.

„Na ja, es war fifty-fifty", sage ich und grinse.

Als ich neben Jace sitze, ist es ruhig im Auto. Stille.

Es ist schon spät, und statt zur Arbeit zu fahren, bringt er uns zurück zu seinem Haus in der Stadt. Ich habe mich schon an das neue Haus gewöhnt. Es ist geräumiger, nicht dass ich viel Platz bräuchte. Der Garten ist schön, wenn das Wetter mitspielt, und es ist immer jemand da. Ich fühle mich nie einsam, selbst wenn Jace lange arbeitet.

Obwohl die meisten Wächter nicht übermäßig freundlich sind, ist Markus immer an meiner Seite und begleitet mich auf meinen Spaziergängen, wenn ich das Anwesen verlasse.

Markus ist zwar ruhig, aber er ignoriert mich nicht. Wenn ich ihn anspreche, antwortet er. Anders als Matteo und Vincent, die mehr Zeit damit verbringen, ins Leere zu starren, um sicherzugehen, dass wir nicht verfolgt werden.

Sind so viele Leute hinter den Milliardären her?

Hat Jace ihre Baupläne gestohlen, um seine Firma zu gründen? Ich schwöre, dass es ein größeres Geheimnis gibt, aber ich komme nicht dahinter, und im Büro oder in der Villa herumzuschnüffeln ist keine Option.

Ich bin schon einmal erwischt worden und ich bin mir nicht sicher, ob Jace mir jemals wieder vertrauen würde. Ich kann ihn nicht einfach so danach fragen. Er würde mir ein solches Geheimnis nicht verraten, es sei denn, ich würde ihn mit Alkohol abfüllen. Das ist verlockend, aber unrealistisch. Ich sehe ihn selten trinken.

„Können wir auf dem Heimweg ein Eis essen gehen?", frage ich ihn. Eine Bar vorzuschlagen, kommt nicht infrage. Aber ich will raus und die gute Nachricht feiern.

„Wird dir das nicht das Abendessen verderben?", fragt Jace.

Er klingt schon wie ein Elternteil.

„Nein, ich esse für zwei", sage ich. Für den Fall, dass er es vergessen hat. Ich bezweifle, dass er das hat. Mein Bauch wächst bereits und ich bin in letzter Zeit sehr launisch. „Die Gelüste einer schwangeren Frau stillen."

Jace zieht eine Augenbraue hoch.

Mist.

Ich habe nicht Sex gemeint. Natürlich wäre ich damit einverstanden, dass er dieses Bedürfnis befriedigt, aber ich erwarte nicht, dass er es auch wirklich tut.

„Von welchen Gelüsten reden wir?", fragt Jace mit einem Grinsen.

Er liebt es, mich zu quälen.

KAPITEL DREIUNDZWANZIG

Jace

Ich gebe nur ungern zu, dass ich die flirtende Olivia mag.

Es hat etwas Ursprüngliches, wenn sie mein Kind trägt und dabei heiß und verführerisch aussieht. Selbst wenn sie nicht versucht, sexy zu sein, ist sie unwiderstehlich.

Olivia antwortet mir nicht, als ich sie frage, welches Verlangen sie von mir befriedigt haben möchte. Ich habe versucht, vorsichtig zu sein. Das Letzte, was ich will, ist, dass sie mich wegen sexueller Belästigung verklagt.

Sie will, dass ich noch ein Eis esse, aber es ist schon fast Abend. Ich bin ein wenig hungrig auf das Abendessen und ich kann mir vorstellen, dass sie es auch ist. „Eis gibt es nach dem Essen", erinnere ich sie. „Ich kann Markus oder Vincent bitten, dir nach dem Essen die Eissorte zu bringen, nach der du dich sehnst."

Olivia grummelt vor sich hin.

Sie hört sich nicht im Geringsten zufrieden oder erfreut über meinen Vorschlag an. Ich dachte, nach dem langen Tag bei der Arbeit und beim Arzt würde sie die Füße hochlegen und sich entspannen wollen.

„Wir können uns nach dem Essen zusammen einen Film ansehen", schlage ich vor. Ich möchte, dass sie sich entspannt, und wenn sie nicht schläft, was auch immer der Grund sein mag, kümmert sie sich nicht um sich selbst.

„Versprich mir, dass es kein Männerfilm sein wird."

„Was ist ein Männerfilm?"

„Blut, Gedärme. Action ohne Handlung."

„Ich denke, dass die Filme, die ich auswähle, eine Handlung haben", sage ich. Aber sie hat nicht unrecht, was meine typische Auswahl angeht. „Wir können uns ansehen, was du willst, auch wenn es ein Frauenfilm ist.

Sie rümpft liebenswert die Nase. „Und du lässt dir geschmolzenes Eis liefern?"

Ich fahre vor dem Haus vor und der Wachmann

an der Einfahrt schließt das Tor auf. Ich nicke und winke ihm kurz zu. „Es wird nicht schmelzen. Es ist eiskalt draußen", erwidere ich.

„Aber das Auto wird warm sein."

Es ist, als würde sie versuchen, an allem, was ich vorschlage, etwas auszusetzen. Ich atme einen schweren Seufzer aus. Es war meine Idee, sie hierherzubringen. Sie unter meinem Dach wohnen zu lassen. „Wenn du möchtest, dass ich dich nach dem Essen zum Eisessen ausführe, mache ich das."

„Danke." Ihr Lächeln erhellt das Auto.

Ich schwöre, es ist, als hätte ich es mit einem Kind zu tun. Ist es das, worauf ich mich freuen kann, wenn meine Tochter geboren wird? Natürlich wird sie nicht sofort Eis essen, aber die ständige Bedürftigkeit und Aufmerksamkeit.

Ich stöhne.

Das ist doch genau das, wofür ich mich entschieden habe, oder?

———

Nach dem Abendessen gehen Olivia und ich zum Auto. Als die Sonne untergeht, schnappt sie sich einen schwereren Mantel, aber die Knöpfe gehen nicht zu. Mit ihrem runden, schwangeren Bauch wird er zu klein.

„Bist du sicher, dass ich dich nicht überreden kann, hierzubleiben, damit wir Nachtisch bestellen können?" Es macht mir nichts aus, in die Kälte hinauszugehen. Aber sie ist für das Wetter nicht angemessen gekleidet.

„Auf keinen Fall. Deine Wachen werden Eis aus dem Supermarkt mitbringen. Ich will das gute Zeug, bei dem sie Brownie reinhauen und es vor deinen Augen zusammenmischen."

Wenigstens hat sie kein Verlangen nach Gurken in ihrer Eiscreme. Zerkleinerte Brownies klingen ziemlich gut.

Ich schnappe mir eine zusätzliche Mütze aus dem Schrank und ziehe sie ihr über den Kopf, damit sie es warm und gemütlich hat.

Sie holt ein Paar Handschuhe aus ihrer Tasche und streift sie über ihre Hände. Wenigstens die passen noch.

Wir machen uns auf den Weg in die Kälte. Das Auto ist bereits aufgeheizt und läuft, weil Markus den Motor angelassen hat.

Nach ein paar Minuten parke ich das Auto und steige aus, um Olivia aus dem Fahrzeug zu helfen.

„Keine Bodyguards?", fragt sie. „Wie kommt es, dass ich immer einen Bodyguard brauche, aber du nie?"

Es stimmt nicht, dass ich nie einen Bodyguard dabei habe, aber ich bin auch perfekt ausgebildet und kann mit Situationen umgehen. Manchmal lasse ich mich von Männern an bestimmte Orte begleiten, vor allem, wenn es im Voraus vereinbart wurde und jemand meinen Zeitplan kennt. Aber bei spontanen Besuchen, wie in der Eisdiele, ist es unwahrscheinlich, dass wir verfolgt werden.

„Ich bin nicht derjenige, der von Luka Caruso bedroht wird", sage ich.

Das stimmt zwar nicht ganz, aber es sollte als Antwort ausreichen, um sie davon abzuhalten, weitere Fragen zu stellen.

„Ich dachte, du hättest gesagt, er würde mich nicht mehr belästigen", scherzt sie. Sie hat nicht Unrecht, das habe ich ihr versichert, aber nicht, weil ich den Mann ausgeschaltet habe. Wenn es so einfach wäre, hätte ich ihm schon vor zehn Jahren eine Kugel in den Kopf gejagt.

„Er wird dich nicht belästigen, weil du überall, wo du hingehst, einen Bodyguard hast", sage ich mit einem verschmitzten Grinsen. Ich öffne die Tür der Eisdiele und begleite sie ins Gebäude.

Im Laden ist es angenehm warm und ich ziehe

meine Handschuhe und meine Mütze aus, während Olivia das Gleiche tut.

Sie eilt zum Tresen und gibt ihre Bestellung auf. Ich folge ihr, wähle mein Getränk aus und bezahle die Bedienung. Wir setzen uns an einen Tisch im hinteren Teil des Lokals. Das Lokal ist relativ leer, was mich angesichts des Wetters nicht wundert. Ich bin eher schockiert, dass sie überhaupt geöffnet haben.

Sie nimmt einen Bissen von ihrem Eis und rümpft die Nase. Die Geste ist ziemlich niedlich.

„Gehirnfrost?"

„Könnte man meinen", sagt sie lachend und schüttelt den Kopf. „Das Baby strampelt. Willst du mal fühlen?"

Bevor ich antworten kann, ergreift sie meine Hand und legt sie auf ihren Bauch.

„Kannst du das fühlen?", fragt sie.

Ich bin mir nicht sicher, was ich fühlen soll. Ihr Mantel ist aufgeknöpft, aber sie hat immer noch viele Schichten an.

Olivia muss meine Frustration spüren, denn sie bewegt meine Hand und drückt sie fester, um meine Hand mit ihrer zu bedecken. Ich spüre ein leichtes Flattern in meiner Handfläche. Es ist leicht, kaum spürbar.

Ich frage mich fast, ob ich es mir einbilde, aber sie lacht und grinst.

„Wow."

„Ich weiß, oder? Es wird noch auffälliger sein, wenn sie anfängt, Purzelbäume zu schlagen und zu turnen, wie es mein Sohn im letzten Trimester getan hat. Der Kleine hat mich kaum schlafen lassen."

„Schlimmer als jetzt?", frage ich.

Olivia starrt mich mit ihrem Blick an. „Es ist nicht das Baby, das mich nachts wach hält."

———

Nach dem Nachtisch gehen wir zurück zum Gelände. Wir ziehen unsere Jacken, Mützen, Handschuhe und Schuhe aus. Das ist wahrscheinlich zu viel des Guten. Ich habe schon in kälteren Gegenden gelebt, aber ich will nicht riskieren, dass Olivia sich erkältet, während sie schwanger ist.

Ich begleite Olivia nach oben in ihr Zimmer. Es ist ihr privater Zufluchtsort, mit einem Fernseher, einem Bett, einer Staffelei und sogar ein Mini-Kühlschrank wurde herbeigeschafft, damit sie nicht auf dem Gelände herumlaufen muss.

Das war mein Werk. Es ist das Beste, wenn sie nicht sieht, was direkt vor ihrer Nase passiert.

Und ich möchte, dass sie glücklich ist. Sie hat mir erzählt, dass sie gerne malt, also habe ich ihr eine Staffelei gekauft und ihr wöchentlich Malutensilien in ihr Zimmer gebracht.

Da der Winter vor der Tür steht, gibt es für sie wenig Grund, sich in den Garten zu begeben, und so verbringt sie die meiste Zeit in ihrem Zimmer.

Während wir unterwegs waren, um ein Dessert zu essen, schrieb ich Vincent eine SMS, um eine Massageliege in ihr Zimmer bringen zu lassen, um sicherzustellen, dass sie für eine schwangere Frau ausgestattet ist.

Olivia muss sich entspannen, und vielleicht kann ich ihr dabei helfen, sich zu beruhigen.

„Was ist hier los?", fragt sie, als ich ihr nach oben folge. Normalerweise lasse ich ihr auf dem Gelände Raum und Privatsphäre.

„Ich habe eine Überraschung für dich", sage ich.

„Hast du das Kinderzimmer fertig eingerichtet?", fragt Olivia. Sie versucht zu erraten, womit ich sie überraschen könnte, obwohl ich mir nicht sicher bin, warum das Kinderzimmer eine Überraschung für sie sein sollte.

Ich gebe keinen Hinweis darauf, was ich

vorhabe. „Vor ein paar Wochen. Rate noch einmal", sage ich.

„Filmabend?"

Das ist eine gute Vermutung, denn wir hatten besprochen, uns einen Film anzusehen, um den Abend zu entspannen. „Das ist nicht die Überraschung, aber wir können einen Filmabend nach der Überraschung machen, wenn du noch wach bist."

„Ich geb's auf." Sie öffnet die Tür zu ihrem Schlafzimmer. Ein Massagetisch steht in der Mitte des Raumes, gegenüber von ihrem Bett. „Was haben wir denn hier?" Sie wirft einen Blick über ihre Schulter auf mich. „Hast du mir eine private Masseurin bestellt?"

Wird sie enttäuscht sein, wenn sie herausfindet, dass ich vorhatte, ihr eine persönliche Massage zu geben? Vielleicht hätte ich jemanden anheuern sollen, damit es nicht als unpassend angesehen wird.

Verdammt noch mal.

Sie starrt mich mit diesem verführerischen Funkeln in ihren wunderschönen blauen Augen an und wartet auf eine Antwort von mir.

„Ich wollte dir eine Privatmassage geben. Es sei

denn, du fühlst dich unwohl und ich könnte einen meiner Männer fragen—"

„Nein!", platzt sie heraus, bevor ich meinen Satz beenden kann. Ich bin mir nicht sicher, ob sie dachte, ich würde vorschlagen, dass einer der anderen Männer zuschaut oder ihr eine Massage gibt. Es macht keinen großen Unterschied.

Ich versuche, nicht über ihren Ausbruch zu kichern. „Wie wäre es, wenn du ins Bad gehst und dich ausziehst? An der Tür hängt ein Bademantel, den du anziehen kannst."

„Du hast an alles gedacht", sagt Olivia, während sie ins Bad schlendert.

Ich ziehe meinen Blazer aus und lockere meine Krawatte. Es ist immer noch warm in ihrem Schlafzimmer. Ich öffne ein paar Knöpfe an meinem Oberhemd. Ich möchte etwas viel Legeres anziehen, aber ich bin zu faul, über den Flur zu gehen. Außerdem mache ich mir Sorgen, dass Olivia ihre Meinung ändern könnte, wenn ich das Zimmer verlasse.

Ich bin begeistert von der Aussicht, sie zu massieren und sie zu berühren. Ich sollte nicht so aufgeregt sein, aber sie trägt mein ungeborenes Kind aus. Die Tatsache, dass sie meine Angestellte ist und alles, was wir tun, geheim gehalten wird, hat etwas Aufregendes und Skandalöses an sich.

Wie lange können wir dieses Geheimnis noch vor der Welt bewahren? Schon bald werden die Medien in mein Büro stürmen.

Die Tür klickt und Olivia schlendert langsam heraus, den weißen Frotteebademantel um sich gezogen. Sie hält ihn fest, damit ich keinen Blick darunter werfen kann. Er ist groß und sollte eigentlich eine Umstandsgröße sein, aber ich wusste nicht genau, welche Größe ich für sie nehmen sollte.

„Wo soll ich hin?", fragt sie. Sie grinst mich an, als wolle sie mit mir flirten, ist aber gleichzeitig vorsichtig. Sie könnte ihre Bemerkung leicht als unschuldig entschuldigen, wenn es nötig wäre.

„Auf das Bett—das Massagebett", stelle ich klar und räuspere mich.

Was ist nur los mit mir?

Oh ja, mein Glied wird schon hart, wenn ich sie nur im Bademantel sehe. Wie erbärmlich ist das denn? Nicht, dass Olivia nicht sexy wäre, denn das ist sie, aber sie zeigt nicht einmal einen Zentimeter Haut.

Ich sollte nicht so empfindlich auf ihre Nacktheit reagieren. Es hilft natürlich auch nicht, dass ich seit Monaten enthaltsam lebe, seit sie bei mir eingezogen ist. Ein Mann hat Bedürfnisse und meine werden nicht erfüllt.

Lange, kalte Duschen werden der Sache nicht gerecht.

Ich möchte sie.

Aber ohne ihre Zustimmung werde ich diese Grenze nicht überschreiten, und selbst damit möchte ich das was wir haben nicht ruinieren. Es ist perfekt. Sie ist mit meiner Tochter schwanger.

Wenn ich es versaue, weiß ich nicht, wie sie reagieren oder was sie tun wird.

Sie ist schwanger, und obwohl ich weiß, dass sie nicht zerbrechlich ist, ist es hormonell bedingt. Ich will nicht der Grund für eine sehr verärgerte Olivia Summers sein.

„Hast du ein Laken oder etwas anderes, womit ich mich zudecken kann?", fragt Olivia.

Ihre Unschuld ist süß und ziemlich liebenswert.

Es kostet mich alles, um mich nicht auf sie zu stürzen.

„Ja", sage ich und hole ein weißes Baumwolllaken, das zusammengefaltet auf dem Beistelltisch mit den Massageölen liegt.

„Würdest du dich umdrehen?" Sie deutet mit dem Finger an, dass ich mich umdrehen und in die andere Richtung schauen soll.

Ich drehe mich mit dem Gesicht zur Tür, damit Olivia ihre Privatsphäre hat, während sie sich entkleidet. Der Stoff schlägt leise auf dem Boden auf und das Laken raschelt, als sie sich zudeckt. „Wie soll ich auf diesem Tisch liegen?", fragt sie.

„Auf die Seite", schlage ich vor. „Ich habe ein paar spezielle Kissen, mit denen wir es dir bequem machen können. Ich warte, bis ich mich umdrehe. „Soll ich sie für dich holen?"

Ich höre das leise Knarren des Massagebetts und das Rütteln der Laken, als Olivia auf den Massagetisch klettert.

„Okay, ich bin ganz anständig. Ich meine, ich bin nackt, aber du kannst dich umdrehen."

Sie klingt nervös.

Ich kann das breite Grinsen auf meinem Gesicht nicht verbergen, selbst wenn ich wollte. „Ich finde, du siehst ziemlich anständig aus." Sie liegt auf dem Tisch auf der Seite, das Laken bedeckt ihren Körper.

Ich greife nach einem Kissen und biete es ihr an, damit sie es sich bequemer machen kann.

„Danke", sagt sie. „Hast du noch ein Kissen für meinen Kopf?"

„Willst du ein Nickerchen machen?", stichle ich. Ich nehme ein Kissen vom Bett und bringe es zu ihr, damit sie es sich bequem machen kann. „Besser?"

„Sehr."

Ich gehe um den Massagetisch herum, sodass ich hinter ihr stehe. „Tut mir leid, wenn meine Hände kalt sind", warne ich sie, bevor ich ihre Haut mit einer leichten Berührung streife.

Meine Finger streicheln ihre Schultern und sie lässt sich in das Kissen sinken, das sie an ihre Brust drückt, während sie das Laken über ihren Rücken schiebt und mir einen intimen Blick auf ihren Rücken und die Kurve kurz vor ihrem perfekten Hintern gewährt.

Das sollte tabu sein, eine Ganzkörpermassage für deine Angestellte.

Ihre Haut ist Porzellanfarben und seidig, gesprenkelt, mit einer Reihe von Sommersprossen, die zu ihrer Nase passen.

Ich gebe eine großzügige Menge Massageöl in meine Hände und verreibe sie miteinander, bevor ich meine Hände über ihre Schultern und ihren Rücken gleiten lasse.

Ein leiser, zufriedener Seufzer entweicht ihren Lippen.

„Ist das okay? Ist es zu viel Druck?" frage ich, denn ich möchte, dass sie die Massage genießt und nicht das Gefühl hat, ich würde ihr wehtun.

Ein leichtes Stöhnen ertönt, als sie sich auf dem

Massagetisch leicht bewegt. Ich nehme an, dass sie versucht, es sich bequem zu machen.

„Nein, du bist gut. Es ist gut", sagt sie, während sie das Kissen an ihre Brust drückt und so ihre Brüste vor meinen Blicken verbirgt.

Was würde ich dafür geben, dieses Kissen zu sein, das sich an ihren Körper schmiegt und ihre Kurven umarmt.

Aber hier geht es um sie, nicht um meine Bedürfnisse. Ich muss vielleicht flachgelegt werden, aber Olivia benötigt Schlaf. Und wenn ich einen Ständer habe, während ich sie massiere, wird das keinem von uns guttun.

Zum Glück schaut sie in die andere Richtung.

„Ich hoffe, das hilft dir, dich zu entspannen", sage ich, während ich ihre Schultern und ihren Rücken massiere.

Ihr Körper scheint sich unter meiner Berührung zu entspannen und die Spannung, die ich anfangs gespürt habe, löst sich auf. Ob es die Nerven waren, die ich ihr massiert habe, oder ob es ihr hilft, sich zu entspannen, kann ich nicht sagen.

Olivia murmelt etwas Unverständliches in das Kissen, während sie es an ihre Brust drückt.

„Was ist das?"

„Ich fühle mich, als wäre ich gestorben und in

den Himmel gekommen. Deine Hände sind unglaublich", sagt sie.

Ich will ihr zeigen, wie toll sie sich mit mir fühlen kann, aber sie muss mir sagen, dass ich das bin, was sie will. Ich werde diese Grenze nicht ohne ihre ausdrückliche Erlaubnis überschreiten.

Meine Berührung ist federleicht und sanft, ich streife ihren Nacken, während ich ihr Haar hoch streiche und es mit einer Hand an ihrem Kopf festhalte. Die andere Hand kitzelt ihren Kiefer. „Das hat man mir gesagt", scherze ich. Ich möchte sie küssen, aber ich tue es nicht. Es ist nicht aus Angst. Ich habe kaum Angst. Es ist eine Frage des Respekts.

Sie rollt sich auf den Rücken und umklammert das Kissen, um sich vor mir zu verstecken. Ihre langen Wimpern flattern, als sie zu mir hochschaut. Ihre Wangen sind rosig, ihre blauen Augen dunkel. „Lach nicht."

„Worüber?" Warum sollte ich lachen?

„Ich kann die Hormone nicht mehr ertragen. Wenn du nicht mit mir schläfst, brauche ich einen Vibrator, oder ich will, dass einer deiner Männer in mein Bett kommt. Ich schwöre, ich bin kurz davor, mich vor dir zu berühren, nur um zu sehen, ob du mir mit dieser Massage die echte Erleichterung verschaffst, die ich benötige ."

Ich habe versprochen, dass ich nicht lachen werde. Aber das Lächeln in meinem Gesicht ist breit. „Ich will dich küssen. Ich wollte dich schon küssen, als wir uns das erste Mal getroffen haben", gestehe ich. Ich lehne mich näher heran, wobei meine Lippen Olivias Lippen noch nicht ganz berühren. „Aber ich wollte dich nicht dazu zwingen, etwas mit mir zu machen."

Es ging nie darum, sie nicht zu wollen. Es ging um Respekt, darum, ihr die Macht zu geben, diese Entscheidung zu treffen.

Olivia lehnt sich in den Kuss und meine Finger fahren durch ihr Haar, ziehen sie näher zu mir, ihre Lippen werden fester und fester.

Ihre Lippen öffnen sich und ihre Zunge sucht eifrig meinen Mund, angeheizt von Verlangen und Bedürfnissen. Sie ist das Feuer, und ich bin die Kohle, die ihre Flamme anfacht.

„Du schläfst nicht mit einem meiner Männer", sage ich. Ich meine jedes Wort so wie ich es sage. Sie ist für sie tabu. Wenn einer von ihnen in ihre Nähe kommt, um ihr sexuelles Verlangen zu befriedigen, bringe ich ihn um.

„Heißt das, ich darf mit dir schlafen?", fragt Olivia mit einem verschmitzten Grinsen.

Meine Finger tauchen unter das einfache

Baumwolllaken und ihre Beine öffnen sich sofort für mich. Meine Hand ist warm und fest, und gleitet an ihrem Oberschenkel hinauf und reizt sie. „Nur wenn du das willst", sage ich.

Ich kann sie genauso gut befriedigen, ohne dass wir beide ficken.

Ihre Beine spreizen sich und sie klemmt sich die Unterlippe zwischen die Zähne. Ist sie nervös?

Wir sollten das nicht tun, zumindest nicht auf dem Massagetisch.

Die Frau, die meine Tochter in sich trägt, hat eine gute Erfahrung verdient, bei der sie geschändet und angebetet wird. Sie sollte nicht auf dem Massagetisch gefickt werden, nur um sie zu befriedigen.

Meine Finger streifen ihre süßen Lippen, bevor ich mich zurückziehe.

Olivia wimmert aus Protest.

„Oh, wir sind noch nicht fertig, mein Schatz. Ich will nur sichergehen, dass du das Erlebnis auch wirklich genießt." Ich helfe ihr, vom Tisch aufzustehen.

„Wo gehen wir—?" Ihre Worte werden unterbrochen, als ich sie zur Matratze führe und sie nach vorne über das Bett beuge. „Oh", keucht sie. Die Decke fällt um ihre Füße auf den Boden.

Sie ist atemberaubend schön, mit ihrem geschwollenen Bauch und ihren Brüsten. Ich trete hinter sie, eine Hand streichelt ihre Brust, die andere sinkt wieder zwischen ihre Schenkel.

Olivia schnappt nach Luft und atmet tief durch. Sie lehnt sich mit den Armen auf der Matratze nach vorn und gibt mir den perfekten Blick auf ihren Hintern frei. Ich möchte meine Hose aufschnallen und sie ficken, aber das werde ich nicht tun.

Nein.

Ich möchte, dass es bei ihrer ersten Erfahrung in der Schwangerschaft nur um sie geht, um ihr Vergnügen.

„Sag mir, was du magst", flüstere ich in ihren Nacken. Ich lasse weiche Schmetterlingsküsse über ihre Haut gleiten. „Du hattest Sex-Träume, erzähl mir von ihnen."

Ihr Atem ist heiser und röchelnd, als sie versucht zu sprechen. Ich drücke mich an sie, eine Hand drückt und streichelt sanft ihre Brust und kitzelt ihre Brustwarze, während ihre Hüften in meine zurückwippen.

Meine andere Hand streicht über ihre Nässe und reizt ihre Perle, während sie in meinen Armen zu zittern beginnt. Ich habe sie kaum berührt. Ich habe noch nicht einmal die ganze Länge meiner Finger benutzt und sie zittert und stöhnt, während sie spricht.

„Das bist immer du", sagt sie.

Ich presse meine Finger zusammen und übe immer mehr Druck auf ihre Klitoris aus, während sie stöhnt und keucht und sich ihre Hüften gegen mich stemmen. Ich schiebe zwei Finger in ihre Enge und krümme meine Finger bei jedem Stoß.

„Oh Gott", keucht Olivia, während sie mit einer Hand das Bettlaken umklammert und mit der anderen versucht, mich zu berühren.

Ich beuge mich vor, bedecke sie, berühre sie, spüre ihren Körper an meinem. „Komm für mich", flüstere ich ihr ins Ohr und sauge an ihrem Ohrläppchen, während ich mich weiter an ihrem Körper zu schaffen mache.

Ihr Inneres krampft und zuckt, die erste Welle eines Orgasmus kommt an die Oberfläche.

Ich lasse nicht locker und will, dass sie den Orgasmus auskostet, während kleine Wellen durch ihren Körper flattern.

Sie keucht und hechelt und versucht, wieder zu Atem zu kommen. „Das war...", raunt sie und blickt mich über ihre Schulter an.

„Unglaublich", antworte ich für sie.

KAPITEL VIERUNDZWANZIG

VIERUNDDREISSIG WOCHEN *schwanger*

Olivia

Es ist vier Tage her, dass ich Jace gesehen habe. Er war geschäftlich unterwegs und besteht darauf, jetzt nach Übersee zu reisen, um alle Details seiner Fusion zu klären, bevor das Baby geboren wird.

Warum er damit warten muss, bis ich in der vierunddreißigsten Woche schwanger bin, ist mir ein Rätsel.

Jace schwört, dass er den Deal vorgezogen hat und dass es nur eine kurze Reise nach Italien sein wird.

Was würde ich nicht alles dafür geben, nach

Europa zu reisen! Vielleicht nicht in meinem derzeitigen Zustand, mit geschwollenen Knöcheln, einem riesigen Schwangerschaftsbauch und einer Blase, die ständig von dem kleinen Turner in mir zerquetscht wird.

Ich bin etwas früher in den Mutterschaftsurlaub gegangen. Die Ärzte haben zwar nicht auf Bettruhe bestanden, aber sie haben mir empfohlen, mich zu schonen. Auf Jace's Veranlassung hin habe ich meinen Schreibtisch zusammengeräumt, sodass ich viel freie Zeit im Haus habe.

Ich schleiche die Treppe hinunter. Draußen ist es stürmisch, aber ich möchte ein wenig Sonnenlicht und frische Luft schnappen.

„Wohin gehst du?", fragt Matteo.

Er hat Jace nicht auf der Reise nach Italien begleitet, aber er spricht jeden Tag mit ihm und berichtet ständig über meinen Zustand. Jace könnte mich einfach anrufen, aber er tut es nicht.

„Raus, einen Spaziergang machen." Ich ziehe meine Parka zu, die groß und flauschig ist. Sie ist schön warm und wird eine Verschwendung sein, wenn ich nicht mehr schwanger bin.

„Es ist kalt draußen und du bist schwanger."

Ich spotte. „Wir sind in Los Angeles, nicht in der Antarktis. Außerdem hat der Arzt gesagt, dass frische Luft und ein Spaziergang gut für mich sind. Ihr könnt mich nicht hier einsperren, nur weil ich schwanger bin."

Matteo grummelt vor sich hin. „Markus!", ruft er dem jüngeren Wärter zu.

Markus eilt vom Flur her auf uns zu. „Ja, Sir?"

„Begleite Olivia auf ihren Nachmittagsspaziergang. Sei vor Sonnenuntergang zurück", sagt Matteo und wirft einen Blick auf seine schicke Uhr.

Matteo flitzt um die Ecke in ein nahe gelegenes Büro und lässt mich mit Markus allein. Das ist für mich in Ordnung. Es ist viel einfacher, mit ihm umzugehen, wenn ich einen Wächter mitnehmen muss.

„Hilfst du mir mit meinen Schuhen?" Es ist schwierig, meine Füße zu erreichen, wenn mein runder, schwangerer Bauch im Weg ist.

Markus hat nichts dagegen. Er bietet mir sofort einen Platz auf der Bank neben der Tür an. Nach ein paar Minuten hat er mir die Schuhe angezogen und hilft mir auf die Beine.

„Danke", sage ich. Ich hole die Mütze aus meiner Jackentasche und ziehe sie mir über, bevor ich meine Hände in die Handschuhe stecke.

Markus trägt nicht viel mehr als einen

schwarzen Mantel und Stiefel. Er hat weder Mütze noch Handschuhe. Versucht er mir zu zeigen, dass er diese Dinge nicht benötigt?

„Wohin gehen wir?", fragt Markus, als er mich nach draußen begleitet. „Deine übliche Route?"

Es gibt nicht so viele Möglichkeiten, das Viertel zu erkunden. Hinter den Toren führt die Straße nach Osten und Westen. Nach einer halben Meile zweigt eine andere Straße ab, die einen anderen Weg bietet.

Ich bin mir nicht sicher, wie viel ich noch laufen kann, wenn die Kleine auf meine Blase drückt, aber ich will das Sonnenlicht sehen, bevor es dunkel wird. Ich hasse es, wenn es früh am Tag dunkel wird. Ich hasse den Winter.

Aber nachdem ich in der Villa eingesperrt war und nicht viele Möglichkeiten hatte, nach draußen zu gehen, sieht es draußen immer besser aus.

Die Wachen öffnen die schmiedeeisernen Tore und wir schreiten hindurch. Markus wirft einen Blick auf meine Füße. „Du wirst Winterstiefel brauchen. Ich kann nicht glauben, dass Jace nicht darauf bestanden hat, dir ein Paar zu kaufen. Diese Schuhe sind kein bisschen warm."

„Du hast sie nicht probiert", sage ich. „Sie sind mit Fell gefüttert und bequem." Sie sind zu kurz für

Schnee und ähneln Clogs, die nicht besonders hilfreich sind, wenn es draußen nass ist.

Markus zieht eine Grimasse. „Scheiße."

„Was ist los?", frage ich, als wir gerade an der Villa vorbeigehen.

„Ich habe mein Handy im Haus vergessen. Ich muss zurückgehen und es holen, bevor wir weitergehen", sagt Markus.

„Geh du zurück. So weit werde ich nicht kommen", sage ich und lege eine Hand auf meinen Bauch. Ich brauche viel länger zum Laufen als früher. Schwanger zu sein ist ziemlich anstrengend, nicht dass ich es nicht liebe, aber es ist schwieriger als noch vor ein paar Wochen, sich fortzubewegen.

Markus grummelt vor sich hin. „Das wird dem Boss nicht gefallen", sagt er.

„Jace muss es ja nicht wissen. Ich bleibe auf dieser Straße und watschele noch ein paar Häuser weiter. Dann kannst du mich einholen."

Markus kneift die Lippen zusammen. „Gut, aber komm nicht von der Hauptstraße ab."

„Wann tue ich das jemals?", frage ich und werfe ihm einen spitzen Blick zu.

Er joggt zurück zum Tor und rennt über den Rasen zum Haupteingang.

Ich watschele weiter die Straße hinunter. Es ist

schön, draußen ein paar Minuten Ruhe und Frieden für mich zu haben. Es kommt mir wie eine Ewigkeit vor, seit ich allein und unbeaufsichtigt war.

Die Ruhe und der Frieden werden kurz unterbrochen.

Ein weißer Lieferwagen hält neben mir an, die Hintertür wird aufgeschoben und zwei Männer springen heraus und zwingen mich mit vorgehaltener Waffe ins Innere.

„Steig ein!", schreit einer der bewaffneten Männer. Er ist ganz in Schwarz gekleidet, bis auf sein Gesicht. Ich erkenne ihn nicht und es scheint ihn auch nicht zu interessieren, dass ich sehe, wer mich entführt hat.

Das verheißt nichts Gutes. Wenn es ihm egal ist, hat er dann vor, mich zu töten?

Vielleicht will er mich als Geisel für Lösegeld halten? Wenn sie wissen, dass ich mit Jace Barone in Verbindung stehe, dass ich seine Tochter in mir trage, dann wollen sie vielleicht nur Geld.

Ich werfe einen Blick über meine Schulter zurück. Das Haus ist von der Straßenbiegung aus nicht zu sehen. Von Markus ist immer noch nichts zu sehen.

„Wer bist du?" Ich versuche, ihn hinzuhalten.

Der Mann schlägt mir die Pistole ins Gesicht. „Steig ein!" Sein Gebrüll ist ohrenbetäubend.

Ich wische mir das Blut von der Stirn und steige in den Wagen. Dabei lasse ich absichtlich einen meiner Lederhandschuhe zurück, damit Markus ihn findet. Hoffentlich gibt das verschmierte Blut ihnen einen Hinweis darauf, dass ich in Gefahr bin.

KAPITEL FÜNFUNDZWANZIG

OLIVIA

„Was willst du von mir?", frage ich.

Die beiden Männer im hinteren Teil des Lieferwagens antworten nicht auf meine Frage. Sie zwingen mich meine Hände nach vorn zu halten und fesseln sie mit Klebeband.

„Schweig!", befehlen sie und drohen mir, den Mund zuhalten.

Ich willige in ihr Schweigen ein. Zumindest für den Moment.

Ich kann nicht sehen, wohin sie mich bringen. Die Straße ist holprig und die Fahrt kommt mir lang vor, aber ich weiß nicht, wie viel Zeit vergangen ist.

Schließlich hält der Wagen abrupt an und ich werde durch die Seitentür in ein großes Gebäude geschoben, in dem Männer mit halb automatischen Waffen Wache stehen.

Was ist das für ein Ort?

Ich frage nicht. Ich weiß genau, dass ich jetzt keine Szene machen sollte. Was auch immer ich tue, ich muss Jace's Tochter beschützen. Sie ist das Wichtigste.

Luka Caruso steht im hinteren Teil der Halle und hat die Arme vor der Brust verschränkt. „Was haben wir denn hier?" Sein Lächeln ist finster und jagt mir einen Schauer über den Rücken.

„Luka", krächze ich. Ein kleiner Teil von mir hatte sich gewünscht, dass er tot wäre, wenn Jace sich um das Problem mit Luka Caruso gekümmert hätte.

Aber wem wollte ich etwas vormachen?

Jace ist kein Mörder. Und es scheint, als hätte die Bezahlung des Mannes nicht geholfen.

„Willkommen zu Hause, Olivia." Er packt mich am Arm und führt mich mit Gewalt die Treppe hinunter.

Die Zementstufen sind schwach beleuchtet, und als ich den untersten Treppenabsatz streife, sehe ich mehrere Gefängniszellen. „Was ist das für ein Ort?", flüstere ich.

„Hier wirst du untergebracht", sagt Luka und

öffnet die Tür der Gefängniszelle. Sie knarrt, als er sie aufschwingt und mich hineinschiebt. „Hände hoch", befiehlt er und ich zeige ihm das Klebeband, mit dem meine Handgelenke zusammengebunden sind.

Er holt ein Springmesser aus seiner Hosentasche, schneidet den Kleber durch und trennt meine Handgelenke.

„Wenn du mich als Geisel festhalten willst, solltest du wissen, dass Jace nicht in der Stadt ist." Ich will nicht allein in dieser kalten, feuchten Gefängniszelle bleiben. Aber ich will auch nicht mit Luka Caruso zusammen sein.

Ich will nach Hause, zurück in die warme Villa und in mein bequemes Bett.

In der Ecke steht eine Pritsche, an der ein schäbiges Laken befestigt ist. Ich hätte Markus nicht ohne mich in das Haus zurückkehren lassen sollen. Arbeitet er für Don Caruso?

War es ein Zufall, dass ich allein gelassen wurde, oder hatte Markus etwas damit zu tun?

„Lösegeld?" Luka lacht und spottet über die Andeutung. „Ich brauche sein schmutziges Geld nicht. Ich weiß, dass die Unterkunft nicht so ist, wie du es gewohnt bist, aber hier bist du sicher."

„Sicher?" Wovon spricht er? „Deine Männer

haben mich entführt! Bei dir bin ich kein bisschen sicher", knurre ich und stürze mich auf ihn, aber er weicht einen Schritt zurück. Er ist schneller als ich und knallt die Gefängnistür zu.

Das Metall klappert und ich schiebe meine Arme hindurch und versuche, mich an ihm festzuhalten, aber er ist zu schnell.

„Ich bin nicht das Monster, Olivia. Dein geliebter Freund, der Vater deines Kindes, ist bei der Mafia."

Ich trete in der Gefängniszelle einen Schritt zurück und schüttle ungläubig den Kopf. „Nein, du lügst."

Ich glaube ihm nicht. Jace war gut zu mir, gut zu seinen Angestellten. Es ist unmöglich, dass er zur Mafia gehört. Er ist kein Mafioso. Er würde nie jemandem etwas antun.

„Ich habe Beweise", sagt er. „Bleib einfach da stehen." Luka zwinkert mir zu, als er auf die Treppe zugeht.

Angst ergreift mich. Ungewissheit liegt in der Luft, sie kommt immer näher und umhüllt mich wie ein dichter Nebel. Sosehr ich nicht in der Nähe dieses Mannes sein möchte, die Tatsache, dass er geht, macht mir noch mehr Angst.

Was ist, wenn er nicht zurückkommt? Was ist, wenn Luka mich hier in dieser Zelle verrotten lässt?

Ich schreie auf, aber nicht aus Entsetzen über die Situation, sondern weil sich mein Körper zusammenzieht und der Schmerz an die Oberfläche kommt. „Nicht jetzt", schimpfe ich mein ungeborenes Kind, das vor Schmerzen schreit.

Sie kann jetzt nicht kommen.

Als ob ich da ein Mitspracherecht hätte.

Luka dreht sich um und spürt mein Unbehagen, denn ich habe eine Hand an den Metallstäben und die andere an meinem Bauch festgehalten. Ich beuge mich nach vorn und schrecke vor den einsetzenden Wehen zurück.

Sie sind heftig. Sie sind kein bisschen sanft oder weit auseinander.

Was zum Teufel ist hier los?

„Ich hoffe, du tust nicht nur so", sagt Luka, als er zurück in die Gefängniszelle kommt.

Ich bin schweißgebadet. „Sieht es so aus, als würde ich simulieren?" schnauze ich. Wut schwingt in mir mit. Das ist seine Schuld, er hat mich gegen meinen Willen hierher gebracht. „Wenn dem Baby, das ich in mir trage, etwas passiert, bringe ich dich um."

Lukas Augen glänzen vor Vergnügen. „Denkst du, ich bin hier, um dir oder deinem Kind etwas anzutun? Da irrst du dich. Wir sind hier, um dich zu retten.“

Ich glaube ihm nicht, er hat mich in einer Gefängniszelle eingesperrt.

Er schließt die Tür auf und ruft seinen Männern zu, sie sollen sofort herunterkommen und sich beeilen.

Ich stampfe mit meinen Füßen auf den Zement, schließe die Augen und halte mich an den Metallstäben der Gefängniszelle fest, als mich eine weitere Wehe durchfährt.

Es fühlt sich an wie die Hölle.

Meine Fruchtblase platzt.

Nur für den Fall, dass ich mir nicht hundertprozentig sicher war, dass ich in den Wehen lag, ist es offensichtlich, dass das Baby kommt, ob ich es will oder nicht.

„Ruf Doktor Morgan“, ruft Luka einem seiner Männer zu.

Woher kennt er meine Ärztin? Arbeitet sie auch für die Familie Caruso? Gehört sie zur Mafia?

„Ich beeile mich“, sagt Luka und schwebt neben mir her, während er die Gefängniszelle aufschließt.

Ich will mich wehren, weglaufen und fliehen, aber das Baby kommt. Was ich will, spielt keine Rolle.

„Wie ich schon sagte, wir sind hier, um dir zu helfen. Das ist zwar nicht ganz uneigennützig, aber du solltest die Wahrheit wissen. Du sollst sie von mir hören." Er lächelt und ich würde ihm am liebsten das selbst gefällige Grinsen aus dem Gesicht wischen.

„Was hören?", schreie ich.

Der Schmerz kommt und geht in kurzen Schüben, eine Welle nach der anderen, wie der Ozean, der an der Küste zerschellt.

„Dein Freund, der Vater deines Kindes, Jace, ist ein Mörder. Er hat meinen Vater ermordet und ist für das Feuer verantwortlich, dem dein Sohn und dein Mann zum Opfer gefallen sind."

Lügen.

Das kann nicht wahr sein. „Wie?" Das ist das einzige Wort, das ich zwischen den Wehen stöhnen kann. Ich will ihm nicht glauben, denn wenn es wahr ist, dann war alles, was ich getan habe, aus den falschen Gründen.

„Er hatte falsche Informationen", sagt Luka. Seine Augen bohren sich in meine. „Er hat meinen Vater in derselben Nacht getötet, in der deine Familie in einem Feuer starb. Es hat sich herausgestellt, dass unsere Adressen vertauscht wurden."

„Nein." Ich will ihm nicht glauben.

Er wiederholt die Adresse und ich falle keuchend nach vorn, der Schmerz durchzuckt mich, brennend und heiß.

Es spielt keine Rolle, dass ich nicht bereit bin, dass Jace auf einem anderen Kontinent ist und ich sechs Wochen zu früh dran bin.

Das Baby wird kommen.

KAPITEL SECHSUNDZWANZIG

Jace

„Was meinst du damit, dass sie entführt wurde? Wer zum Teufel hat sie entführt?" Der Schweiß tropft mir von der Stirn und ich wische ihn mit meinem Taschentuch weg.

„Da sind wir uns noch nicht sicher, Chef. Es gab keine Zeugen", sagt Matteo.

Mir dreht sich der Magen um. „Keine Zeugen. Haben sie das Gelände getroffen? Wie viele meiner Männer wurden bei dem Angriff verletzt?"

„Sie wurde heute Nachmittag bei einem Spaziergang geschnappt."

Das ist inakzeptabel!

„Warum war nicht einer meiner Männer bei

ihr?" Überall, wo sie hinging, sollte sie von einem Wachmann begleitet werden.

„Sie war mit Markus spazieren. Er kehrte dummerweise zum Gelände zurück, um sein Telefon zu holen. Als er zurückkam, war sie schon weg", sagt Matteo. Er ist ruhig, viel rationaler und beherrschter, als ich mich bei dieser Nachricht fühle.

„Es müssen Caruso und seine Männer sein." Es ist das einzige Spiel, das Sinn ergibt: Luka ist hinter meinem Kind her.

„Das ist auch unser Verdacht. Die Kameras vor dem Haus haben einen weißen Lieferwagen aufgenommen, der vorbeifährt. Von der eigentlichen Entführung gibt es kein Überwachungsvideo, aber wir sind sicher, dass es Caruso war. Ihr beide habt böses Blut, und wenn er ihr von dieser Nacht erzählt..."

„Das wird er nicht", schnauze ich Matteo an. Die Diskussion über die Vergangenheit ist beendet. Wir alle machen Fehler, meine waren tödlich. „Ich will, dass ein Team zusammengestellt wird, das Olivia und meine Tochter unversehrt zurückholt. Du übernimmst die Leitung der Mission, bis ich zurück bin. Ich fahre direkt zum Flughafen."

Ich lege den Anruf auf und werfe einen Blick auf mein Telefon. Luka Caruso hat sich nicht gemeldet.

Was hat er vor? Warum sollte er Olivia entführen, außer um mich zu verletzen? Ist das sein Plan, um mich leiden zu lassen? Wird er meine Geheimnisse ausplaudern?

Er ist grausam und viel gerissener, als sie nur zum Spaß zu entführen.

Will er meine Machtposition und die Kontrolle über meine Männer? Es wäre nicht schwer für ihn, mich zu zerstören.

Deshalb erlaube ich mir nie, jemandem zu nahezukommen. Nur bei Olivia habe ich meine eigene Regel gebrochen. Jetzt ist sie da draußen in Gefahr und ich bin schuld daran.

KAPITEL SIEBENUNDZWANZIG

OLIVIA

Ich werde mit Doktor Morgan in einem dunklen Lieferwagen ins Krankenhaus gebracht. Das gleiche Fahrzeug, mit dem sie mich von der Straße geholt haben.

Sie sagt nichts, aber sie sieht genauso gestresst aus, wie ich mich fühle, abgesehen von den Schmerzen, die die Wehen verursachen. Es ist mir klar, dass sie unter Zwang steht.

Was haben sie gegen sie in der Hand?

Haben sie ihre Familie bedroht?

Ich kann mir keine Sorgen um sie machen. Ich konzentriere mich auf das kleine Mädchen, das kurz davor ist, aus allen Nähten zu platzen und viel früher zu kommen, als ich es mir wünschen würde.

Auf dem Weg ins Krankenhaus überwacht die Ärztin meine Wehen.

Jede Unebenheit auf der Straße ist eine neue Qual und ein neuer Schmerz. Ich möchte schreien, dass der Fahrer anhält, aber ich glaube nicht, dass er das tun wird, aber es ist auch egal. Es ist ja nicht so, dass ich weglaufen und entkommen könnte. Wenn wir anhalten, bin ich dem Neugeborenen ausgeliefert, das ich gleich zur Welt bringen werde, das bedeutet nicht, dass ich weit laufen kann. Vielleicht auf die Wiese.

„Sie machen das gut", sagt Doktor Morgan, während sie auf ihre Uhr schaut und meine Wehen misst.

Wir sind nicht allein auf dem Rücksitz des Wagens. Ein Mann mit einer riesigen Narbe auf der linken Wange hält eine Waffe in der Hand. Das ist eine Drohung. Sein Finger ist nicht am Abzug, aber er weiß, dass wir ihm ausgeliefert sind.

Wir halten vor der Notaufnahme des Krankenhauses, und der Mann mit der Narbe öffnet die Hintertür, während der Fahrer einen Rollstuhl aus der Nähe des vorderen Eingangs holt.

In wenigen Minuten werde ich durch das Krankenhaus bis zum Kreißsaal geschoben. Die Männer mit den Pistolen haben ihre Waffen versteckt, aber sie sind nur ein paar Meter hinter uns. Doktor Morgan schiebt den Rollstuhl und kümmert sich um mich als ihre Patientin.

„Ihr müsst hier draußen warten", warnt sie die Mafiosi, während sie mich durch die Doppeltür führt.

„Wir haben den Befehl, immer an ihrer Seite zu bleiben", sagt der Mann mit dem Narbengesicht.

„Das ist mir egal. Du wartest hier draußen, oder ich rufe den Sicherheitsdienst."

Sie schnauben unzufrieden, als sie mich durch den Sicherheitsbereich rollt. „Entspann dich, hier hinten kommen sie nicht an uns ran."

Ich wünschte, ich könnte ihr glauben, aber jetzt, wo ich in den Wehen liege, werden sie mich nicht einfach gehen lassen und uns in Ruhe lassen.

Der Schmerz zerreißt mich, eine weitere Wehe. Ich habe so viele Fragen, Bedenken und Sorgen, aber keine davon ist wichtig.

Jace ist nicht hier.

Vielleicht ist das auch besser so. Ich will ihn nicht im Kreißsaal haben, wenn er zur Mafia gehört und für den Tod von Austin und John verantwortlich ist.

Ich will ihn nicht in der Nähe des Babys haben.

Und das Baby kommt jetzt. Es fühlt sich an, als würde das Kleine jeden Moment seinen großen Auftritt auf der Welt haben.

KAPITEL ACHTUNDZWANZIG

Jace

Der Flug über den Atlantischen Ozean ist lang und mühsam. Es gibt keine Neuigkeiten über ihren Aufenthaltsort, und ich kann nicht gut warten.

Matteo stellt meine Männer auf, um in Carusos Anwesen einzubrechen. Von außen wurde niemand gesichtet, und drinnen haben wir keine Männer.

Es ist riskant, wenn die Sicherheitskräfte, die Luka beschützen, so viele sind. Zweifellos erwarten sie unsere Ankunft und haben ihre Wachen mit zusätzlichen Waffen aufgestockt.

Wir werden ein Blutbad anrichten. Ich kann nur hoffen, dass die meisten meiner Männer lebend herauskommen.

Sie sind gut trainiert, aber das sind die Carusos

auch. Wir waren nicht immer Feinde. Wir waren schon vor vielen Jahren unter einem Anführer vereint, lange bevor ich Don wurde.

Sobald sie auf dem Gelände sind, werde ich informiert.

„Sag mir, dass du sie hast."

Ich brauche gute Nachrichten. Ich kann nichts anderes tun, als warten und im Flugzeug sitzen.

„Sie war nicht auf dem Gelände. Einer der Männer sagte, sie sei ins Krankenhaus gebracht worden, bevor ich ihn erschossen habe."

„Krankenhaus?" Etwas muss falsch sein. Ist es mit ihr oder dem Baby? Hat Luka sie erschossen? Es ist noch zu früh für das Baby, es ist erst in sechs Wochen fällig.

„Sie hat Wehen", sagt Matteo. „Ich schicke Markus in das Krankenhaus, um herauszufinden, was los ist. Sobald ihr gelandet seid, halte ich einen Hubschrauber bereit, der euch ins Krankenhaus bringt."

„Ich will, dass du auf ihr Zimmer aufpasst. Nicht Markus."

Der Junge hat es vollkommen vermasselt, Olivia allein außerhalb des Geländes herumlaufen zu lassen. Das alles wäre nicht passiert, wenn er meine Anweisungen befolgt hätte.

„Natürlich, Chef. Ich fahre sofort hin", sagt Matteo.

Ich lege den Anruf auf. In meinem Kopf dreht sich alles. Ich bin froh, dass ich nicht derjenige bin, der das Flugzeug fliegt. Ich sitze auf dem ledernen Beifahrersitz und stütze meinen Kopf in die Hände.

Es ist nicht nur das Leben meiner Tochter, um das ich mir Sorgen mache. Irgendwann in den vergangenen Monaten habe ich mich in Olivia Summers verliebt.

Ich wollte nicht mit ihr intim werden. Sie war nur eine Leihmutter, nichts weiter. Aber all das änderte sich vor einigen Wochen, als ich das Geschlecht des Babys erfuhr, sie nach Hause brachte und ihr diese freudige Massage gab.

„Jace, das war—"

„Unglaublich?" Ich küsse eine sanfte Spur von Küssen in ihren Nacken.

Sie dreht sich zu mir um, ihre Augen sind schwer und ein breites Grinsen breitet sich auf ihrem Gesicht aus. „Ich glaube, du hast ein Biest entfesselt."

„Was ist das?", frage ich.

Sie greift nach meinem Gürtel, löst ihn und reißt ihn aus meiner Hose. „Ich will mehr", sagt sie.

Auf diese Frechheit und Unverfrorenheit habe ich monatelang gewartet. Nicht nur, was den Sex angeht, sondern auch, wie sie das Kommando übernimmt und fordert, was sie will.

„Gut, denn ich gebe dir alles, was du willst", sage ich und fixiere sie mit meinem Blick.

Sie stößt einen leisen Lufthauch aus. Ihre Wangen sind rosig und sie geht zurück auf das Bett, während ich mich ausziehe und meine Kleidung auf den Boden werfe.

Olivia atmet schwer, ihre Augenlider sind schwer, ihre Pupillen dunkel und weit und sie lehnt sich an meine Lippen. Es ist, als ob dieser ermüdende Tanz, den wir seit Monaten machen, endlich in ein Feuerwerk mündet.

Eine perfekte Explosion.

Ich drehe sie auf die Seite, rolle mich hinter ihr zusammen und führe mein Bein zwischen ihres. Ich reize sie, berühre sie und höre auf ihr Stöhnen und Flehen. Mit ihrem Körper, der sich an meinen schmiegt, dauert es nicht lange, bis ich steinhart werde und nach Erlösung poche.

Sie träumt vielleicht von Sex, aber ich stelle mir vor, wie ich meinen Schwanz in sie stoße und höre ihr Stöhnen und ihre Lustschreie.

Jedes Keuchen, wenn ich sie berühre, macht mich wild vor Verlangen.

„Wir müssen keinen Sex haben", flüstere ich ihr ins Ohr.

Ich will es aber. Mein Körper pocht nach Erlösung,

aber ich habe ihr klargemacht, dass es hier um ihr Vergnügen geht, und ich habe nicht vor, etwas zu tun, was sie unglücklich machen würde.

„Deine Bedürfnisse sind auch meine Bedürfnisse", flüstert Olivia. „Sag mir, was du willst, Jace."

Ihre Stimme ist rau und atemlos. Der Klang ihrer Stimme ist wie himmlische Musik, süß und energisch und lässt meinen Schwanz zucken.

„Ich will dich", gestehe ich und sage ihr, dass mein Körper ihr gehört und sie mit ihm machen kann, was sie will. „Aber du bist schwanger."

„Und?" Sie blickt über ihre Schulter zu mir zurück. „Der Arzt hat gesagt, wir könnten experimentieren."

Das ist die Anweisung von Doktor Morgan. „Ich wollte dich schon ficken, als wir uns kennengelernt haben", sage ich. „Aber wir können keinen One-Night-Stand haben."

„Du bist derjenige, der mit fremden Frauen schläft. Nicht ich", sagt Olivia. Sie wackelt mit ihrem Hintern gegen meinen Schwanz.

Ich stöhne angesichts der unerträglichen Folter, sie noch nicht gefickt zu haben. Mit ihr darüber zu reden, macht mich wahnsinnig. Mein pochender Schwanz kann nicht mehr viel aushalten.

„Ich will dich ficken, heute, morgen, so lange wie du es benötigst." Ich verzichte darauf, ihr für immer zu sagen. Jetzt ist nicht der richtige Zeitpunkt, um rührselig oder sentimental zu werden.

„Das ist gut genug für mich", flüstert Olivia und greift hinter sich nach meinem Glied. Sie streichelt den Kopf. Ihre Hand ist warm und sanft und reizt mich, bevor ich eine Hand auf ihr Handgelenk lege.

„Wenn du so weitermachst, werde ich dich enttäuschen."

In ihrem Tonfall liegt ein Schmunzeln. „Ich bezweifle, dass das möglich ist." Sie geht auf die Knie und verschiebt sich, sodass ich genug Platz habe, um in ihre Wärme zu gleiten.

Ich führe meine Finger zwischen ihre Falten und berühre sie, streichle sie, reize ihre Nässe, bevor ich meinen Schwanz in sie hineinschiebe. Sie ist eng und ihr Inneres pulsiert, sobald ich in sie eindringe.

„Komm noch nicht", befehle ich ihr ins Ohr und küsse sie.

Meine Hand streichelt ihre Brust und über ihren Bauch hinunter zu ihrer Perle und reizt sie mit jedem Stoß.

Ihr Rücken wölbt sich und sie krallt sich an meinem Schaft fest und ist kurz davor zu kommen.

Ich küsse ihren Hals und ihre Schulter und sauge sanft an ihr, während sie ihre Hüften gegen meine stemmt.

„Fester", keucht sie.

Ihr Inneres krampft sich um meinen Schwanz. Es zittert gegen mein Glied.

Ich beschleunige mein Tempo. Sie ist kurz davor und ich will, dass sie die bevorstehende Welle so lange wie möglich reitet.

„Komm für mich", flüstere ich ihr ins Ohr, nehme das Ohrläppchen zwischen die Zähne, sauge und reize sie.

Olivias Körper zittert und krampft sich zusammen, ihr Inneres bebt und drückt meinen Schwanz zusammen, was uns beide zusammen über den Rand bringt.

Aus einer Nacht der Lust wurden zwei. Und bald lag ich fast jede Nacht mit ihr im Bett, schlich mich spät hinein, wenn das Licht aus war, und bot mich ihr an, natürlich nur zu ihrem Vergnügen.

Aber es ging nicht nur um ihre Bedürfnisse.

Sie erfüllte auch meine. Sie übertraf meine Bedürfnisse und stillte meine Sehnsüchte, von denen ich gar nicht wusste, dass ich sie hatte, bis ich sie traf.

Und jetzt, nach der Geburt des Babys, was kommt als Nächstes?

Sie geht weg, um ihr eigenes Leben zu leben, und ich werde sie nie wieder sehen. Das ist nicht das, was ich will.

Aber ist es das, was sie will?

Diese Diskussion haben wir noch nicht geführt. Ich habe das Gespräch vermieden, weil ich dachte, wir hätten noch sechs Wochen Zeit, um eine Lösung zu finden.

Ich habe mich geirrt.

KAPITEL NEUNUNDZWANZIG

OLIVIA

Sie ist wunderschön. Zehn Finger und zehn Zehen. Sie ist perfekt, auch wenn sie winzig und zerbrechlich ist und nur etwas mehr als vier Pfund wiegt.

Sie wird auf die Neugeborenenintensivstation gebracht. Ich will nicht, dass sie allein ist. Was ist, wenn Luka und seine Männer hinter ihr her sind?

Sobald es mir erlaubt wird, hilft mir eine Krankenschwester in einen Rollstuhl, damit ich Zeit mit meinem kleinen Mädchen auf der Neugeborenenstation verbringen kann.

Es ist gefährlich, sie als meine Tochter zu betrachten. Aber Jace ist nicht hier, und nur ein paar

Meter entfernt stehen Männer mit Waffen hinter einer Doppeltür, die keinen Schutz bietet.

Die Krankenschwester schenkt ihnen keine Beachtung, als sie mich an ihnen vorbeifährt, um mein kleines Mädchen zu sehen.

Markus und Matteo sind beide im Flur. Keiner von beiden sagt ein Wort zu mir.

In ihren Augen liegt eine Traurigkeit. Ist es Bedauern? Wut? Ich kann sie nicht deuten.

Von Luka und seinen Männern ist nichts zu sehen, aber das heißt nicht, dass sie nicht in der Nähe sind. Sie warten auf mich.

Ich werde an den beiden Männern von Jace vorbeigeführt und in die Neugeborenenstation gebracht. Ist es wahr, ist er ein Mafioso? Mein Magen ist schwer, wie eine Bleikugel, die mich quält.

Warum kann ich diesen einen Moment des Glücks nicht haben?

Aber wie kann ich wirklich glücklich sein? Es schmerzt mich nicht so sehr, das Baby aufzugeben, sondern die Tatsache, dass sie noch so zerbrechlich ist. Sie war noch nicht bereit, auf die Welt zu kommen, und diese Monster haben sie zu früh kommen lassen.

Ganz zu schweigen von dem, was sie gesagt haben.

Das müssen alles Lügen sein.

Ich gebe Luka Caruso die Schuld. Er steckte hinter meiner Entführung und hat mich von der Straße geholt. Was er gesagt hat, dass Jace für den Tod meiner Familie verantwortlich ist, kann nicht wahr sein. Was auch immer zwischen Luka und Jace vor sich geht, es hat nichts mit mir zu tun.

Das kann nicht sein.

Jace hätte mir die Wahrheit gesagt. Er würde keine Geheimnisse vor mir haben. Oder doch?

„Hast du dir schon einen Namen überlegt?", fragt die Krankenschwester.

„Ich habe keinen Namen für sie", flüstere ich.

Die Krankenschwester wirft mir einen seltsamen Blick zu. „Ich bin die Leihmutter", erkläre ich. „Ihr Vater sollte bald hier sein. Er war verreist—"

Sie rollt mich neben den offenen Brutkasten.

„Ich weiß, dass es beängstigend aussieht, aber das Bett hält sie warm", sagt die Schwester. „Die gute Nachricht ist, dass sie gerade die Schwelle von vier Pfund überschritten hat. Hoffentlich muss sie nicht lange im Inkubator bleiben. Die Ärzte überwachen ihre Vitalwerte und werden bald mit dir sprechen."

„Danke."

Ich wiege das kleine Baby in meinen Armen. Ich hatte nicht geplant, sie zu stillen, aber ich hatte auch nicht erwartet, dass sie so früh auf die Welt kommen würde. Als Jace den Raum betritt, ist sie an meine Haut gekuschelt und festgeschnallt.

„Ist sie das?", fragt Jace. Seine Wangen sind gerötet, seine Augen sind müde. Er scheint erschöpft zu sein.

Dann sind wir schon zwei. Möglicherweise auch drei.

„Es tut mir leid. Ich wollte dabei sein, wenn du entbindest."

„Ich weiß", sage ich. Ich schaue von Jace zurück auf das kleine Mädchen in meinen Armen. „Ich wollte sie eigentlich nicht so füttern, aber der Arzt hat gesagt, dass es gut für sie ist und dass sie Muttermilch leichter verdauen kann als Milchnahrung." Ich schenke ihr ein schwaches Lächeln.

„Sie ist so winzig", sagt Jace. Sein Blick wandert von seiner Tochter wieder zu mir hinauf. „Wie geht es dir?"

„Abgesehen davon, dass Lukas Männer mich von der Straße aufgelesen haben?" Ich bin immer noch verbittert über die Tortur, aber sie haben mich ins Krankenhaus gebracht.

Es hätte viel schlimmer kommen können.

Besorgnis macht sich in mir breit. Ist es vorbei mit ihnen? Werden sie zurückkommen, um das kleine Mädchen oder mich zu holen?

Wir haben ein paar Momente der Ruhe. Eine der Krankenschwestern kümmert sich auf der anderen Seite des Raumes um ein anderes Frühchen und schenkt uns kaum Beachtung.

Ich starre Jace mit meinem Blick an. „Ist es wahr?", frage ich leise flüsternd. Ich muss wissen, dass das kleine Mädchen bei ihm in Sicherheit sein wird.

Seine Stirn zieht sich zusammen. „Was ist wahr?"

Ich nicke ihm zu, damit er sich näher zu mir beugt.

Er folgt meiner stummen Anweisung.

„Alles, was Luka mir erzählt hat, dass du bei der Mafia bist, mein Haus niedergebrannt und meine Familie getötet hast."

Ich will nicht, dass das wahr ist. Ich flehe ihn wortlos an, mir zu sagen, dass Luka ein Lügner ist und versucht, mich zu manipulieren und gegen Jace aufzubringen.

Jace blickt auf meine entblößte Brust hinunter. Er starrt nicht darauf, dass ich das kleine Mädchen in meinen Armen füttere, sondern auf etwas anderes.

Ich richte meinen Rücken auf, als ich mit dem kleinen Mädchen an meiner Brust sitze und es beim Füttern festhalte. „Sag mir die Wahrheit. Ich verdiene sie, Jace."

„Es ist nicht so, wie du denkst."

Ich lache über die Absurdität seiner Aussage. Ist es nicht das, was sie immer sagen? „Das ist eine Ausrede. Also ist es wahr?"

Jace zieht eine Grimasse. Seine Augen verfinstern sich und seine Stimmung ändert sich. „Was ich in der Vergangenheit getan habe, geht dich nichts an."

„Doch, wenn du meinen Mann und meinen Sohn ermordet hast!"

KAPITEL DREISSIG

Jace

Ich wollte nicht, dass Olivia es so erfährt.

Ich wollte nicht, dass sie erfährt, dass ich für das Feuer in der Nacht, in der ihre Familie starb, verantwortlich war.

Es war ein Unfall—ein einfacher Fehler. Einer meiner Männer litt an Legasthenie und hatte die Zahlen auf der Adresse vertauscht.

Ein Fehler, der nie wieder passieren wird.

Er ist tot.

Ich habe ihn hinrichten lassen.

Aber das macht die beiden unschuldigen Toten nicht wieder lebendig. Bevor ich Olivia kennenlernte, waren sie nur eine Zahl, eine Leiche, die der Liste der Verstorbenen hinzugefügt wurde, die in einem Krieg gestorben waren, an dem ich nicht beteiligt sein wollte, aber ich hatte die Position geerbt.

Die Männer zählen auf mich. Wenn meine Männer und ich die Stadt nicht beschützen, würde sie von Drogen, Waffen, Morden und Männern, die unschuldige Frauen wie Olivia bedrohen, überrannt werden.

Sieht sie das nicht und erkennt, dass ich nicht der Bösewicht bin? Ich bin nur in die Mafia verwickelt, das hört sich schlimmer an, als es ist. Ich schwöre, ich bin nicht der Teufel.

Sie sieht mich kaum an und ich mache mir hauptsächlich Sorgen, dass sie mein Geheimnis aufdeckt und unser Gelübde bricht, weil sie nicht bereit ist, meine Tochter zu verraten, der sie sich verpflichtet fühlt. Wenn ich sie vor Gericht bringe, werde ich zwar gewinnen, aber mein Ruf wird zerstört sein. Barone Industries wird unter die Lupe genommen. Ich habe viele Möglichkeiten, um Geld zu waschen, aber das spielt keine Rolle.

Olivia hat die Macht, mich zu zerstören.

Ich hätte sie nie einbeziehen dürfen. In dem Moment, als ich die Verbindung zwischen der Vergangenheit und der Gegenwart erkannte, war es zu spät.

Sie war schwanger.

Und jetzt hält sie meine Tochter in ihren Armen. Ich sollte dankbar sein, dass sie das Baby füttert und sich so um sie kümmert, wie ich es nicht kann, aber sie sollte nicht hier sein. Sie ist fertig.

Ihre Verpflichtung mir gegenüber ist vorbei.

„Du musst nicht hier sein", sage ich und erinnere sie an die Abmachung, die wir hatten. Ihr Ende ist komplett. Sie hat meine Tochter zur Welt gebracht. „Du solltest nicht hier sein."

Ich will sie zwar an meiner Seite haben, aber das ist nicht die Vereinbarung.

„Ich werde nicht gehen", sagt Olivia und sieht mich eindringlich an. Die Krankenschwester kommt zurück und nimmt Olivia den schlafenden Säugling aus den Armen, während sie ihn zurück in den Inkubator legt.

„Hast du dir schon einen Namen überlegt?", fragt die Krankenschwester, ohne zu bemerken, dass die Spannung zwischen uns beiden wächst.

„Ja, Astrid Elisa Barone", sage ich. Bis zu diesem Moment wusste ich noch nicht, wie ich meine Tochter nennen wollte, bis ich sie sah.

„Das ist ein schöner Name", sagt die Krankenschwester und notiert ihn. Sie kümmert sich um die kleine Astrid und vergewissert sich, dass es ihr gut geht, bevor sie sich um das nächste Kind kümmert.

„Ich dachte, Astrid könnte nach Austin benannt werden. Sie fangen beide mit A an." Ich versuche, mich bei Olivia beliebt zu machen.

Sollte das wichtig sein?

Wir werden uns nie wieder sehen müssen. Ich zahle den Rest des Geldes aus, das ihr zusteht, und das war's, das Ende.

Olivia öffnet ihren Mund und schließt ihn schnell wieder. Als ob sie etwas sagen wollte, es sich aber anders überlegt hat.

„Ich werde nicht von ihrem Bett weggehen, Jace. Nicht, bevor sie aus dem Krankenhaus entlassen wird."

Es beunruhigt mich, dass sie so an Astrid hängt, da sie bereits ein Kind verloren hat und was das bedeuten könnte. Ich war mir der Gefahren nicht bewusst, als ich mich auf diesen Deal mit ihr einließ, aber ich dachte nicht, dass sie meine Vergangenheit und wer ich bin, entdecken würde.

Ich habe mich nicht zu sehr mit ihrer Vergangenheit beschäftigt, sonst hätte ich es mir vielleicht zweimal überlegt, ob ich sie als Leihmutter will.

Wird sie mit mir um das Sorgerecht kämpfen?

Wir hatten eine Vereinbarung und einen unterschriebenen Vertrag. Aber was macht das schon, wenn sie in den Medien verbreitet, dass ich Don, das Oberhaupt der Familie Barone, ein Mafioso bin?

———

Zwischen uns herrscht eine seltsame Stimmung. Eine Stille. Die Ruhe vor dem Sturm.

Olivia wird aus dem Krankenhaus entlassen, aber für Astrid gibt es noch keine Entwarnung. Es geht ihr gut, sie gedeiht prächtig, aber sie nimmt immer noch nicht genug zu und ist nicht in der Lage, ihre Körpertemperatur zu regulieren.

Also warten wir.

Ich muss zur Arbeit, aber ich habe mir Urlaub genommen und überlasse Matteo die Büropolitik und die Führung der Mafia, während ich am Bett meiner Tochter bin. Ich habe mich noch nie so sehr auf ihn verlassen wie jetzt.

Olivia ist jeden Tag bei mir, auf Schritt und Tritt. Ich habe darauf bestanden, dass sie frei ist, aber sie weicht nicht von Astrids Seite, pumpt und füttert sie und kümmert sich um meine Tochter.

Und das macht mir Angst.

Ich habe nicht zugestimmt, dass wir gemeinsam Eltern werden.

Astrid ist mein Kind.

Aber biologisch gesehen ist Olivia ihre Mutter.

Ich wurde vor der traditionellen Leihmutterschaft gewarnt und mir wurde davon abgeraten, dass ich mir stattdessen eine Leihmutter suchen sollte, die keine rechtlichen Ansprüche auf das Kind hat, weil ihre Eizelle nicht verwendet wird.

Aber ich habe gegen den Rat getan, was ich wollte. Und jetzt muss ich die Konsequenzen meines Handelns tragen.

Es hilft auch nicht, dass ich mit Olivia geschlafen und eine Bindung zu der Frau aufgebaut habe, die meine Tochter ausgetragen hat.

Will ich, dass sie geht? Nein, aber ich bin mir auch des Schadens bewusst, den ich angerichtet habe, und den Schmerz, den sie durch mich erlitten hat.

„Ich werde meine Sachen packen", sagt Olivia.

Es ist schon spät und es hilft niemandem mehr, die ganze Nacht aufzubleiben. Ich überlege, ein Hotelzimmer in der Nähe des Krankenhauses zu buchen, aber Astrid ist stabil. Die Ärzte versichern uns, dass es ihr so gut geht, wie erwartet, und wir müssen ihr nur Zeit geben.

Ich bringe Olivia zurück zum Gelände, aber ich habe keinen richtigen Plan. Ich sollte Kindermädchen interviewen. In Zukunft wird man von mir erwarten, dass ich wieder arbeiten gehe, aber dieser Gedanke liegt mir noch fern.

„Du musst nirgendwo hingehen", sage ich. Meine Hände liegen fest auf dem Lenkrad.

In den vergangenen Tagen haben wir kaum mehr als ein paar Worte miteinander gewechselt. Jedes Gespräch drehte sich nur um Astrid.

Eines Tages werden wir über uns reden müssen, oder was auch immer es ist, dass existiert.

„Bleiben scheint keine gute Option zu sein", sagt Olivia. „Ich bin sicher, du brauchst deinen eigenen Freiraum und willst mich loswerden."

Ich sage ihr nicht, dass mich der Gedanke, dass sie gehen könnte, innerlich zerreißt.

„Das Haus ist groß genug", sage ich und biete ihr eine vernünftige Ausrede, um nicht zu gehen.

Sie stößt einen schweren Seufzer aus. „Ich werde gehen, wenn Astrid mit dir nach Hause kommt", sagt Olivia.

Schweigen erfüllt das Auto, als wir uns dem Gelände nähern.

„Ist es wahr?", fragt sie.

„Ist was wahr?" Ich möchte jedes Gespräch über

Luka Caruso und ihre Entführung vermeiden. Aber wir haben nicht geredet. Das Krankenhaus war nicht der richtige Ort für dieses Gespräch.

„Du hast meinen Mann und meinen Sohn ermorden lassen."

Als sie es laut ausspricht, ist es, als würde ein scharfer Dolch mein Herz durchbohren. „Es war ein Unfall."

„Aber du hast versucht, jemanden zu ermorden?" Olivia drängt mich weiter und zwingt mich dazu. Ich will ihr nicht eine dunkle und schreckliche Welt zeigen, die ihr Albträume beschert, wenn sie die Augen im Bett schließt.

„Ich nehme das, was ich tue, nicht auf die leichte Schulter", sage ich. Ich habe noch nie jemanden getötet, wenn es nicht gerechtfertigt war. Auch wenn das Gesetz Mord nicht als gerechten Grund ansieht, halten wir uns nicht an das Gesetz. Die Polizei schaut in der Regel in die andere Richtung. Wir geben ihnen auch nicht viel an Beweisen in die Hand.

Wir lassen nichts zurück.

Deshalb gab es in dieser Nacht ein Feuer. Ich hatte alle Beweise vergraben und verbrannt.

Vernichtet.

Niemand würde es je erfahren oder mich mit

dem Verbrechen in Verbindung bringen. Aber hier bin ich und beichte Olivia Summers praktisch meine Sünden.

Das ist ein gefährliches Spiel.

Sie ist gefährlich, weil sie mir die Wahrheit entlockt, etwas, das ich mit niemandem außerhalb der Familie geteilt habe.

„Bist du verkabelt?" Abrupt fahre ich an den Straßenrand. Ich schnalle meinen Sicherheitsgurt ab und reiße ihr Hemd auf. Die Knöpfe fliegen weg. Ich bin schon einmal betrogen worden und ich kann nicht anders, als an ihren Fragen und ihrer Integrität zu zweifeln.

„Was zum Teufel machst du da?", schreit sie. Olivia schlägt meine Arme weg. „Lass mich los!"

Ich tue, worum sie mich bittet, denn soweit ich weiß, gibt es keine Anzeichen für eine Abhörung oder Überwachung.

Sie ist sauber.

Ich bin derjenige, dessen Hände schmutzig sind.

„Ich werde dir alles erzählen, aber erst, wenn wir wieder auf dem Gelände sind." Ich muss mit absoluter Sicherheit wissen, dass meine Worte nicht gegen mich verwendet werden können.

„Und dann?", fragt sie. „Was passiert dann mit mir?"

Hat sie Angst um ihr Leben?

Das sollte sie. Nicht, dass ich ihr jemals ein Haar krümmen würde, aber das macht mich nicht weniger zu einem Monster. Sobald sie die Wahrheit erfährt, kann sie nicht mehr ungehört bleiben. Die Büchse der Pandora ist offen.

„Luka könnte es wieder auf dich abgesehen haben." Ich glaube nicht, dass er das tun wird, denn er hat gewonnen, wenn er mein Geheimnis ausplaudert, um mich zu vernichten.

„Das wird er nicht", flüstert Olivia, die genauso sicher ist wie ich, dass er getan hat, was er wollte. Der Schaden ist groß. Für immer.

„Trotzdem habe ich dir eine Wohnung in der Stadt besorgt. Das Gebäude wird von einem privaten Sicherheitsdienst bewacht und du bist dort sicher."

Sie stößt einen schweren Seufzer aus. „So sicher wie beim letzten Mal, als mir ein Widerling hinterher geschnüffelt hat?"

Ich ziehe eine Grimasse und lasse mich in meinen Sitz zurückfallen. Ich schnalle mich an und fahre wieder auf die Straße. „Das war etwas anderes. Das waren Lukas Männer, die dich beobachtet haben."

Wir denken beide, dass er fertig ist. Er hat seinen Spaß gehabt. Zumindest möchte ich glauben, dass das Spiel, Olivia zu jagen und sie zur Strecke zu bringen, vorbei ist. Er hat sie gefangen. Ich habe verloren.

Und obwohl ich verloren habe, ist sie noch am Leben, dafür bin ich ihr ewig dankbar.

Sie schweigt, als ich uns zurück zum Gelände fahre. Als wir den Komplex erreichen, schaut sie mich an. „Ich habe mich in dich verliebt", flüstert sie und starrt mich an.

Mein Herz hämmert in meiner Brust.

Ja, ich auch.

Aber es hat keinen Sinn, Luft zu verschwenden, um ihr zu sagen, dass es mir leid tut oder dass ich genauso empfinde. Entschuldigungen sind sinnlos, sie sind für die Schwachen. Und sind wir mal ehrlich: Nichts, was ich sage oder tue, kann den ganzen Scheiß, den ich verursacht habe, wiedergutmachen auch nicht den Schaden, den ich angerichtet habe.

Ich habe es versaut.

Sie steigt aus dem Auto aus und ich folge ihr ins Haus. Olivia geht direkt in ihr Zimmer. „Kann ich dir etwas bringen?", biete ich ihr an.

Gerade als sie den obersten Treppenabsatz erreicht, dreht sie sich um und sieht mich an. Eine Hand stützt sich auf das Geländer, die andere deutet auf meine Brust. „Es gibt nichts, was ich jemals von dir wollen könnte."

„Ich wollte dich nie verletzen", sage ich. Das ist wahrscheinlich die schlechteste Entschuldigung, aber es ist wahr. Es war nicht meine Absicht, sie oder ihre Familie zu verletzen.

„Weißt du, was, Jace? Luka hatte recht."

Mein Mund ist wie ausgedörrt. Ich habe Angst, zu fragen, worauf sie mit ihren Gedanken hinaus will. Es ist gefährlich.

Tödlich.

Ich würde ihr nie etwas antun, aber das kann ich von ihm nicht behaupten.

„Er sagte, ich solle das Baby behalten, nur dann wüsste man, wie es ist, sein eigenes Fleisch und Blut, sein einziges Kind zu verlieren."

Er wollte, dass Olivia mir wehtut. Ich hätte nichts anderes erwartet. Ich habe an diesem Tag zwei Familien zerstört: Luka's und Olivia's.

Lukas Vater war der Auftrag gewesen, einen Don zu zerstören, um das Imperium zu stören, und die Hoffnung war, dass sich die beiden Familien unter einer neuen Führung wieder vereinen würden.

Das war Wunschdenken. Es war töricht zu glauben, Luka würde den Tod seines Vaters ohne Vergeltung hinnehmen.

„Falls du es vergessen hast, Luka ist das Monster."

„Von meinem Standpunkt siehst du auch wie eines aus."

Sie dreht sich auf den Fersen und geht in ihr Schlafzimmer.

Ich folge dicht hinter ihr. Es gibt so vieles, was sie nicht über unsere verfeindeten Familien weiß. Meine Rolle in dieser Sache habe ich mir nicht ausgesucht. Es war aus der Not heraus.

„Die Carusos sind gewalttätige Psychopathen", sage ich und laufe Olivia hinterher. Ich folge ihr in das Schlafzimmer und schlage die Tür abrupt hinter mir zu.

Sie springt auf.

Hat sie nicht gemerkt, dass ich ihr auf den Fersen war und ihr folgte?

„Nun, du bist ein Mörder", sagt sie mit Nachdruck.

Selbst als sie die Worte ausspricht, sieht sie nicht im Geringsten ängstlich aus. Versteckt sie ihre Angst? Oder ist ihr klar, dass manche Männer schlimmer sind als andere?

„Ich habe nur getan, was im besten Interesse der Familie und der Stadt war", sage ich.

Ich nehme ihre Hand führe sie ins Badezimmer,

und schlage die Tür zu. Ich drehe den Ventilator auf und schalte die Dusche ein.

„Ich werde nicht mit dir duschen, Jace." Sie verschränkt ihre Arme vor der Brust.

„Das musst du auch nicht. Zieh dich aus. Ich muss sehen, dass du kein Kabel trägst. Dann werde ich dir alles erzählen."

Sie murrt und zieht sich langsam aus. Das ist gar nicht so einfach. Ihre Unterwäsche und ihren BH lässt sie an. „Zufrieden?"

„Nichts an dieser Sache macht mich glücklich", sage ich. Mit einer Geste fordere ich sie auf, sich umzudrehen, damit ich jeden Zentimeter von ihr begutachten kann.

Sie rollt mit den Augen, dreht sich um und zeigt mir, dass sie kein Kabel trägt. Es ist nichts an ihrer Unterwäsche befestigt.

„Spuck's aus", fordert sie.

Es gibt keinen Rückzieher. Sie hat es verdient, die Wahrheit zu erfahren und sie von mir zu hören.

„Luka's Männer sind gefährlich. Sie bedrohen Frauen, Kinder, jeden, den sie für minderwertig halten. Du hast selbst gesehen, wie Luka eine trauernde Witwe behandelt", sage ich und erinnere sie an das, was sie durch seine Hand ertragen musste.

Sie widerspricht nicht, sondern starrt mich nur an, scheinbar überzeugt davon, dass ich das Monster in dieser Geschichte bin.

„Er betreibt den Schwarzmarkt der Stadt, entführt kleine Kinder, vor allem Neugeborene, und verkauft sie an eine Adoptionsagentur, die ihm gehört."

Das war meine anfängliche Befürchtung gewesen, als Olivia entführt worden war - dass Luka mein Kind auf dem Schwarzmarkt verkaufen würde.

„Seine Verbrechen sind mir egal. Ich weiß, dass er ein Arschloch ist. Was ich nicht verstehe, ist, warum du mich monatelang belogen hast! Du bist in mein Bett geklettert und hast so getan, als wärst du ein Held, dabei bist du nur ein Monster."

Sie hat nicht Unrecht. Ich wünschte, sie hätte es. Wenn ich das alles ungeschehen machen könnte, würde ich vielleicht etwas anderes versuchen.

„Ich kann ihm die Stadt nicht überlassen", sage ich und ignoriere ihre Wut und ihren Groll. Sie wird mich vielleicht für immer hassen. Das ist etwas, wo ich lernen muss, damit zu leben und es zu akzeptieren. „Er stiehlt Kinder, verkauft Waffen und Drogen, bedroht kleine Geschäfte und verlangt, dass sie für Schutz bezahlen, sonst plündern seine Schläger den Laden."

„Und du bist so eine Art Held?" Ihre Worte klingen verächtlich.

„Ich bin kein Heiliger, aber ich bin auch nicht Luka Caruso", sage ich. „Wir haben ein paar Casinos im Untergrund, die nicht ganz legal sind und unter dem Radar laufen, aber wir tun niemandem weh. Wir bieten den Unternehmen, die Hilfe benötigen, Schutz vor Carusos Männern, und ich betreibe ein Netzwerk, das in der Lage ist, gefälschte Papiere und Ausweise zu bearbeiten."

Sie spottet leise vor sich hin. „Willst du damit sagen, dass Glücksspiel und gefälschte Ausweise die einzigen illegalen Geschäfte sind, die du machst?"

„Wir haben einen Untergrund-BDSM-Club", sage ich grinsend.

„Ich bin mir nicht sicher, ob du Witze machst oder nicht." Ihr Blick verengt sich und sie hält eine Hand hoch, um mich zum Schweigen zu bringen. „Ich will es nicht wissen. Ich habe es verstanden. Luka ist ein schlechter Mensch. Du bist was - ein Heiliger?"

„Nein, ich bin nur nicht der Teufel, für den du mich hältst."

Sie schnaubt leise vor sich hin. „Na gut. Ich hasse es immer noch, dass du meinen Sohn, und meinen Mann, getötet hast. Das kann ich nicht auf sich beruhen lassen. Erwarte nicht meine Vergebung, nicht jetzt, wahrscheinlich nie."

Ich presse meine Lippen zusammen. „Ich verstehe." Ich versuche, nicht auf ihre Nacktheit zu starren. Ich will sie berühren, sie halten, meine vergangenen Verfehlungen wiedergutmachen.

Ich bin kein Idiot. Ich weiß, dass Sex vom Tisch ist. Nicht nur, weil sie gerade ein Baby bekommen hat, sondern auch, weil sie mir wahrscheinlich den Schwanz abhacken würde, wenn ich ihr damit zu nahe käme.

Sie ist sauer auf mich, es ist nicht leicht, Vergebung zu akzeptieren, besonders nicht von einem Mann, der die Mafia leitet.

KAPITEL EINUNDDREISSIG

VIER WOCHEN *später*

Olivia

Ich bin Jace so gut wie möglich aus dem Weg gegangen, aber das ist ein unmögliches Unterfangen, wenn er mich mit zu Astrid ins Krankenhaus fährt.

Ich sollte wohl wie versprochen auf meine Rechte verzichten. Das werde ich auch tun, aber nicht bevor ich weiß, dass sie in Sicherheit ist.

Wird sie bei Jace sicher sein?

Er ist der Kopf der Mafia.

Wie kann sie da jemals sicher sein? Ich fühle mich nicht einmal sicher und ich schlafe immer noch unter seinem Dach. Ich fühle mich nicht sicher vor ihm, seinen Männern und vor Luka, der immer noch da draußen ist.

Wird Luka Caruso zurückkehren?

Ich habe ihn seit dem Tag, an dem ich entführt wurde, nicht mehr gesehen, dem Tag, an dem ich Astrid zur Welt brachte. Im Krankenhaus mache ich mir ständig Sorgen ihm nicht zu begegnen.

Jace und ich verbringen viel Zeit miteinander und kümmern uns um Astrid. Ich pumpe immer noch ab, versorge das Krankenhaus mit Muttermilch und füttere sie, wenn sie hungrig ist. Sie trinkt mehr Milch als zu Beginn.

Ich habe mir geschworen, keine Bindung zu ihr aufzubauen, aber es ist unmöglich, es nicht zu tun, wenn ich auf das hübsche kleine Mädchen hinunterblicke, das sich an meine Brust schmiegt.

„Gute Nachrichten." Der Arzt kommt mit einem strahlenden Lächeln auf uns zu. „Sie können Astrid heute Abend mit nach Hause nehmen. Sie gedeiht prächtig und ist in der Lage, ihre Körpertemperatur zu halten. Sie hat auch etwas zugenommen und es geht ihr gut."

„Das sind tolle Neuigkeiten", flüstere ich und schaue auf Astrid hinunter.

Aber es fühlt sich nicht gut an. Es fühlt sich wie ein weiterer Verlust an.

Ich will nicht egoistisch sein. Ich habe mich auf diese Vereinbarung eingelassen, weil ich wusste, dass Jace ein Kind bekommen würde und sich unsere Wege dann trennen. Aber trotz des Geldes, das er mir angeboten hat, fühlt sich Astrid, nachdem ich mich um sie gekümmert habe und jeden Tag mit ihr im Krankenhaus war, ein wenig wie meine Tochter an.

Ich würde sie ihm nie wegnehmen. Ich bin nicht dafür gemacht, Mutter zu sein. Ich konnte Austin nicht beschützen, warum sollte ich Astrid beschützen können?

Jace und der Arzt besprechen die Einzelheiten von Astrids Pflege. Ich schalte ab und konzentriere mich nur noch auf das kleine Mädchen in meinen Armen. Ich weiß nicht, wie viel Zeit wir noch zusammen haben werden, und ich möchte jede Sekunde genießen.

———

Die Nacht bricht schneller an, als mir lieb ist.

Während ich erleichtert bin, dass Astrid mit Jace nach Hause gehen kann, mache ich mir Sorgen, wie das Leben für sie aussehen wird. Wird sie überall, wo sie hingeht, von Wächtern begleitet werden, während sie aufwächst?

Ich mache mir keine Sorgen um die Normalität ihres Lebens. Ich wusste von Anfang an, dass ihr Vater ein Milliardär ist. Nichts wird für sie normal sein. Aber ich frage mich, ob sie ein Ziel für die andere Mafiafamilie sein wird.

Ich möchte dieses Leben nicht für sie. Aber das ist nicht meine Entscheidung, ich muss mich damit abfinden, wie Jace sie erziehen will.

Wir gehen hinunter in die Lobby, Jace trägt den Autositz mit Astrid darin, und wir gehen schweigend nebeneinander her.

Eine Schar von Reportern stürmt mit Kameras und Mikrofonen auf uns zu und richtet die Aufmerksamkeit auf Jace.

„Jace, kannst du uns sagen, ob die Gerüchte wahr sind? Ist das Baby von dir?", fragt ein Reporter.

Hitze flammt auf meinen Wangen auf. Mein Magen ringt mit dem Überleben. Ich hebe meine Hand, und verdecke mein Gesicht mit meinen langen Haaren vor den Kameras.

„Wie heißt das Baby?", ruft ein anderer Reporter. „Hast du vor, die Mutter zu heiraten und dich von deinem Junggesellenleben zu verabschieden?"

Jace ignoriert sie, legt mir eine Hand auf den Rücken und führt mich nach draußen zu einem wartenden Auto. Matteo sitzt auf dem Fahrersitz.

Jace öffnet die Hintertür und gibt mir ein Zeichen, dass ich einsteigen soll, während er hinten um das Fahrzeug herumgeht und die gegenüberliegende Tür öffnet, um den Autositz mit Astrid zu sichern.

Eine Minute später sitzt er neben Matteo auf dem Beifahrersitz.

„Was zum Teufel war das?", frage ich, als wir vom Krankenhaus wegfahren. Ich werfe einen Blick durch die Heckscheibe auf den Medienrummel, den wir hinter uns gelassen haben.

„Du hast doch nicht ernsthaft geglaubt, dass niemand herausfinden würde, dass du das Kind des Milliardärs Jace Barone geboren hast?", sagt Matteo. In seinem Ton liegt ein Hauch von Trotz.

„Ich hatte gehofft, dass mein Gesicht nicht auf den Titelseiten der Zeitschriften zu sehen ist", sage ich. „Wissen sie, dass du zur Mafia gehörst?"

Matteo wirft Jace einen bösen Blick zu.

„Keine Sorge, sie weiß, dass sie den Mund über die Familie halten muss. Ich kümmere mich um die Medien", sagt Jace.

„Genau, so wie du dich heute um sie gekümmert hast", murmle ich.

Er hat die Reporter ignoriert. Wenn das seine Art ist, mit den Medien umzugehen, dann schien sie nicht zu funktionieren.

„Vielleicht macht es dir nichts aus, verfolgt zu werden, aber was passiert, wenn sie mich aufspüren?", frage ich.

Er rutscht auf seinem Sitz hin und her und wirft einen Blick über seine Schulter zu mir. „Du wirst daran denken, deinen Mund zu halten", sagt Jace.

„Ist das eine Drohung?"

„Betrachte es als einen freundlichen Vorschlag", sagt Jace.

Ich habe nicht vor, mit der Presse zu sprechen, aber er besitzt die Frechheit zu glauben, dass er kontrollieren kann, was ich sage und tue! Wenn ich zum Haus zurückkehre, packe ich meine Sachen und mache mich auf den Weg. Ich bin fertig mit Jace Barone und seiner Familie.

Matteo räuspert sich und greift nach einem Schlüsselbund im Getränkehalter. Er wirft sie mir zu. „Wir haben eine Wohnung gefunden", sagt Matteo. „Ich habe die Wohnung bereits durchsucht, um sicherzustellen, dass es keine Wanzen oder andere Überwachungsgeräte gibt."

Obwohl ich immer noch wütend bin, schätze ich die kleinen Dinge, wie Privatsphäre. „Danke", sage ich. Ich habe nicht vor, für immer unter seinem Dach zu leben. Auch außerhalb seines Hauses ist es immer noch Jace's Eigentum. Aber ich habe keine Zeit damit verbracht, eine Wohnung zu mieten oder eine Eigentumswohnung zu kaufen. Die meisten Wohnungen, in die ich einziehen würde, müssten gekündigt werden, es sei denn, sie sind frei.

Jace dreht sich wieder um und schaut nach vorn. „Du kannst so lange bleiben, wie du willst."

Ich fühle mich durch seine Körpersprache nicht gerade eingeladen. Er sieht mich nicht einmal an, wenn er mich einlädt. Es fühlt sich wie eine Formalität an. Aber keine Sorge, ich werde nicht annehmen. „Das war nicht die Abmachung, Jace."

„Ich dachte nur, wenn du noch nicht bereit bist, Astrid zu verlassen, musst du das auch nicht." Jace seufzt leise und wirft mir einen kurzen Blick über die Schulter zu.

Astrid fängt auf dem Rücksitz an zu zappeln, als der Verkehr zum Stehen kommt.

„Sie ist deine Tochter, nicht meine", sage ich.

Er wollte dieses Baby. Er hat mich als Leihmutter ausgewählt. Ich habe nur wegen des Geldes mitgespielt. Zumindest ging es mir anfangs darum:

Verzweiflung. Ich dachte auch, Luka hätte gewollt, dass ich der Leihmutterschaft zustimme, um meine Schulden zu tilgen.

Das war ein Missverständnis.

„Richtig", sagt Jace. Es herrscht Kälte und Distanz zwischen uns. Es ist Zeit für mich zu gehen.

Nach ein paar Minuten beruhigt sich Astrids Weinen, als wir wieder durch den Verkehr fahren.

Ich packe meine Habseligkeiten. Ich will Astrid sehen, so viel Zeit wie möglich mit ihr verbringen, bevor ich mich verabschiede, aber je länger ich sie festhalte, desto mehr schmerzt es, sie zu verlassen.

Ich muss gehen. Das ist nicht mein Zuhause, und Jace ist ein Lügner.

Soll ich Astrid mitnehmen, weit weg von den Dämonen, die hinter Jace her sind?

Wenn ich das tue, werden seine Männer hinter mir her sein.

Jace wird mich zur Strecke bringen. Er ist ein kaltblütiger Killer, nachdem er meinen Mann und meinen Sohn ermordet hat, könnte er es wieder tun.

Aber was bin ich für ein Mensch, wenn ich sie mit einem Monster zurücklasse?

Ich mache mir nicht die Mühe, meine Kleidung zu falten. Ich werfe alles in die Tasche . Sie ist vollgepackt mit Umstandskleidung. Als ich vor Monaten in sein Haus kam, hatte ich so gut wie nichts. Ein Auto, das fast kein Benzin mehr hatte und aus dem ich lebte. Er hat mein Leben umgekrempelt.

Wie kann ich ignorieren, was er getan hat? Die Lügen, die er erzählt hat, die Wahrheiten, die er mir vorenthalten hat.

An der Tür zu meinem Schlafzimmer sind Schritte zu hören. Die Tür ist offen und ich werfe einen Blick über meine Schulter.

Es ist Jace.

Astrid liegt nicht in seinen Armen.

„Ich habe sie ins Kinderbettchen gelegt. Sie schläft noch tief und fest von der Fahrt", sagt Jace. „Hast du alles gepackt?"

„Ich glaube schon", sage ich.

Er kommt in mein Zimmer, schnappt sich meine Tasche und schleppt sie die Treppe hinunter zu meinem Auto, wo er sie auf den Rücksitz legt.

Matteo kommt aus dem nahe gelegenen Büro. „Ich habe dir die Adresse des Apartmentkomplexes geschickt, in dem du wohnen wirst. Es sei denn, du willst, dass ich dich hinfahre, um sicherzugehen, dass alles in Ordnung ist?"

„Das schaffe ich schon", sage ich.

Heißt das, dass ich nicht mehr von Jace's Männern und Wachen verfolgt werde? Denkt er, dass Luka keine Bedrohung mehr für mich ist, weil wir nicht zusammen sind?

Ich sollte nicht in der Stadt bleiben, sondern mich so weit wie möglich von Jace und Luka entfernen. Sie werden immer im Krieg sein, und ich möchte nicht in der Nähe der Zerstörung sein, die sie über die Stadt und sich selbst bringen.

Ich habe davon geträumt, Los Angeles zu verlassen und für einen Neuanfang nach Breckenridge zu reisen.

Vielleicht ist es an der Zeit, diese Träume wahr werden zu lassen.

Jace begleitet mich nach draußen und zu meinem Auto. Er öffnet die Tür auf der Fahrerseite. Erwartet er eine Umarmung oder einen Abschiedskuss?

Wut pumpt das Blut härter durch meinen Körper, lässt mein Herz rasen und meine Hände schwitzen.

„Pass auf sie auf, Jace", sage ich. „Luka ist immer noch da draußen, und er ist gefährlich.

Sein Blick strafft sich. „Nicht so gefährlich wie ich."

Warum muss alles ein Wettbewerb zwischen Männern sein? Ich stoße einen Seufzer aus, das ist mein Zeichen, zu gehen. Ich rufe die SMS von Matteo auf und hole mir die Wegbeschreibung zur Wohnung.

Für heute Nacht werde ich in der Wohnung bleiben, die er für mich eingerichtet hat. Aber ich kann nicht ewig dort bleiben.

„Auf Wiedersehen", sage ich und steige ins Auto.

Er schließt die Autotür und geht aus dem Weg. Ich schnalle mich an, starte den Motor und fahre zu den Eisentoren. Der Wachmann öffnet die Metalltüren und gibt mir den Weg frei.

Das ist das erste Mal seit Monaten, dass ich allein gehen darf.

Das ist erfrischend und beängstigend zugleich. Ich umklammere das Lenkrad und folge den Anweisungen meines Handys auf dem Weg zu meiner neuen Wohnung.

Es ist Zeit, nach Hause zu gehen.

KAPITEL ZWEIUNDDREISSIG

EINE WOCHE *später*

Jace

Ich habe nichts von Olivia gehört. Sie ist nicht zur Arbeit zurückgekehrt. Ich habe auch nicht erwartet, dass sie es tut.

Ryder, einer meiner besten Capos, behält die Wohnung im Auge und informiert mich über jeden Besucher. Ich passe vor allem auf, dass Luka sie nicht belästigt. Ich rechne nicht damit, dass er auftauchen wird, aber er hat sie von der Straße geholt, als sie schwanger war.

Wenn er mich verletzen will, kann er das nur über Olivia tun.

Aber wenn er davon ausgeht, dass wir uns getrennt haben, dann sollte er sie in Ruhe lassen. Er hat sich noch nicht gemeldet.

Es war zu still.

Matteo hat die Familie Caruso im Auge behalten und dafür gesorgt, dass Luka sich nicht wieder an meine Familie heranmacht. Mit etwas Hilfe ist es ihm gelungen, sich in das Sicherheits- und Überwachungsmaterial der Familie zu hacken.

Wenn sie vorhaben, meine Familie anzugreifen, werden wir es wissen.

Astrid weint sehr viel. Es scheint, als würde sie nur zum Essen und Schlafen aufhören. Ich bin ratlos, und weiß nicht was ich tun soll, wie ich mit einem schreienden Kleinkind umgehen muss.

Braucht sie ihre Mutter?

Olivia ist weg, sie wird nicht zurückkommen, und ich wage zu behaupten, dass ich sie vermisse.

Ich wiege Astrid in meinen Armen, die Flasche an ihren Lippen, aber sie nimmt sie nicht. Ihr Gesicht ist rot und ihre Schreie werden lauter.

„Darf ich einen Vorschlag machen, Sir?", fragt Matteo.

Er muss meine Frustration spüren. Er bietet nicht an, Astrid zu halten. Keiner tut das. Ich weiß nicht, ob es ihre Angst vor einem neugeborenen

Baby ist oder ob sie keine Kinder mögen. Meine Männer haben keine Kinder. Sie kümmern sich kaum um sich selbst außerhalb des Geländes.

„Was?", knurre ich ihn an.

Ich bin erschöpft und habe zu wenig Schlaf. Ich weiß nicht, warum ich dachte, ich könnte das allein schaffen.

„Ryder hat mir berichtet, dass er Olivia in der letzten Woche kein einziges Mal gesehen hat, wie sie ihre Wohnung verlassen hat."

Das klingt nicht gut. „Hat sie sich Essen oder Lebensmittel ins Haus bringen lassen?"

Matteos Stirn ist gerunzelt. „Nein, Sir. Ich würde gerne einen meiner Männer vorbeischicken, um nachzusehen, wie es ihr geht."

Ich wiege Astrid in meinem Arm, als sie endlich die Flasche nimmt. Eine überwältigende Erleichterung durchströmt mich. „Gut, mach das."

„Darf ich noch einen Vorschlag machen?", fragt Matteo.

Ich starre ihn an. „Was jetzt?" Ich bin verdammt mürrisch und er trägt nicht gerade zu meiner Stimmung bei.

„Du brauchst Hilfe mit der Kleinen. Darf ich vorschlagen, dass wir ein Kindermädchen engagieren?"

„Ich will nicht, dass jemand anderes mein Kind erzieht." Der Plan, den ich anfangs hatte, bevor Astrid geboren wurde, war ideal.

Die Realität sieht ganz anders aus. Wie können wir einem Außenstehenden vertrauen? Ich bin nicht interessiert, es sei denn, das Kindermädchen ist in Kampfsportarten, Waffen und Selbstverteidigungstraining ausgebildet. Ich will nicht, dass Mary Poppins auf mein Kind aufpasst. Ich benötige jemanden mit taktischen Kenntnissen und einer privaten Sicherheitsausbildung.

Das schränkt meine Suche erheblich ein.

Und der Gedanke, das Kindermädchen von einem Wachmann beschatten zu lassen, kommt nicht infrage. Ich kann nicht riskieren, dass jemand erfährt, dass wir zur Mafia gehören oder dass sie in Gefahr gerät.

„Geht es um Olivia, Sir?" Matteo weicht den schwierigen Fragen nicht aus. Dafür bezahle ich ihn auch, um brutal ehrlich zu sein. Derzeit ist das keine Eigenschaft, die ich sympathisch finde.

„Nein", antworte ich ein wenig zu schnell. Vielleicht versuche ich, mir einzureden, dass es nicht um sie geht.

„Wenn wir erst einmal zur Routine

übergegangen sind, wird alles gut", versuche ich mich zu beruhigen.

———

Astrid ist hellwach. Sie hat sich angewöhnt, tagsüber ein paar Stunden zu schlafen und in der Nacht zu weinen.

Im Moment ist sie noch ruhig. Sie ist gefüttert, gewickelt und in eine Decke gewickelt halte ich sie in meinen Armen. Ihre strahlend blauen Augen blicken zu mir auf.

Sie hat die Augen von Olivia. Vielleicht werden sie sich ändern, wenn sie älter wird, aber das bezweifle ich. Sie hat auch ein paar Strähnen rotblondes Haar.

Mein Magen schlägt Purzelbäume. In gewisser Weise habe ich ihr zwei Kinder weggenommen.

Nein, Olivia ist gegangen. Sie musste gehen, um sich in Sicherheit zu bringen. Außerdem war sie bereit, zu gehen. Die Vereinbarung war abgeschlossen, und ihr Teil war erledigt.

Aber ich war offen dafür, die Dinge zu ändern, wenn sie mich nur nicht mit so viel Abscheu angesehen hätte.

Bin ich das Ungeheuer, für das sie mich hält?

Es klopft leise an die Kinderzimmertür.

Ich sitze in einem Schaukelstuhl in der Nähe des Fensters und Astrid hat sich in meine Arme gerollt.

Ryder streckt seinen Kopf in den Raum, seine Stimme ist sanft und leise, als er spricht. „Sir."

„Komm rein", sage ich und nicke ihm zu, damit er näher kommt. „Hast du jemanden zu Olivias Wohnung geschickt?" Ich möchte wissen, ob alles in Ordnung ist, aber das würde bedeuten, dass einer meiner Männer inkompetent ist, was auch nicht gut ist.

„Ja, ich bin selbst zu ihr gegangen, um nach ihr zu sehen."

„Und?" Ich mag es nicht, wenn man mich warten lässt.

Astrid fängt an, in meinen Armen zu wimmern, und ich wiege sie an meiner Brust und streichle ihren Rücken, um sie zu beruhigen. Aber es funktioniert nicht.

Sie fängt an, zu weinen.

Es ist, als wüsste sie, dass wir über ihre Mutter sprechen und ist nicht froh, dass Olivia weg ist.

Das bin ich auch nicht, aber so ist das Leben.

Ich kann Olivia nicht anflehen, auf das Gelände zurückzukehren. Das ist nicht ihr Leben. Sie ist nicht meins.

„Es geht ihr nicht gut, Sir. Meine Schwägerin hat eine postpartale Depression durchgemacht. Ich weiß nicht viel darüber, aber ich befürchte, sie könnte mit dem gleichen Szenario zu kämpfen haben."

Das war nicht das, was ich hören wollte. Ich hoffte, dass es ihr gut geht und sie glücklich ist, allein zu sein. „Was schlägst du vor?", frage ich.

„Sie muss wahrscheinlich mit einem Therapeuten sprechen, aber ich könnte mich auch irren. Vielleicht solltest du sie besuchen, um selbst zu sehen, wie es ihr geht."

Möchte sie mich überhaupt sehen? „Ich bin mir nicht sicher, ob das eine gute Idee ist", sage ich.

Ich will sie sehen, aber ich will nicht zu weit gehen. Sie hat deutlich gemacht, dass sie nicht mit mir zusammen sein will und mich für das, was ich getan habe, hasst.

Ich mache ihr keinen Vorwurf, aber dass ich unangekündigt bei ihr auftauche, wird ihre Stimmung nicht verbessern.

„Sie hat sich geweigert, mit mir zu sprechen und mir die Tür vor der Nase zugeschlagen", sagt Ryder.

„Wie kommst du darauf, dass sie mit mir reden wird?"

„Das hat sie gesagt. Sie sagte mir, dass sie nur mit Don Barone reden würde."

Irgendwie bezweifle ich, dass sie diese Worte benutzt und mich Don genannt hat, aber ich stelle seine Taktik nicht infrage. Er versucht zu helfen und Ryder nennt mich freiwillig Don, weil ich sein Chef bin.

KAPITEL DREIUNDDREISSIG

OLIVIA

Die Wohnung ist dunkel. Die Vorhänge sind geschlossen, und ich will sie noch nicht aufziehen. Ich will nicht nach Sonnenlicht oder Wärme suchen. Jede Art von Glück ist nichts für mich.

Ryder ist unangekündigt aufgetaucht.

Will Jace mich überprüfen?

Es gibt keinen anderen Grund für einen seiner Wächter, mich zu besuchen.

Die Wohnung ist ein einziges Durcheinander. Ich habe aus meiner Tasche gelebt. Warum sollte ich sie auspacken, wenn ich vorhabe, zu gehen?

Ich lungere in einer dunkelblauen Cargohose und einem langärmeligen T-Shirt herum. Ich versuche, es mir bequem zu machen, aber ich fühle mich nicht im Geringsten zufrieden oder entspannt.

Es klopft scharf an der Tür.

Sind es wieder Jace's Männer, die nach mir sehen?

Ich wandere durch die dunkle Wohnung. Das Licht ist aus, aber es ist morgen. Ich könnte einen Vorhang für das Sonnenlicht öffnen, aber ich tue es nicht.

„Nur eine Sekunde", murmle ich zu der Person auf der anderen Seite der Tür. Ich gehe durch die Wohnung und stolpere über meine eigenen Füße, fange mich aber gerade noch auf, bevor ich gegen die Holztür stoße.

Ich fluche leise vor mich hin, drehe das Schloss um und öffne die Tür.

Es ist der letzte Mensch auf der Welt, den ich sehen will.

Luka Caruso.

Ich drücke die Tür zu, aber er schiebt seinen Stahlkappenstiefel hinein und hält die Tür einen Spalt offen. Er stößt mich nach hinten und wirft mich zu Boden.

Ich rapple mich auf und will ins Schlafzimmer rennen, die Tür zuschlagen und durch den Notausgang krabbeln.

Aber er hat andere Ideen, und die haben nichts mit meiner Flucht zu tun.

Luka packt mich an den Haaren und zerrt mich ganz nah an sein Gesicht. „Wo ist das Baby?" Er grinst mich an und zerrt mich durch die Wohnung, Raum für Raum.

„Sie ist nicht hier", sage ich.

Hat er es nicht schon längst herausgefunden?

Astrid war nie meine Tochter.

Ich habe nicht vor, Luka etwas zu erzählen. Ich mag verachten, was Jace getan hat, aber tief in mir wächst eine Dunkelheit gegenüber Luka.

Hass.

Es brennt wie ein Ofen an einem tiefen Winterabend.

Versengend.

„Don Barone ist ein Monster, das sein Kind von seiner Mutter fernhält. Ich schätze, er war mit dir fertig, nachdem das Baby geboren war", sagt Luka.

Sein Atem stinkt nach Zwiebeln und abgestandenem Kaffee.

Mir dreht sich der Magen um, wenn ich den Gestank rieche. „Lass mich los!" Ich reiße mich los, aber seine Finger sind immer noch in meinen langen Locken und er lässt nicht los.

„Ich habe dir ein Angebot gemacht", sagt Luka.

„Du kannst es immer noch annehmen. Ich erhöhe sogar den Einsatz. Fünfhunderttausend, und du bekommst dein kleines Mädchen. Alles, was du tun musst, ist sie nehmen und das Land verlassen. Geh weit weg von Don Barone, wo er dich nicht erreichen kann.

„Du wirst etwas im Gegenzug wollen." Er bietet mir nicht einfach einen Zahltag ohne Bedingungen an. Ich will nicht seine Marionette sein.

„Ich will, dass Jace für seine Taten bezahlt."

———

Es klopft fest an die Tür.

Luka ist weg. Er ist verschwunden, nachdem er mich zusammengeschlagen hat und mir eine blutige Lippe hinterlassen hat. Ich schalte die Tischlampe ein und nähere mich zögernd der Eingangstür.

Ich werfe einen Blick durch den Türspion, wobei ich dieses Mal vorsichtiger bin, wen ich in meine Wohnung lasse.

Es ist Jace, und er hält Astrid in einer Schlinge um seine Brust gewickelt.

Ich will ihn nicht hereinlassen, sind Lukas Männer in der Nähe? Es wäre schlimmer, wenn sie Astrid etwas antun würden. Ich könnte nie damit leben, wenn dem kleinen Mädchen etwas zustoßen würde.

„Was willst du, Jace?", frage ich.

„Lass mich rein."

Ich schlurfe mit den Füßen, gebe nach und öffne die Tür. Er würde mir nie wehtun, zumindest nicht körperlich. Ich schließe die Tür auf und gehe einen Schritt zurück. „Es ist offen." Ich drehe mich um und gehe in die Küche, damit er meine blutige Lippe nicht sehen kann. Ich habe sie gesäubert, aber sie ist geschwollen und geprellt.

Ich hole ein Glas aus dem Schrank und drehe den Wasserhahn auf, um etwas zu trinken - zur Ablenkung.

Er schließt die Tür und sichert das Schloss. Ich höre, wie es einrastet. Ich bleibe in der Küche stehen, immer noch mit dem Rücken zu ihm.

„Wie geht's dir?", fragt Jace, als wäre es eine ganz gewöhnliche Frage und als wären wir bei der Arbeit. Sein Auftreten ist freundlich, warmherzig und kein bisschen professionell. Er ist lässig, als wären wir alte Freunde und er käme nur vorbei, um mich zu sehen.

„Mir geht's gut." Ich trinke einen Schluck Wasser, während ich an der Spüle stehe.

Jace kommt in die Küche. Er ist ruhig und methodisch. Er öffnet den Kühlschrank.

„Bedien dich", murmle ich.

„Wovon? Er ist leer."

„Da sind ein paar Sachen drin", stottere ich. Er ist nicht wirklich leer. Ich habe in der letzten Woche, seit ich weg bin, nicht gehungert, aber ich habe auch nicht viel gegessen. Es gab ein paar Lebensmittel, die Matteo in den Gefrierschrank getan haben muss, die ich aufgetaut und zum Abendessen gekocht habe.

„Eine Mahlzeit am Tag ist nicht genug, Olivia."

Ich drehe mich auf den Fersen und sehe ihn an. „Was geht dich das an?", frage ich ihn. Ich möchte ihn anstarren, anschreien und ihn daran erinnern, dass er der Bösewicht ist. Nicht ich.

Aber ein Blick auf Astrid, die sich an seine Brust schmiegt, und mein Herz bricht. Meine Unterlippe zittert und meine Augen brennen vor Tränen.

Ich stürme an ihm vorbei und mache mich auf den Weg zum Badezimmer, um mich dort zu verstecken.

Jace packt mich am Arm und hält mich davon ab zu fliehen.

„Was ist mit deiner Lippe passiert?"

„Ich bin gegen die Tür gelaufen."

Er kauft mir meine Ausrede nicht ab. „Nein,

wenn du das gestern gehabt hättest, als Ryder vorbeikam, hätte er es mir gesagt. Was ist passiert?" Jace ist nicht im Geringsten ruhig oder gefasst. Seine Wut brodelt an der Oberfläche.

„Das geht dich nichts an", sage ich. „Ich bin nicht mehr dein Problem."

„Glaubst du, dass du für mich ein Problem bist?" Jace spottet. Er lässt meinen Arm los, aber ich laufe nicht weg.

Was soll das bringen? Er wird mir nicht wehtun. Nicht so wie Luka, als er aufgetaucht ist, was immer noch einen Stein in meiner Magengrube hinterlässt. Ein schwerer Schmerz, der mich quält.

Luka befahl mir, Astrid zu nehmen und das Land zu verlassen.

Das war kein Vorschlag.

Aber ich kann Jace nicht sagen, was passiert ist, nicht in der Wohnung. Was ist, wenn die Wohnung wie beim letzten Mal verwanzt ist?

„Ich möchte, dass du mich nach Hause bringst", sage ich.

Er zieht verwirrt die Stirn in Falten. „Okay. Zurück zum Gelände?" Er wehrt sich nicht im Geringsten.

„Ja", sage ich. Ich werde ihm alles erzählen, wenn wir drinnen sind, wo ich weiß, dass es sicher ist.

Er ergreift meine Hand und zieht mich an sich. Astrid schmiegt sich zwischen uns, eng an seine Brust gedrückt. Seine Lippen verschlingen meine in einem heißen Kuss.

„Ich liebe dich", flüstert er, zieht sich zurück und schaut mir tief in die Augen.

Mein Herz klopft wie wild in meiner Brust. Ich gehe nicht zurück zum Gelände, um mit ihm zusammen zu sein. Ich gehe zurück, um ihn und Astrid zu beschützen.

Und ich werde es ihm sagen, aber nicht hier, nicht, wo Luka uns belauschen oder beobachten könnte. Ich muss vorsichtig sein.

Sein Daumen streift über die Verletzung an meinen Lippen. Seine Augen flackern, mit etwas Unbekanntem, das ich noch nie gesehen habe.

Ist es Wut?

„Lass uns deine Sachen holen, dann kommst du mit mir nach Hause", sagt Jace.

————

Auf der Autofahrt zum Gelände ist es still.

Astrid ist auf dem Rücksitz angeschnallt und schläft tief und fest in ihrem Autositz.

Ich weiß offen gesagt nicht, was ich sagen soll.

Obwohl ich bezweifle, dass Luka im Auto lauscht, habe ich nicht die Kraft, Jace alles zu erzählen, wie ich es mir vorgestellt hatte.

Schweigen ist einfacher. Ich kann ihn nicht enttäuschen, wenn ich nicht spreche.

Ich starre aus dem Beifahrerfenster und schließe nach ein paar Minuten träge die Augen. Ich bin müde. Der Tag ist trist, was zu meiner Stimmung passt.

Jace streichelt mir mit seinen warmen Fingern sanft über die Wange. „Hey, Schlafmütze. Wir sind da."

„Danke", murmle ich und öffne meine Augen, um aufzuwachen. Ich löse meinen Sicherheitsgurt und steige aus dem Auto.

Jace schnappt sich die Kindersitztrage und bringt Astrid mit ins Haus. Sie schläft noch tief und fest. Ich betrete das Foyer, das Gelände ist mir nur zu vertraut. Als ich schwanger war, verbrachte ich Wochen in diesem Haus, meistens in meinem Zimmer. Nicht, dass es kein schönes Zimmer gewesen wäre, möbliert und recht komfortabel. Aber ich hätte nie gedacht, dass ich jemals wieder hierher zurückkehren würde. Geschweige denn, dass ich Jace gebeten hätte, mich hierherzubringen.

„Home sweet home?", fragt er mit einem

warmen Lächeln. Er stellt die Kindersitztrage ab und zieht seinen Mantel und seine Schuhe aus.

Ich öffne den Reißverschluss meiner Jacke. Ich habe nicht vor, lange zu bleiben, aber ich brauche ein paar Minuten seiner Zeit und die Kraft, um nicht zu wanken.

Er wirft Vincent seine Autoschlüssel zu. „Nimm Olivias Tasche aus dem Kofferraum, ja?"

Vincent eilt ohne Mantel und Handschuhe nach draußen in die Kälte.

„Können wir reden?", frage ich.

Jace nickt und seine Augen funkeln mit einem Hauch von Lächeln. Als ob er denkt, dass er weiß, worum es in diesem Gespräch geht.

Aber er weiß es nicht. Er kann nicht wissen, dass Luka vorbeigekommen ist und meine Familie bedroht hat.

Sie sind meine Familie, auch wenn wir nicht zusammen sind. Ich bin immer noch mit Jace und Astrid verbunden. Sie werden immer einen Platz in meinem Herzen haben.

„Sicher, wie wäre es, wenn wir nach oben ins Kinderzimmer gehen? Dort können wir Astrid absetzen und uns unterhalten."

Er trägt den Kindersitz, in dem Astrid schlafend

liegt, die Treppe hinauf. Ich folge ein paar Schritte hinter ihm.

Ich hätte ihm die Wahrheit schon im Auto sagen sollen. Das Warten macht es nur noch schlimmer. Es ist wie ein Pflaster, das man schnell abreißen muss, damit es nicht wehtut.

Er führt mich den Flur entlang zu seinem Zimmer. Er öffnet die Tür und lässt mich eintreten. Sein Geruch ist überwältigend und durchdringt jeden Zentimeter seines Schlafzimmers. In der Ecke neben dem Bett steht ein Stubenwagen für Astrid.

„Das Kinderzimmer ist gleich hinter dieser Tür", sagt er und führt mich durch den angrenzenden Raum in Astrids Schlafzimmer.

Dort gibt es ein Kinderbett, einen Wickeltisch und einen Schaukelstuhl am Fenster. Ich habe das Kinderzimmer schon ein paar Mal gesehen, aber nur, als ich schwanger war. Ich bin auch nie durch Jace's Zimmer gegangen, um es zu betreten.

Er stellt den Kindersitz auf den Boden, bückt sich und öffnet den Gurt von Astrid's Sitz.

Sie rührt sich, als er sie aus dem Sitz hebt und den Gurt um sie herumführt. Ihre Wangen röten sich und ich warte auf das plötzliche Wimmern eines schreienden Kleinkindes.

Ich habe mich nicht geirrt. Astrid hat eine

Lunge, die man wahrscheinlich auf dem ganzen Gelände hören kann.

Das Mädchen kann schreien und Tote aufwecken.

Jace stöhnt und hebt sie an seine Brust, wiegt sie in seinen Armen und versucht, sie zu beruhigen. „Pst", sagt er und versucht, Astrid zu beruhigen. „Es ist alles gut. Ich habe dich."

Ihre Wangen sind rot, als sie ihre Unzufriedenheit herausschreit.

Ich schaue vom anderen Ende des Raumes zu. Es ist nicht meine Aufgabe, einzugreifen. Astrid ist seine Tochter. Sie gehört nicht mehr zu mir.

„Scheiße", fluche ich und merke, dass durch mein T-Shirt Muttermilch ausläuft. „Macht es dir was aus, wenn ich—?

„Du willst sie füttern?", fragt Jace, seine Augen sind groß und voller Hoffnung.

Ich wollte fragen, ob ich mir ein Hemd leihen kann, aber er übergibt mir Astrid. Seine Arme sind ausgestreckt, damit ich das weinende Baby nehmen kann.

Ich wiege Astrid in meinen Armen und trage sie zum Schaukelstuhl, wo ich mich hinsetze. Mein T-Shirt ist durchnässt, also ziehe ich es aus und werfe es auf den Boden. Es ist nicht so, als hätte Jace mich noch nie stillen sehen. Astrid jammert immer noch in den höchsten Tönen, bis ich sie endlich an der Brust habe.

Wie soll ich Jace sagen, dass ich nicht für immer zurück bin? Dass ich nur vorgeschlagen habe, hierherzukommen, weil ich ihn vor Luka warnen wollte?

Ich starre Astrid an und möchte gar nicht weg. Hier bei ihr ist genau der richtige Ort für mich.

Aber was ist mit Jace?

Jace

Ich habe Fehler gemacht. Ich bin kein unschuldiger Mann, aber ich würde Astrid oder Olivia nie wissentlich wehtun.

Ich gebe Olivia so viel Zeit, wie sie braucht, um zu erkennen, dass ich nur das Beste für sie will. Sie ist zurück in meinem Leben, zurück auf dem Gelände, aber sie ist etwas zurückhaltend. Ich glaube, dass das wahrscheinlich an ihren Hormonen liegt. Sie hat vor ein paar Wochen entbunden und Astrid zu verlassen, muss nicht einfach für sie gewesen sein.

Ich wusste, dass sie eine Bindung zueinander haben, und ich hätte darauf bestehen müssen, dass

Olivia auf dem Gelände bleibt oder zumindest ein wichtiger Teil in Astrids Leben ist.

Ich bringe Olivia ein trockenes T-Shirt von mir, das sie anziehen kann, wenn sie Astrid gefüttert hat und sie für ein Nickerchen ins Bettchen legt.

„Danke", sagt sie und zieht es sich über den Kopf.

„Du wolltest reden?"

Sie kaut auf ihrer Unterlippe und vermeidet den Blickkontakt. „Ja", flüstert sie.

Ich strecke meine Hand aus und mein Daumen streift über die Wunde an ihrer Lippe. „Was ist passiert?" Ich will die Wahrheit wissen.

„Luka", flüstert sie und starrt auf den Boden.

„Er ist in der Wohnung aufgetaucht?", frage ich. Ich werde mit Ryder sprechen müssen. Er hat nie erwähnt, dass Luka bei ihr Zuhause war. „Wann?"

„Ein paar Stunden, bevor du heute aufgetaucht bist", flüstert Olivia.

Ich schlucke den Kloß hinunter, der sich in meinem Hals bildet. Ich habe Angst zu fragen, aber ich muss die Wahrheit hören. „Was wollte er?"

„Was will er nicht, wenn es darum geht, dir das Leben zur Hölle zu machen?", sagt Olivia. „Er will dich von Astrid trennen."

Es sollte mich nicht überraschen, aber die

Tatsache, dass er aufgetaucht ist, um Olivia eine Nachricht zu überbringen, beunruhigt mich. Etwas ist an der ganzen Sache faul. Ich lasse meinen Daumen sanft über den Schaden an ihrer Lippe streifen. „Ich finde es nicht gut, dass er dich aufgemischt hat, als er mir gedroht hat", sage ich.

„Ich hätte mich besser schützen müssen", flüstert Olivia und blickt mich dabei fest an.

„Nein." Ich werde nicht zulassen, dass sie die Schuld für das Monster, das Luka Caruso ist, auf sich nimmt. „Das ist auf keinen Fall deine Schuld. Es hätte ein Wachmann vor deiner Wohnung stehen müssen." Ich vergesse, das Überwachungsmaterial zu erwähnen, das manipuliert worden sein muss, wenn Ryder nicht auf den Besuch aufmerksam wurde.

Ich will die Aufnahmen noch einmal überprüfen. Ich muss zweifelsfrei wissen, dass Ryder nicht für Luka arbeitet und den Angriff nicht bemerkt hat. Ich vertraue zwar meinen Männern, aber ich muss auch immer aufpassen, dass ich nicht naiv und dumm bin. Ich habe Markus nach Olivias Entführung untersuchen lassen. Er war sauber, aber ist es Ryder auch?

„Ich habe noch ein paar Dinge zu erledigen, während Astrid schläft", sage ich.

„Macht es dir etwas aus, wenn ich hier bei Astrid bleibe?" Sie wirft einen Blick auf das Kinderbett, als wolle sie sich nicht von dem schlafenden Kind trennen.

„Klar, wenn du müde wirst, kannst du dich gerne in meinem Zimmer hinlegen." Ich zeige auf die Nachbartür.

Wir haben noch keine Schlafregelung getroffen. Sind wir zusammen, oder mache ich mir grundlos Hoffnungen?

Ich lasse sie mit Astrid allein im Kinderzimmer und schleiche mich leise in den Nebenraum und dann zur Haupttür hinaus, um meine Tochter nicht zu wecken.

Ich gehe die Treppe hinunter in mein Büro, weil ich mir die Überwachungsaufnahmen selbst ansehen will. In ihrer Wohnung gab es keine Kameras. Ich wollte sie nicht ausspionieren, aber vor der Wohnungstür war es keineswegs verboten.

Es ist mein Gebäude. Mir gehört der verdammte Ort.

Ich schalte das Licht im Büro an. Der Raum ist ziemlich kühl, und ich setze mich in den kalten Ledersessel. Ich war schon eine ganze Weile nicht mehr hier drin. Ich habe meine Arbeitspflichten vernachlässigt, damit ich mich um mein Kind kümmern kann.

Eines Tages werde ich zurückkommen, wenn sich die Dinge wieder beruhigt haben. Ich sollte mir überlegen, ein Kindermädchen für Astrid einzustellen, aber der Gedanke, dass sich ein Fremder um mein kleines Mädchen kümmert, lässt mich innerlich zerbrechen.

„Sir", sagt Matteo, als er seinen Kopf ins Büro steckt. „Hast du einen Moment Zeit?"

„Ja? Komm rein und mach die Tür zu."

Matteo tut, wie ihm geheißen. Er hat mehrere Blätter Papier dabei, Ausdrucke von irgendetwas. Ich kann mich im Moment nicht auf das Geschäft - die Mafia oder Barone Industries - konzentrieren. Meine ganze Aufmerksamkeit gilt Olivia und Astrid.

Meine Familie.

Ich klappe meinen Laptop auf, gebe mein Passwort ein und warte darauf, dass der Rechner hochfährt.

„Was ist das?", frage ich und sehe den Stapel Seiten, den er ausgedruckt hat. Es sind Kopien von irgendetwas, aber was ist es, das er mir zeigen muss?

„Ich bin froh, dass du dich hinsetzt", sagt Matteo.

„Das gefällt mir nicht", murmele ich leise vor mich hin.

Ein Rauschen hallt durch den Raum und ich schaue nach rechts.

Oben auf dem dunkelgrünen Aktenschrank steht das Babyfon. Es ist eingeschaltet und sendet aus dem Kinderzimmer. Ich habe es eingesteckt gelassen und das verdammte Gerät vergessen. Es ist nicht so, dass ich Astrid länger als fünf Minuten allein gelassen hätte. Selbst wenn sie schläft, habe ich sie normalerweise an meiner Seite oder sie schmiegt sich an meine Brust.

„Ich wünschte, ich wüsste, was ich tun soll." Olivias Stimme dringt durch das Babyfon.

„Ich schwöre, wenn sie Astrid aufweckt", murmle ich.

Matteo hält mir eine Hand hin, damit ich warte. „Ich denke, du solltest zuhören", sagt er und tritt näher an den Monitor heran, um ihn lauter zu stellen.

„Du willst, dass ich die Mutter meines Kindes ausspioniere?"

Hat er den Verstand verloren?

Ich habe zwar in letzter Zeit nicht viel Schlaf bekommen, vor allem weil Astrid jetzt zu Hause ist, aber Matteo hat sich um die Geschäfte gekümmert. „Ist der Job zu viel für dich?", frage ich.

Sein Blick verengt sich, und sein Kiefer ist fest.

Er knallt die Papiere auf meinen Schreibtisch, damit ich sehen kann, was ihn in Aufregung versetzt. „Deine Freundin Olivia, was auch immer sie ist, spielt mit dir."

Ich glaube ihm nicht.

Ich werfe einen Blick auf die Bankbelege. Auf ihrem Konto sind fünfhunderttausend Dollar eingezahlt worden, und sie stammen nicht von mir.

„Hast du das Konto ausfindig gemacht, von dem das Geld eingezahlt wurde?", frage ich. Er kann mir nicht nur Bruchstücke nennen, ohne schon eine Erklärung im Kopf zu haben.

„Ja, und es gehört zu einer Briefkastenfirma. Als ich etwas tiefer gegraben habe, konnte ich Luka Caruso ausfindig machen. Boss, sie spielt mit dir."

Ich kann es nicht glauben.

„Das würde sie nicht tun", sage ich und starre auf die Beweise. Wollte sie deshalb zurück auf das Gelände gebracht werden, um meine Tochter zu entführen?

„Sie würde es tun, und sie hat es getan. Außerdem hat sie zwei Flugtickets auf die Malediven gebucht." Er zeigt mir eine Kopie der Quittung für den nicht erstattungsfähigen Flug, der morgen gehen soll.

„Die Malediven? Dort gibt es Auslieferungsgesetze", sage ich. Sie kann nicht einfach meine Tochter stehlen und abhauen.

„Nicht mit den Malediven, und in Fällen von elterlichem Sorgerecht ziehen selbst die meisten Länder, die eine Auslieferung zulassen, diese nicht immer durch."

Sie hat zwar keinen Pass für Astrid, aber es wäre nicht schwer, einen zu fälschen, vor allem nicht von einem Drecksack wie Don Caruso. Wenn er ihr hilft, aus dem Land zu fliehen, dann hat er wahrscheinlich auch die Papiere, die sie für die Ausreise braucht.

Olivias Stimme dringt durch das Babyfon in mein Büro. „Ich will dich nur beschützen", flüstert sie. „Wie kann ich das tun, wenn zwei Mafiafamilien um dich kämpfen?"

„Ich will, dass die Sicherheit rund um das Gelände erhöht wird. Jeder Soldat und Capo soll hierher zurückgebracht werden, um sicherzustellen, dass Olivia meine Tochter nicht kidnappt."

Ich mache mir nicht die Mühe, das Filmmaterial anzusehen, des wegen ich in mein Büro gekommen bin. Es spielt keine Rolle. Jetzt, wo ich die Wahrheit gesehen und auf dem Monitor genug gehört habe, um meinen Verdacht zu bestätigen, ist es unwichtig.

Ich stehe auf. Mein Stuhl quietscht, als er auf den Holzboden hinter mir rutscht. „Lasst den Alarm scharf stellen und zwei meiner Männer vor dem Kinderzimmer postieren. Ich will, dass zwei weitere Männer Olivia überallhin folgen. Wenn sie auf der anderen Seite des Flurs ins Bad geht, will ich das wissen."

Ich nehme die Papiere in meine Hand, die Seiten knittern, als ich aus meinem Büro und die Treppe hinauf stürme. Das Letzte, was ich will, ist Astrid zu wecken, aber ich brauche Antworten von Olivia und ich bin mir nicht sicher, ob mir gefallen wird, was sie sagt.

KAPITEL FÜNFUNDDREISSIG

OLIVIA

Astrid ist fest eingeschlafen.

Ihre kleinen Arme und Beine strampeln ab und zu, während sie schläft. Ich stehe an ihrem Bettchen und beobachte ihre Bewegungen. Sie ist perfekt.

„Geh von dem Bett weg", befiehlt Jace, als er durch die Kinderzimmertür kommt.

Markus und Vincent stehen am Eingang zu Jace's Schlafzimmer. Vincents Hand ist an seinem Holster an der Hüfte. Hinter Jace stehen Matteo und Ryder.

„Was ist hier los?", flüstere ich und schaue von den anderen Männern zurück zu Jace.

Er hält mehrere Blätter Papier in der Hand, auf

denen etwas ausgedruckt ist, das ihn aus der Fassung bringt.

„Hat Luka dich bedroht?", frage ich. Das würde ich dem Mafioso zutrauen, nachdem er heute Morgen in meiner Wohnung aufgetaucht ist.

Jace schnaubt leise, packt mich am Arm und zerrt mich mit Gewalt aus dem Kinderzimmer.

„Wohin gehen wir?", frage ich und entziehe mich zuckend seinem Griff.

Er ist stark und hat mich fest im Griff, während er mich den Flur hinunterführt.

„Ich sollte dich in das Kellergefängnis stecken." In seiner Stimme liegt kein Hauch von Gnade oder Freundlichkeit. „Aber das werde ich nicht." Er zerrt mich in sein Büro und knallt die Tür zu. Durch die Milchglasscheibe kann ich die Männer auf der gegenüberliegenden Seite sehen.

Aber wir sind allein.

Das leise Knistern des Babyfons hallt durch den Raum, als Astrid im Schlaf wimmert.

„Ich weiß nicht, was du glaubst, gehört zu haben", sage ich und schaue vom Babyfon zu ihm.

Habe ich etwas über Lukas Drohungen gesagt, das ich nicht hätte sagen sollen? Ich kann mich nicht einmal daran erinnern, was ich zwei Minuten zuvor gesagt habe. Mein Gehirn ist wie vernebelt. Angst ergreift mich.

Er wirft Seiten mit Dokumenten, und Ausdrucke von irgendwelchen Unterlagen, auf seinen Eichenschreibtisch.

„Hör auf, mich anzulügen", sagt er und dringt in meinen persönlichen Raum ein. Sein steinerner Blick durchbohrt mich. „Wie lange arbeitest du schon mit Luka zusammen? Von Anfang an?"

Er wusste bereits, dass Luka mich bedroht und mich gezwungen hat, die Informationen auf dem USB-Stick zu beschaffen.

„Wovon sprichst du?", frage ich und verstehe seine Wut auf mich nicht. „Ich arbeite nicht für Luka oder mit ihm. Er ist ein Monster."

„Ist das so? Du nimmst nur Geld von ihm. Geld im Wert von fünfhunderttausend Dollar", sagt Jace. Er zeigt auf die Seiten auf dem Schreibtisch und klopft zum Beweis auf das Blatt Papier.

„Das ist nicht wahr. Das einzige Geld, das ich erhalten habe, ist von dir."

„Lüg mich nicht an. Ich habe die Kontoauszüge, die Transaktionen und die Unterlagen gesehen. Du hast sogar zwei Flugtickets auf die Malediven für morgen Abend."

Wovon redet er? Luka hat mir nicht einmal etwas

von den Flugtickets erzählt. „Das muss eine Falle sein", sage ich und überlege, was er gesehen hat. „Ich habe kein Geld von Caruso genommen."

„Richtig, es ist einfach zufällig auf deinem Konto gelandet. Verstehst du das nicht, Olivia? Du gehörst ihm. Wenn du Geld von der Mafia nimmst, musst du durch viele Reifen springen und hast tausend Bedingungen zu erfüllen."

Ich verschränke abwehrend die Arme vor der Brust. „Ich habe heute noch nicht auf mein Girokonto geschaut. Luka hat das getan, um mir eine Falle zu stellen. Er will, dass ich Astrid mitnehme und aus dem Land fliehe."

„Du gibst also zu, dass du Pläne schmiedest und meine Tochter entführst?"

„Was? Nein, natürlich nicht! Ich habe keine Flugtickets gebucht und ich erkenne auch die Zahlung nicht an. Wenn das Geld wirklich auf dem Konto ist, dann ist er schuld."

Könnte das alles ein komplettes Missverständnis sein?

Ich greife mit der Hand in meine Hosentasche, um mein Handy zu holen.

Jace beobachtet jede meiner Bewegungen, während ich mein Handy entsperre, die App meiner Bank öffne und meinen Kontostand abfrage.

„Er muss mein Konto gehackt haben", sage ich und schaue Jace an.

Ich kann weder die Pauschalzahlung noch den Abzug für die Fluggesellschaft leugnen, beides habe ich nicht getan.

„Das ist praktisch", knurrt Jace. Er starrt mich mit seinem Blick an. „Du solltest wissen, dass ich nicht zulasse, dass du meine Tochter entführst. Ich habe das Gelände mit zusätzlichen Wachen gesichert und werde Männer haben, die jeden deiner Schritte beobachten."

Von einem Mafiaboss würde ich nichts anderes erwarten.

„Luka will uns auseinanderbringen, damit du mir nicht vertraust. Er will dich verunsichern", sage ich und versuche, mit ihm zu reden. „Er will sich dafür rächen, dass du seinen Vater getötet hast."

„Und was ist mit dir?" Er legt den Kopf schief, sein Blick verlässt meinen nicht. „Ist es das, was du willst? Rache? Ein Kind für ein anderes Kind."

„Ich möchte meinen Sohn zurück, aber ich weiß, dass das keine Option ist. Im Gegensatz zu dir, Jace, bin ich kein Monster. Ich würde Astrid nicht wehtun."

Ich sollte Jace die Schuld geben. Schließlich ist er für die Zerstörung meines Lebens und den Mord an meiner Familie verantwortlich. Austin und John sind wegen des von ihm angeordneten Feuers tot. Aber meine Ehe mit John war nicht perfekt. Sie war nicht einmal annähernd ideal. Aber ich liebte Austin.

„Ich wollte deiner Familie nicht wehtun", sagt Jace. „Sie waren ein Opfer des Krieges."

Er hat leicht reden. „Ein Krieg, an dem meine Familie nicht hätte beteiligt sein dürfen", erinnere ich ihn. „Wie kannst du versprechen, Astrid zu beschützen, wenn du immer noch mit Don Caruso kämpfst? Er wird nie aufhören, hinter dir her zu sein."

Es geht nicht darum, dass ich Astrid den Vater wegnehmen möchte, ich will nur, dass sie in Sicherheit ist. In ein fremdes Land zu fliehen, um die halbe Welt zu ziehen, wo ich von den wenigen Menschen, die ich kenne, isoliert sein werde, ist nicht das, was ich will. Aber ich werde alles tun, was nötig ist, damit sie am Leben bleibt.

Und wenn Luka uns weiterhin bedroht, welche andere Wahl haben wir dann?

„Du hast recht. Ich muss seiner Herrschaft ein Ende setzen", sagt Jace.

„Wie willst du das machen?", frage ich.

Er drängt sich an mir vorbei und ignoriert meine

Frage. Jace öffnet die Bürotür, vier seiner Männer stehen am Eingang des Büros und warten auf seine Anweisungen.

„Markus und Vincent, ihr beide sollt Olivia bewachen. Matteo, bring die Capos runter in den Kriegsraum und mach die Soldaten bereit. Wir ziehen in den Krieg."

„Was?" Ich schreie.

Habe ich ihn richtig verstanden?

„Jace, nein. Das ist es, was er will. Er musste doch ahnen, dass du meine Finanzen untersuchst. Warum sollte er sonst Flugtickets kaufen?"

„Bringt sie nach oben", befiehlt Jace einem seiner Männer. „Und schnappt euch ihr Telefon. Ich will keine losen Enden oder undichte Stellen."

Markus packt mich am Arm, zieht mich von Jace weg und führt mich zurück ins Treppenhaus. Er schnappt sich mein Handy und schiebt es in seine Tasche.

Jace und einige seiner Männer stürmen in einen anderen Raum am Ende des Flurs und knallen die Tür hinter sich zu.

Ich zittere und reiße meinen Arm aus Markus' Griff. „Du musst mich nicht anfassen. Ich kann die Treppe selbst hochgehen."

Er führt mich in Jace's Schlafzimmer. „Wir

warten vor deiner Tür", sagt Markus und warnt mich, dass ich nicht weit komme, wenn ich versuche zu gehen.

„Gut."

Wohin sollte ich gehen? Männer wie Jace und Luka haben unendlich viele Möglichkeiten, mich aufzuspüren.

Wenigstens versperrt mir keine Wache den Weg ins Kinderzimmer. Ich schaue nach Astrid. Zum Glück schläft sie noch tief und fest. Ich schalte das Babyfon aus, ziehe den Stecker, öffne die Tür und werfe es mit einem lauten Knall auf den Flur.

Ich schließe die Tür, bevor Markus oder Vincent etwas dagegen sagen können.

Astrid wackelt in ihrem Bettchen mit geschlossenen Augen und strampelt im Schlaf mit den Füßen. Ich beobachte sie und achte darauf, kein Geräusch zu machen, während sie schläft, ohne die Gefahren zu bemerken, die um sie herum lauern.

Ich werde sie ihrem Vater nicht wegnehmen. Ich bin nicht das Ungeheuer. Außerdem kann ich nirgendwo hingehen, wo Jace mich nicht aufspüren oder finden könnte. Das hat er deutlich gemacht, als er meine Finanzen durchleuchtete.

Ich sollte wütend auf ihn sein, weil er mein Vertrauen missbraucht hat. Aber das bin ich nicht.

Mein Magen spannt sich an und blubbert vor Angst. Ich ziehe mich leise aus dem Kinderzimmer zurück und klettere in Jace's Bett.

Sein Geruch ist überall auf den Laken, dem Bett und sogar im Zimmer. Ich schließe meine Augen und lege meinen Kopf auf das Kissen. Ich bin es gewohnt, mich vor mir selbst, meinem Schmerz und der Welt um mich herum zu verstecken.

Gerade als ich einschlafe, wacht Astrid auf. Sie weint laut und ich bezweifle, dass sie so schnell wieder einschläft.

Ich schlurfe aus dem Bett ins Kinderzimmer und nehme Astrid in meine Arme. Ich bringe sie zum Wickeltisch, um ihre Windel zu wechseln, und das scheint zu klappen.

Ihre blauen Augen glänzen von Tränen und ihre Wangen sind vom Weinen gerötet. Ich drücke ihr einen kurzen Kuss auf die Nase. „Ich weiß, Kleines. Ich mache mir auch Sorgen um ihn."

Vielleicht sollte ich wütend auf Jace sein, ihn für das hassen, was er getan hat, indem er meine Familie zerstörte. Aber ich hasse ihn nicht.

Ich habe Mitleid mit Jace. Als Don lebt er im Schatten, während er als Milliardär im Rampenlicht steht. Es ist kein einfaches Leben, wenn man auf

Schritt und Tritt Feinde hat und immer auf der Hut sein muss.

Es ist ein seltsames Gefühl der Beruhigung zu wissen, dass Astrid nicht in meinen Armen liegen würde, wenn die Tragödien nicht stattgefunden hätten. Diese Momente haben mich hierhergeführt, zu ihr.

Astrid gluckst und gurrt und streckt die Hand nach meinem Finger aus. Sie ist perfekt. Alles an ihr außer dass ihr Vater die Mafia leitet.

KAPITEL SECHSUNDDREISSIG

Jace

„Sie werden uns erwarten", sage ich zu Matteo, während wir die Baupläne von dem Caruso-Komplex studieren.

„Ja, aber meine Quelle hat mir gesagt, dass sie um Mitternacht einen Hundekampf außerhalb des Geländes veranstalten. Luka wird wahrscheinlich nicht daran teilnehmen. Sein Sekundant und ein Dutzend seiner Männer werden Wetten annehmen und die Menge überwachen. Es sollte uns einen Vorteil verschaffen, wenn wir warten, bis seine Männer das Gelände verlassen."

Ich hoffe, er hat recht. Ich wusste nicht, dass Luka sich für Hundekämpfe interessiert, aber alles, was mit einem glorreichen Zahltag und illegalen Aktivitäten zu tun hat, ist für ihn interessant.

„Ich will unser Grundstück nicht verlassen. Wir haben immer noch meine Tochter im Obergeschoss", erinnere ich Matteo und die Capos. Wir müssen sicherstellen, dass dieser Ort eine Festung ist, bevor wir einen Angriff starten.

„Wir könnten deine Familie in einer der Gefängniszellen unterbringen. Die Wände sind undurchdringlich und wenn du den Schlüssel hast, kann niemand sonst zu ihnen gelangen", sagt Ryder.

Er ist einer der jüngsten Capos, der sich in kürzester Zeit hochgearbeitet hat. Er ist auch ein Idiot, wenn er glaubt, ich würde meine neugeborene Tochter in einen Metallkäfig stecken.

„Für diesen Vorschlag sollte ich dich erschießen", sage ich und schaue Ryder an.

Meine Familie einzusperren, ist keine Option, um sie zu schützen. Auf dem Gelände eingesperrt zu sein, sollte sie schützen.

„Verzeihung, Don Barone", sagt Ryder und entschuldigt sich schnell für seine forsche und dumme Bemerkung.

Ich ignoriere seinen Übereifer. Er ist jung. Töricht. Und wahrscheinlich will er seine Karriere vorantreiben. Wenn er nicht aufpasst, wird er heute Nacht noch sterben.

Matteo räuspert sich. „Ihr habt zwei der erfahrensten Wächter, die auf Eure Tochter aufpassen, Sir. Ich versichere dir, dass das Haus selbst bei einem Angriff unserer Soldaten uneinnehmbar sein wird."

„Du bist bereit, für dieses Versprechen dein Leben zu riskieren?", frage ich und begegne Matteos Blick.

Ich vertraue dem Mann, aber wenn meine Familie stirbt, wird jemand dafür bezahlen müssen. Ich will sicher sein, dass meine Familie auf dem Gelände in Sicherheit ist, wenn ich den Auftrag für den Anschlag auf Luka erteile.

Seine Augen zucken, bevor er spricht.

Selbst Matteo merkt, dass er dieses Versprechen nicht garantieren kann.

„Das habe ich mir auch gedacht. Ich will, dass die Wachen oben, vor dem Kinderzimmer, verdoppelt werden. Vier Männer sorgen dafür, dass meine Tochter in Sicherheit ist."

„Und was ist mit deiner Olivia?", fragt Matteo.

„Sie steht unter meinem Schutz, solange sie sich an die Regeln hält. Sobald sie Astrid in Gefahr bringt, töte sie."

Ich mache keine Witze.

Ist mir Olivia wichtig?

Erheblich, aber ich werde das Leben meiner Tochter nicht wegen einer Frau riskieren, die mich verraten könnte. Sie hat mir nicht zweifelsfrei bewiesen, dass sie vertrauenswürdig ist. Deshalb habe ich ihr das Telefon wegnehmen lassen. Ich vertraue nicht darauf, dass sie Luka nicht anruft und ihn warnt, dass wir kommen.

„Ja, Sir." Matteo widerspricht nicht, denn er weiß, dass ich recht habe.

———

Ich verabschiede mich nicht. Nicht von Astrid, und schon gar nicht von Olivia.

Sich zu verabschieden bedeutet, dass ich es vielleicht nicht zurückschaffe.

Das ist keine Option, denn meine Tochter braucht mich. Ich bin ihr Vater.

Wir umzingeln Carusos Grundstück, so gut es geht. Es liegt auf dem Wasser, also müssen wir sicherstellen, dass er nicht mit seinem Boot fliehen kann.

Matteo geht mit sechs Soldaten nach hinten. Sie haben den Befehl, das Boot in Brand zu setzen, aber erst, wenn wir die Mauern durchbrochen haben und in den Komplex eingedrungen sind.

Wir wollen nicht, dass er merkt, dass wir kommen.

Es gibt Dutzende von Wachen auf dem gesamten Gelände.

Wir haben noch mehr mitgebracht. Soweit ich das beurteilen kann, sind sie uns zahlenmäßig unterlegen und wir haben den Überraschungsmoment.

Aber sie kennen den Grundriss der Anlage. Unsere Baupläne sind Originale aus der Bauzeit des Gebäudes. Wir können nicht mit Sicherheit sagen, ob alle Änderungen, die vorgenommen wurden, berücksichtigt wurden oder ob es einen sicheren Raum gibt.

Luka scheint nicht die Art von Mann zu sein, der sich bei einem Feuergefecht versteckt. Aber manche Männer haben Angst vor dem Tod, wenn er sich heranpirscht.

Ich nicht.

Ich habe den Tod gesehen.

Ich habe ihn bekämpft und gewonnen. Werde ich heute Abend wieder so viel Glück haben?

Ich werfe einen Blick auf meine Uhr. Es ist zwei Minuten vor Mitternacht. Meine Männer sind in

Position. Eine beträchtliche Anzahl von Wachen hat ihre Posten bereits für den Hundekampf verlassen, aber ich zähle immer noch acht Männer, die außerhalb der Mauern stehen und die Umgebung beobachten.

Wir müssen uns lautlos bewegen. Wenn sie uns entdecken oder unsere Waffen hören, wird Luka fliehen. Wenn nicht mit seinem Boot, dann mit einem seiner Fahrzeuge.

Ich habe Männer, die das Gelände sichern und Sprengstoff an mehreren Ausgängen anbringen, die mit einem Zünder versehen sind.

Meine Soldaten haben für diese Schlacht trainiert. Wir haben auf diesen Tag gewartet, um Don Caruso auszuschalten.

Mein Ohrhörer ist sicher.

„Sir, wir haben Bewegung im hinteren Korridor", sagt Matteo zu der Gruppe.

Ist Luka uns auf der Spur? Hat er Wind von unserer Ankunft bekommen?

„Was für eine Bewegung?", frage ich und achte darauf, dass meine Stimme leise ist und nicht zu weit dringt.

Zwei Wachen schreiten draußen auf dem Gelände umher. Sie haben halb automatische Waffen in der Hand, aber ihre Finger sind nicht am

Abzug. Sie scheinen uns noch nicht bemerkt zu haben, wenn doch, dann tun sie so, als würden sie unsere Ankunft nicht bemerken.

Ich traue es Luka zu, dass er wegläuft und seine Männer nicht warnt.

Er ist ein Feigling.

„Ist es Don Caruso?", frage ich.

„Unbestätigt", sagt Matteo.

Es dauert einen Moment, bis er antwortet. Ich vermute, er starrt durch sein Nachtsichtgerät und wartet auf den richtigen Moment, um einen Blick auf den Mann am Hintereingang zu erhaschen.

„Negativ. Das ist ein Wachmann, der draußen eine Zigarettenpause macht", sagt Matteo.

Es ist nicht so einfach, den Mann in seinem Hinterhof zu töten.

„Der Alarm wurde deaktiviert", sagt Bryce in den Ohrhörer.

Das ist unser Signal, dass es Zeit ist, auf mein Kommando loszulegen.

Wenn ich nicht vor Ort gewesen wäre, hätte Matteo die Befehle gegeben. Aber ich muss diese Mission zu Ende bringen und sicher sein, dass Don Caruso tot ist.

Ich gebe das Kommando und die Soldaten stürmen vor, bewegen sich leise an der Absperrung entlang und schalten die Wachen an der Außenseite aus, die den Komplex schützen.

Wir stürmen den Eingang. Das ist gar nicht so schwer, denn der Kampf beginnt am anderen Ende der Stadt in einem alten Lagerhaus, das Caruso gehört. Mein Handy ist auf lautlos gestellt, aber meine Männer wissen, dass sie mich erreichen können, wenn es verdächtige Aktivitäten oder Bewegungen auf unserem Gelände gibt.

Zum Glück ist alles ruhig.

Aber die Stille wird nicht lange anhalten. Wir schleichen uns uneingeladen durch die Vordertür herein. Am anderen Ende des Gebäudes fallen Schüsse, die unsere Mission von lautlos zu tödlich werden lassen.

Das ist nicht nur für Carusos Männer tödlich, sondern auch für unsere.

Ich weise die Hälfte der Soldaten an, auf das Geschützfeuer zuzugehen und unsere Männer zu schützen. Die andere Hälfte folgt mir, während wir den ersten Stock Raum für Raum durchkämmen und jeden ausschalten, der sich uns mit einer Waffe in den Weg stellt.

Der Krieg hat viele Opfer gefordert. Luka hat keine Familie, keine Frau oder Kinder, die ich gefährden könnte. Aber das heißt nicht, dass es keine unschuldigen Menschen gibt, die von seiner Hand unter dieses Dach gezwungen werden. Er ist in viele unerlaubte und illegale Geschäfte verwickelt, aber ich weiß nicht, ob auch Frauen oder Kinder dabei sind.

Ich kann nicht zulassen, dass rationale Gedanken meine Befehle diktieren.

Luka ist ein Monster, das aufgehalten werden muss. „Hier entlang", befehle ich meinen Soldaten, mir die Treppe hinaufzufolgen.

Im ersten Stock gibt es keine Spur von Don Caruso.

Wir werden ihn finden, und wenn wir ihn finden, wird er für seine Sünden bezahlen müssen. Sein Tod wird schnell eintreten, obwohl es mir Freude bereiten würde, den Bastard zu foltern, der meine Familie gequält hat, ich will ihn vor allem tot sehen.

Oben auf dem Treppenabsatz stehen mehrere Wachen und warten auf uns.

Wir schießen, um zu töten. Wir zielen von einem Mann zum nächsten. Die Wachen tragen keine schusssicheren Westen und haben keine halb automatischen Waffen, als wir angreifen. Das vereinfacht es, sie zu töten.

Sie haben nicht mit uns gerechnet.

Das ist gut.

Bevor wir in den zweiten Stock vordringen, lade ich meine Waffe nach und durchsuche Raum für Raum nach Wachen oder bewaffneten Personen. Unser Ziel ist es zwar, Don Caruso auszuschalten, aber jeder, der sich uns in den Weg stellt, ist eine Bedrohung.

Die Zimmer im zweiten Stock sind leer, als wir die Schränke, unter dem Bett, in den Badezimmern und hinter dem Duschvorhang durchsuchen - überall dort, wo sich ein Feigling wie Caruso verstecken könnte.

Weiter zum nächsten Raum.

Als wir die letzte Tür in der Nähe der zweiten Treppe erreichen, die wieder nach unten führt, gehen wir den Weg hinein.

Ein Kanister mit CS-Gas wird auf uns geworfen, füllt den Raum und dringt in den Flur hinaus, während die Tür angelehnt ist.

Aus allen Richtungen ertönen Schüsse. Ich kann die Männer nicht sehen, aber die Mündungsfeuer und der Klang der Schüsse geben mir die Richtung vor.

Der Rauch ist wie ein Nebel, der über dem Raum schwebt. Er ist etwas unangenehm, aber er ist noch erträglich. Meine Männer und ich haben bei der Ausbildung meiner Soldaten eine Toleranz gegenüber wiederholter Belastung entwickelt.

Zwei Wände sind bedeckt, die dritte ist leer.

Wir bewegen uns schnell an der dritten Wand entlang und schießen durch eine Rauchwolke, die uns Deckung gibt, auf die gewünschten Ziele, während wir Don Caruso immer näher kommen. Er muss hier sein und sich mit seinen Wachen in der Ecke verschanzt haben.

Zwei meiner Männer bekommen eine Kugel ab, einer in die Brust, der anderen in die Schulter.

Je näher wir kommen, desto gefährlicher wird es, aber das hält mich weder auf noch verlangsamt es mich. Ich denke nicht nach, sondern handle einfach.

Mehrere Kugeln kommen auf mich zu. Eine streift mein Bein. Das ist ein schrecklicher Schuss, wenn sie vorhaben, mich zu töten.

Ich kämpfe mit dem Schmerz und schalte drei Wachen aus. Je näher ich komme, desto besser kann ich ihre Gesichter sehen, die Masken, die sie vor dem Gas schützen.

Ich reiße einem der Männer die Masken herunter, zwinge ihn, die üblen Dämpfe einzuatmen, ergreife den Lauf seiner Waffe, richte sie nach oben zur Decke und schlage dem Wachmann die Waffe ins Gesicht.

Er hustet und keucht wegen der Rauchfahne, und aus seiner Nase tropft Blut von dem Schlag in sein Gesicht. Es dauert nicht lange, als ich ihm mit meinen Fäusten auf den Hintern schlage, zwei Schläge ins Gesicht, und er taumelt herum, bevor seine Knie nachgeben und er fällt.

Meine Männer entwaffnen während des Kampfes zwei weitere Wachen und hinter mir ertönt das Geräusch von Schritten.

Verstärkung.

Sind das die Männer von Caruso oder meine?

„Matteo, sprich mit mir. Ich bin im zweiten Stock, hinteres Treppenhaus, letztes Zimmer", sage ich und warte darauf, dass sie sich über den Ohrhörer melden.

Es herrscht schon eine Weile Funkstille. Zu lange für meinen Geschmack.

Haben seine Männer Matteo und die Soldaten am Hintereingang aufgehalten? Es hatte ein Feuergefecht gegeben, aber ich hatte zusätzliche Einheiten zur Hilfe geschickt.

War das nicht genug?

Luka steht in der Ecke, hinter den letzten beiden Wachen, die ihn schützen.

Sie fallen, aber es ist noch nicht vorbei.

Hinter uns fallen Schüsse, die meine Wachen

ausschalten.   Caruso   schießt   von   der gegenüberliegenden Seite auf uns. Der Rauch ist ein dünner Dunst, der es mir ermöglicht, die Männer mit Gewehren zu sehen, die auf uns schießen.

Ein   Dutzend   Soldaten   sind   bewaffnet   und richten ihre Gewehre auf uns. Die Verstärkung sind nicht meine Männer.

Statisches Knistern dringt durch den Ohrhörer.

Stören   sie   unser   Signal,   oder   haben   sie   alle meine Männer getötet?

„Ergib dich und ich lasse dich am Leben", schreit Luka   mir   quer   durch   den   Raum   zu.   Er   macht mehrere Schritte auf mich zu.

Ich   kann   nirgendwo   hin.   Wenn   ich   Luka erschieße, sterbe ich.

Seine Waffe ist auf meinen Kopf gerichtet und entsichert, und ein Dutzend andere Soldaten haben ihre Waffen auf mich gerichtet.

Scheiße!

„Was soll es denn sein, Jace?", fragt Luka.

Ich halte ihn hin. Hoffentlich wird es nicht mit meinem Tod enden. „Wie wäre es, wenn wir einen Deal machen?"

Lukas   Lachen   ist   dunkel   und   unheimlich. „Meinst du, du hast etwas, das sich zu verhandeln lohnt?" Er schüttelt den Kopf und sieht mich an. „Es gibt nichts, was du mir anbieten kannst, was ich will. Du hast meinen Vater ermordet. Ich will dich tot sehen."

„Es heißt, du hast deinen alten Herrn nicht einmal gemocht."

„Was? Erwartest du ein Dankeschön dafür, dass du ihn umgebracht hast und ich die Stadt regieren darf?", fragt Luka. Er schweigt eine Sekunde lang. Ein dunkles Grinsen huscht über seine Züge. „Es gibt etwas, das ich will, vielleicht lasse ich dein kleines Mädchen am Leben. Dich hingegen bin ich bereit zu begraben."

„Du wirst meine Tochter nicht anrühren", zische ich und meine Oberlippe kräuselt sich vor Abscheu.

Luka zuckt mit den Schultern. „Oder was, du bringst mich um? Du wirst tot sein, alter Mann." Er kichert und schüttelt den Kopf, während er mir die Waffe an die Schläfe hält. „Besser noch, ich bringe deine stramme Freundin zu mir nach Hause, ficke sie so, wie sie es von einem echten Mann verdient und gebe ihr die Familie, die du nicht haben kannst. Die, die du ihr gestohlen hast."

Mein Mund wird trocken. Ich starre in seinen kalten Blick und fordere ihn auf, mich zu töten. Mein Leiden zu beenden.

Schüsse ertönen hinter den Soldaten.

Statisches Knistern dringt wieder durch den Hörer. „Boss, wir halten dir den Rücken frei", sagt Matteo.

Ich war noch nie in meinem Leben so froh, seine Stimme zu hören.

Die Wachen drehen sich in Richtung der herannahenden Schüsse, um ihren Boss zu schützen und ihn mir zu überlassen.

Es ist Luka gegen mich. Aber es fühlt sich an, als würde ich mit der Welt ums Überleben kämpfen. Wenn Luka gewinnt, ist meine Familie in Gefahr. Nicht nur meine Mafiafamilie, sondern auch Astrid und Olivia.

Ich weigere mich, kampflos unterzugehen.

„Du wirst meine Familie in Ruhe lassen!" Ich reiße den Lauf der Waffe nach oben und entziehe mich seinem Griff.

Sein Knie kracht in meine Leiste, sodass ich Sterne sehe. Der Streifschuss tat weh, aber das hier ist noch grausamer.

Mein Magen dreht sich um, aber ich kämpfe weiter, schlucke den Schmerz herunter und halte meinen Kopf hoch. Ich schlage meine Faust in sein Gesicht und stoße ihn nach hinten.

Don Caruso stolpert, fängt sich aber wieder. So leicht geht er nicht zu Boden, aber er hat die Waffe fallen lassen und sie ist auf den Boden gerutscht. Er ist ein trainierter Kämpfer. Das gehört dazu, wenn man Teil der Mafia ist.

„Ich werde deine Hure zu meiner Frau machen", droht Luka, senkt seinen Kopf und stürzt sich auf meine Brust, sodass ich rückwärts gegen die Wand stoße.

Ich packe Luka an den Haaren und reiße ihn von mir weg, bevor ich ihm ein Knie in die Leiste gebe und ihm in den Bauch trete, während er sich umdreht. Er fällt auf den Boden und greift nach der verlorenen Waffe auf dem Boden.

Scheiße!

Ich stürze mich auf die Waffe, aber ich komme zu spät.

Er ist schneller, dreht sich auf dem Boden herum und richtet den Lauf auf mich, den Finger am Abzug.

Peng!

Der Schmerz durchzuckt mich, bevor ich auf dem Boden zusammenbreche.

Die Dunkelheit.

KAPITEL SIEBENUNDDREISSIG

OLIVIA

Astrid schläft tief und fest in ihrem Stubenwagen neben dem Bett.

Draußen vor der Tür gibt es einen Tumult und unten Stimmen. Es ist nicht nur ein Gespräch zwischen den Männern, die auf mich aufpassen.

Was ist denn da los?

Ich bin still, meine Schritte sind leise, als ich zur Tür gehe. Ich muss wissen, ob wir in Gefahr sind. Ist Astrid in Sicherheit?

Was ist mit Jace und seinen Männern?

Kaum habe ich die Tür geöffnet, verschränkt Markus die Arme vor der Brust und starrt mich an. „Geh wieder ins Bett."

Es ist schon weit nach zwei Uhr morgens, aber

das ist mir egal. Ich kann nicht schlafen. „Was ist hier los?", frage ich. Es ist schwer, bei dem Krach unten zu schlafen, ganz zu schweigen von der Tatsache, dass Jace auf einer Mission ist, um Don Caruso aufzuhalten.

Wann ist er nicht auf Mission, diesen Abschaum zu töten? „Ist Jace zurück?"

Markus blickt von mir zu Vincent. Die beiden sind in letzter Zeit ziemlich eng beieinander und bewachen meinen Arsch auf Schritt und Tritt.

„Was verschweigst du mir?" Ich spüre die Schwere ihres Schweigens, und mir wird ganz flau im Magen.

„Jace ist unten, aber er wurde angeschossen", sagt Markus.

Wenigstens hat er den Anstand, mir die Wahrheit zu sagen. „Was soll das heißen, Jace wurde angeschossen? Warum ist er nicht im Krankenhaus?"

„Das ist keine Option", sagt Vincent und räuspert sich. „Geh zurück in dein Zimmer."

„Nein", sage ich trotzig und verschränke die Arme vor der Brust. „Ich will Jace sehen."

„Wenn du nicht weißt, wie man eine Kugel entfernt und einen Mann zusammennäht, geh zurück in dein Zimmer", befiehlt Vincent mir.

Ich habe Vincent noch nie gemocht. Markus ist wenigstens angenehm genug, um in meiner Nähe zu sein. Mein Blick verengt sich und ich kaue auf meiner Unterlippe. Mit Markus und Vincent an der Tür habe ich keine Chance, mich an den Wachen vorbeizuschleichen, und zwei weitere Männer stehen vor der Tür des Kinderzimmers.

„Geh zurück in dein Zimmer und leg dich ins Bett", sagt Markus.

„Aber was ist mit Jace?", frage ich.

Wie können sie erwarten, dass ich schlafe, wenn sie wissen, dass er verletzt ist und sein Leben auf dem Spiel steht?

Vincent öffnet die Schlafzimmertür, stößt mich hinein und schließt die Tür hinter mir.

„Arschloch", murmle ich.

Es bleibt mir nichts anderes übrig, als abzuwarten.

Was ist mit Luka? Ist er da draußen noch am Leben? Wird er sich revanchieren?

———

Ich habe die ganze Nacht kaum geschlafen und als sich die Klinke der Schlafzimmertür dreht und das Schloss einrastet, setze ich mich aufrecht hin.

„Jace?"

Ich atme erleichtert auf, als er ins Schlafzimmer kommt. Die Vorhänge sind zugezogen, aber durch die Jalousien dringt Licht.

Ein Blick auf die Uhr zeigt mir, dass es fast elf Uhr morgens ist. Ich bin heute Morgen ziemlich spät oder früh eingeschlafen.

Er ist barfuß, hat sein Hemd ausgezogen, seine Brust ist nackt, und er hat einen Verband über der Schulter.

Ich klettere aus dem Bett, will ihn sehen, ihn berühren und ich muss wissen, dass das kein Traum ist.

„Mir geht es gut", sagt er mit zusammengebissenen Zähnen.

„Ja, du siehst gut aus." Er sieht verdammt gut aus, aber ich sage es nicht. Zumindest nicht mit so vielen Worten.

Sein Haar ist zerzaust. Auf seiner Wange ist ein Blutfleck zu sehen. Seine Hose ist das Einzige, was an ihm normal aussieht. Durch die schwarze Hose ist es schwer zu sehen, ob es Blutflecken gibt, aber sie ist zerrissen.

Das Blut auf seiner Wange ist es seins oder das eines anderen?

„Was ist passiert?", frage ich.

Ich muss wissen, ob es vorbei ist, ob Astrid und ich nicht mehr in Gefahr sind. Aber wird es jemals wirklich vorbei sein? Selbst wenn Luka tot ist, wird nicht eine andere Schlange auftauchen und seinen Platz einnehmen?

Der Mann hatte eine ganze Reihe von Komplizen. Es ist kein Geheimnis, dass er die Stadt bedroht.

„Wir sind hineingegangen und haben ihr Lager angegriffen", sagt Jace.

Seine Augen sind ausdruckslos, während er meinem Blick ausweicht.

Ich steige von der Matratze und stelle mich vor ihn, um ihm den Weg zu versperren. Er muss mir mehr erzählen. Sind wir in Sicherheit?

„Was ist passiert?", frage ich. „Deine Männer wollten mir nichts sagen."

In seinen Worten liegt kein Hauch von Emotion. „Gut."

„Gut? Jace, was ist hier los? Ist Luka tot?" Noch nie in meinem Leben habe ich mir so sehr gewünscht, dass jemand ermordet wird. Töten ist falsch. Der Tod ist endgültig. Aber irgendwie ist das Ende von Lukas Leben die Art von Abschluss, die ich brauche.

„Sein Kopf ist unten, wenn du ihn selbst sehen willst."

Ich stolpere zurück auf das Bett.

Ich erschrecke über seine Unverblümtheit. Er war schon immer unverschämt, aber das ist etwas anderes.

Dunkler, Rau, und weniger kultiviert. „Bitte, sag mir, dass du das nicht so meinst", sage ich.

„Meine Männer haben den Bastard getötet, der meine Tochter und dich bedroht hat." Jace macht sich auf den Weg ins Bad.

„Wo gehst du hin?"

„Ich gehe duschen", grunzt er.

Weiß er denn gar nichts über Wunden und Heilung? „Mit dem Verband geht das nicht. Du musst die Wunde trocken und sauber halten. Sie braucht Zeit, um zu heilen."

„Sag mir nicht, was ich tun kann und was nicht", schnauzt er.

Ich atme scharf ein, als er ins Bad stürmt und die Tür zuschlägt - die Bilder an der Wand klappern.

Astrid weint und erwacht aus dem Schlummer.

KAPITEL ACHTUNDDREISSIG

Jace

Ich steige unter die heiße Dusche, der Strahl spritzt mir in den Rücken und ich lasse das Wasser an meinem Körper herunterlaufen.

Ich hasse es, dass Olivia recht hat. Ich weiß, wie ich eine frische Wunde versorgen muss. Denkt sie, dass ich zum ersten Mal angeschossen wurde?

Das ist es nicht und wird wahrscheinlich auch nicht das letzte Mal sein.

Ich lehne meinen Kopf zurück und lasse das Wasser durch mein Haar fließen. Ich dusche schnell, aber vor allem brauche ich die Zeit für mich.

Olivia dringt in jeden wachen Gedanken ein, selbst als der Arzt mich unten betäubte, träumte ich von ihr.

Ich trockne mich ab, der Verband ist trocken, nur die Luftfeuchtigkeit macht ihn ein wenig feucht. Zum Glück hat der Arzt einen wasserdichten Verband auf die Wunde geklebt.

Ich habe keine Kleidung mit ins Bad genommen. Das mache ich normalerweise nicht, wenn ich dusche, aber ich bin es auch nicht gewohnt, mein Schlafzimmer mit jemandem zu teilen.

Ich wickle das Handtuch um meine Taille und trete aus dem Bad. Der heiße Dampf zieht in mein Schlafzimmer.

Die Medikamente, die mir der Arzt gegeben hat, haben den Schmerz und wahrscheinlich auch ein paar meiner Sinne betäubt.

Olivia liegt ausgestreckt auf dem Bett, die Beine unter der Decke vergraben. Sie hält Astrid im Arm, die sich an ihre Brust schmiegt, während sie die füttert.

Ich versuche, sie nicht anzustarren. Es ist das erste Mal, dass Astrid ruhig ist, es sei denn, sie schläft, aber das kommt nicht oft vor. Das Mädchen hat eine kräftige Lunge. Das hat sie wahrscheinlich von ihrer Mutter geerbt.

In der obersten Schublade meiner Kommode befinden sich Boxershorts. Ich schleiche durch den Raum, das Handtuch eng um meine Taille geschlungen. Die Kugel, die mein Bein gestreift hat, war nur oberflächlich. Es tut nicht weh, aber das könnte auch an den verschriebenen Betäubungsmitteln liegen, die mir das Gefühl geben, in der Luft zu schweben.

Ich lasse mein Handtuch fallen und ziehe mich an.

Olivia blickt mich an. Sie öffnet ihren Mund, schließt ihn aber wieder.

„Was ist?", frage ich. Sie sagt nichts, aber sie hat darüber nachgedacht, und ich will wissen, was sie denkt.

„Ich wusste nicht, dass du so viele Narben hast", sagt sie, während sie über meinen Rücken schaut.

Viele Verletzungen haben Spuren hinterlassen, von Schusswunden bis zu einem Messerstich in den Rücken.

„Es gibt eine Menge, was wir nicht voneinander wissen." Ich will nicht scharf und abweisend wirken, das ist ganz natürlich.

Ich ziehe meine Boxershorts und meine Jogginghose an und setze mich an den Rand des Bettes. Das Hemd lasse ich aus.

„Da Luka tot ist, bist du in Sicherheit, keiner wird dir etwas antun. Ich verspreche dir, dass du unter meinem Schutz stehst, egal ob du dich entscheidest, bei uns zu bleiben oder zu gehen."

Sie schweigt und blickt von mir zu Astrid hinunter, während der kleine Tiger einschläft.

Ich rücke näher heran und stoße mit meinem Arm an ihren, während ich mich zu ihr aufs Bett setze. „Aber wenn du gehst, bleibt Astrid hier bei mir." Ich möchte klarstellen, dass sie jederzeit gehen kann, aber nicht mit meiner Tochter.

„Willst du mich hier als Astrids Mutter haben?", fragt sie. „Oder willst du mehr von mir?"

Ihre Wangen röten sich, sie lächelt schwach und starrt auf das Bettlaken.

Ich streiche ihr eine Haarsträhne aus den Augen und schiebe sie hinter ihr Ohr.

Ängstlich schaut sie mich an.

Ist es ihr peinlich, darüber zu sprechen, was wir miteinander geteilt haben?

Es war Sex. Heiß und lustig, aber mehr war nicht drin. Sie hatte ein hormonelles Bedürfnis und ich habe dieses Bedürfnis gestillt.

Oder?

„Was wir geteilt haben, war wunderbar, aber nur, um dich zu befriedigen, während du schwanger warst", sage ich und erinnere sie an die Vereinbarung.

Ursprünglich.

Versengend.

Unglaublicher Sex.

Vor Olivia war ich noch nie eifersüchtig. Ich hatte mich auch nie nach einer langfristigen Beziehung oder irgendeiner Art von Verpflichtung gesehnt.

„Hat sich das für dich geändert?", frage ich und starre in ihre blassblauen Augen. Irgendwann zwischen einer Freundschaft mit Zusatzleistungen und der Geburt eines Kindes sehnte ich mich nach mehr. „Weil ich dich egoistischerweise hier bei mir haben will. Du kennst meine dunkelsten Geheimnisse, dass ich ein Mafiaboss bin. Willst du immer noch mit mir zusammen sein?", frage ich und überlasse ihr die Entscheidung.

Ich würde mich ihr nie aufdrängen. Sie muss selbst entscheiden, ob sie dieses Leben mit Astrid und mir führen will.

Es ist dunkel.

Gefährlich.

Das kann zu Verlust und Herzschmerz führen, aber das ist es mir wert.

Ich würde es ihr nicht verübeln, wenn sie sich ein normales Leben wünscht, einen ruhigen

Neuanfang ohne Erinnerungen an ihre Vergangenheit und den Schaden, den ich auf ihrem Weg verursacht habe.

„Das will ich auch, aber ich will nicht in einem Schlafzimmer eingesperrt sein und den Befehlen deiner Wächter folgen müssen."

Sieht sie nicht, dass ich sie hier behalten habe, um sie zu schützen?

„Es war nur zu deinem Schutz, während wir die Familie Caruso angegriffen haben. Du bist keine Geisel. Du kannst kommen und gehen, wie du willst. Ich würde dich aber gerne bewachen lassen. Mafia hin oder her, ich bin immer noch ein Milliardär, und das bringt Ärger mit sich."

Sie drückt mir einen sanften, keuschen Kuss auf die Wange. „Bist du sicher, dass du nicht auf einen Wächter bestehst, der mich ausspioniert?"

Ich bin mir nicht sicher, ob sie scherzt oder es ernst meint. „Das würde ich nicht tun", sage ich.

„Gut", sagt sie und übergibt mir Astrid. „Du solltest sie ein Bäuerchen machen lassen und ihre Windel wechseln, Papa."

Ich schaue sie an. „Papa?"

„Was? Ist es dir lieber, wenn sie dich Papa oder Don nennt?" Olivia grinst.

„Papa ist in Ordnung, aber ich bin nicht dein Papa."

Olivia schnaubt und rollt die Augen. „Das solltest du besser nicht sein. Ich will nicht, dass du mir eine Auszeit gibst oder mich in die Ecke stellst, wenn ich mich danebenbenehme." Sie streckt mir spielerisch die Zunge heraus.

Ist es das, worauf ich mich freuen kann? Dass sie unserer Tochter beibringt, wie man eine kleine Göre ist?

Ich nehme Astrid aus ihrer Umarmung, schnappe mir das Babytuch und lege es mir über die Schulter, während ich die Kleine zum Bäuerchen machen bringe. Sie wächst schnell. Jeden Tag verliebe ich mich noch mehr in sie. Wie ist das möglich?

„Danke", sage ich.

„Du wirst mir nicht lange danken müssen." Olivia wirft mir einen grinsenden Blick zu. „Vergiss nicht, ihre Windel zu wechseln", sagt sie und rümpft die Nase. „Das Kind weiß, wie man eine stinkende Spur hinterlässt."

„Danke, dass du mir Astrid geschenkt hast", stelle ich klar. Ich habe ihr nicht dafür gedankt, dass sie mir mein Kind mit einer vollgeschissenen Windel überlassen hat.

Sie hätte nicht zustimmen müssen, eine Leihmutter zu sein.

Sicher, der Zahltag ist schön, aber nach allem, was sie durchgemacht hat, hätte sie auch weggehen oder um das Sorgerecht kämpfen und mein Leben und meinen Ruf zerstören können.

EPILOG

DREI JAHRE *später*

Olivia

„Schau mal, Papa!" quiekt Astrid und rennt mit dem Schwangerschaftstest, den sie aus dem Bad gestohlen hat, zu Jace.

Das Kind hat ein tadelloses Timing.

Ich würde ihr hinterherlaufen, aber sie ist wie ein Blitz und hat ihre Ankündigung schon gemacht. Nicht nur vor Jace, sondern auch vor einem halben Dutzend seiner besten Männer.

„Was haben wir denn hier?", fragt Jace mit einem Lächeln auf dem Gesicht, als er Astrid die Hand reicht, damit sie ihm den Test reicht.

Ich stehe unbeholfen vor der Tür seines Büros.

Solch ein Mist.

So hatte ich nicht vor, es ihm zu sagen.

Ich habe nicht einmal darüber nachgedacht, wie ich ihm die Nachricht überbringen sollte, dass wir mit unserem zweiten Kind schwanger sind.

„Meine Herren, können Sie uns einen Moment allein lassen?", fragt Jace.

Einer nach dem anderen verlässt den Raum. Ein kleiner Teil von mir möchte mit ihnen davon stürmen und Jace und Astrid damit allein lassen, herauszufinden, wie man den Test liest, während ich mir ein Eis hole und dann ein Nickerchen mache.

Er zieht Astrid auf seinen Schoß.

Mit seinem perfekt geschnittenen Anzug sieht Jace immer wie ein Geschäftsmann aus. Es scheint ihn nicht zu stören, dass Astrids Kleid vorn einen Spritzer Honig hat. Das Kind sauber zu halten, ist eine höllische Aufgabe.

„Hast du es Astrid vor mir erzählt?", fragt Jace. Er scheint nicht verärgert zu sein, nur verwirrt, dass seine Tochter unangemeldet in sein Büro kommt.

„Nein, und ich wollte auch nicht, dass du es vor all deinen Männern erfährst", sage ich und trete einen Schritt weiter in sein Büro.

Jace lacht und lehnt sich in seinem Stuhl zurück.

„Das sind nicht alle meine Männer. Aber sie sind meine besten und engagiertesten Mitarbeiter. Die jetzige Firma, ausgenommen."

„Ich arbeite schon seit drei Jahren nicht mehr für dich", sage ich und erinnere ihn daran, dass ich die Familie dem Job vorgezogen habe.

Auf Astrid aufzupassen ist ein Vollzeitjob, genauso wie sie zu beschützen. Ich könnte das nicht einem Kindermädchen anvertrauen. Nicht, wenn Jace Milliarden wert ist. Es gibt zu viele Leute, die ihn ausnutzen würden oder unserem kleinen Mädchen etwas antun könnten.

Außerdem habe ich in meiner Freizeit die Möglichkeit, zu malen. Ich hatte das Glück, einige Leinwände zu verkaufen. Nicht, dass wir das Geld brauchen, aber es fühlt sich gut an, einen meiner Träume zu verwirklichen.

„Es ist also offiziell?", fragt er und deutet auf den Schwangerschaftstest. „Wie viele hast du gemacht?"

Denkt er wirklich, dass es ein falsches Positiv ist? Es ist nicht so, dass wir in letzter Zeit vorsichtig gewesen wären. Jetzt, wo wir verheiratet sind, haben wir uns keine Gedanken über Schutz gemacht, und er hat deutlich gemacht, dass er einen Sohn will.

Als ob ich eine Wahl hätte, wenn es um das Geschlecht des Babys geht.

„Ich habe genug davon gemacht, um zu wissen, dass entweder die Qualitätskontrolle mies ist oder ich ein Baby bekomme."

„Juhu!" Astrids Augen weiten sich, und sie klatscht aufgeregt. „Ich werde eine große Schwester oder ein großer Bruder sein!"

Jace kichert und gibt ihr mehrere Küsse auf die Wange. „Du wirst eine große Schwester sein", sagt er. Wir werden erst in ein paar Monaten wissen, ob das Baby ein Junge oder ein Mädchen ist.

„Oh." Astrid legt verwirrt die Stirn in Falten. Sie hüpft von Jace's Schoß herunter und eilt zur Tür. „Kann ich Kekse haben?"

„Einen", sage ich.

Das Haus ist sicher, so sicher, dass ein kleines Mädchen hier herumlaufen kann, ohne sich Sorgen um Gefahren machen zu müssen. Sie schlüpft aus dem Büro und rennt den Flur entlang, während sie mit leisen Schritten zur Küche eilt.

Jace streckt seine Arme aus, und ich lasse mich anmutig auf seinem Schoß fallen, meine Arme um seinen Hals. „Bist du bereit für ein zweites Kind?", frage ich.

„Bist du?" Er lehnt sich näher heran, sein Atem kitzelt mein Ohr. „Erinnerst du dich an all die schmutzigen Träume, die du von mir hattest, als du mit Astrid schwanger warst?"

Ich lege meine Stirn an seine. Wie könnte ich das vergessen? „Oh, ich erinnere mich auch daran, dass der Arzt uns Ratschläge zu den Stellungen gegeben hat."

„Ja, dieses Mal brauchen wir ihren Rat nicht", sagt Jace mit einem breiten Grinsen. „Ich weiß, wie ich meine Frau befriedigen kann."

———

Danke, dass du Widerwilliges Gelübde gelesen hast. Ich hoffe, dir hat die Geschichte von Olivia und Jace gefallen.

Willst du mehr aus der Mafia-Ehen-Serie? Dann klicke auf Rücksichtsloses Gelübde und erlebe eine dampfende, langsam brennende Romanze, die all deine Lieblingsmafiosi aus der Serie zusammenbringt!

Die Männer sagen, dass ich mit Russen gezüchtet wurde, dass ich Bratva sein sollte.

Ich habe den Ruf, der bösartigste und

rücksichtsloseItaliener der Welt zu sein. Da haben sie nicht unrecht.

Ich habe meinen Chef ermordet und seinen Thron gestohlen.

Er hat mich zu der Bestie gemacht, die ich bin, und ich habe ihn den Preis dafür zahlen lassen.

Aber es gibt ein Mädchen, das ich an meiner Seite haben möchte, während ich die Stadt regiere.

Das einzige Problem: Sie ist Russin und die kleine Schwester meines Feindes. Sie ist unschuldig, naiv und weiß nicht, was ich mit ihrer Familie vorhabe.

Wir befinden uns im Krieg mit den Bratva...

Sie haben unsere Frauen und Kinder bedroht und versucht, unsere Häuser niederzubrennen. Sie sind hinter unserer Organisation her, haben unsere Lieferungen gestohlen und uns in die Enge getrieben.

Die Dons und unsere treuesten Männer müssen sich in Chicago zusammentun, um die Bratva zu vernichten.

Dieses geheime Baby, eine dampfende, langsam brennende romantische Spannung, ist das fünfte Buch der Mafia-Ehen-Serie. Es ist ein eigenständiges Buch, in dem die Mafiosi der vorherigen Bücher vorkommen und das du noch mehr genießen wirst, wenn du die ganze Serie gelesen hast.

Ein Klick auf Rücksichtsloses Gelübde!

WERBEGESCHENKE, KOSTENLOSE BÜCHER UND MEHR GOODIES

Ich hoffe, dir hat Widerwilliges Gelübde gefallen und du hast die Geschichte von Olivia und Jace geliebt.

Melde dich für meinen Willow Fox Newsletter an

Wenn dir Widerwilliges Gelübde gefallen hat, nimm dir bitte einen Moment Zeit, um eine Rezension zu hinterlassen. Rezensionen helfen anderen Lesern, meine Bücher zu entdecken.

Du weißt nicht, was du schreiben sollst? Das ist okay. Sie muss nicht lang sein. Du kannst erzählen, wie du mein Buch entdeckt hast: War es eine Empfehlung von einem Freund oder einem Buchclub? Lass die Leserinnen und Leser wissen, wer dein Lieblingscharakter ist oder was du gerne als Nächstes sehen würdest.

Vielen Dank fürs Lesen! Ich hoffe, dass du dich in meine Mailingliste einträgst, damit ich dich über kostenlose Bücher, Werbeaktionen, Werbegeschenke und Neuerscheinungen informieren kann.

ÜBER DIE AUTORIN

Willow Fox schreibt schon seit ihrer Highschoolzeit (vor vielen Jahren) gerne. Ihre Kleinstadtromane spiegeln das Leben in einer Kleinstadt im ländlichen Amerika wider.

Egal, ob sie Liebesromane schreibt oder draußen am Lagerfeuer sitzt und ein gutes Buch liest, Willow liebt die Magie des geschriebenen Wortes.

Sie träumt davon, von den Füßen gerissen zu werden und hofft, dass sie das auch bei ihren Lesern erreichen kann!

Besuche ihre Website unter:

https://authorwillowfox.com